3
HELLMODE
HAMUO
ハム男
ILLUST
MO
藻
ヘルモード
HELLMODE
～やり込み好きのゲーマーは
廃設定の異世界で無双する～

第一話　学園での入学試験

グランヴェル家で起きた騒動から数か月が経ち、3月になった。アレンは庭師の仕事を手伝っている。去年の11月に、グランヴェル家の従僕から客人になり、働く必要はなくなったのだが、学園に行くまでは従僕として仕事を全うしようと思っている。

(ん？　来たか)

館に1台の馬車が入ってきた。アレンは土いじりを止めて、玄関前に停まった馬車に近づいていく。

馬車からピンク色の髪の少女が降りてくる。

「アレン!!」

「いらっしゃい」

クレナが馬車から降りてきた。村からグランヴェルの街にやって来たのだ。クレナは、アレンを見るなり天真爛漫な笑顔を見せる。その後ろにはジャガイモ感が増したドゴラもいる。

「久しいな」

「ドゴラもな」

昔からアレンより体が大きかったドゴラだが、既にアレンとは頭1つ分くらい身長に差ができていた。

　2人は3日後に学園都市まで受験に行く。彼らはグランヴェル子爵の計らいで館に滞在することになっていた。剣聖であるクレナを招いたのだが、そのおまけでドゴラも一緒に泊まることになったのだ。2人はクレナ村にはない、3階建ての大きな館に見とれている。背中には衣類やら練習用の使い古された剣やら、最低限の荷物が詰まった荷袋を背負っている。

（やっぱり、ペロムスはいないか。まあ、聞いていたけど）

　村長の息子ペロムスは、学園都市には行かない。5大陸同盟の約定により作られた学園都市の目的からすると、商人の才能を持つ彼が行くべき場所ではない。ペロムスは商業ギルドが設立運営した商業学校に通うと言っていた。

　なぜ、アレンがペロムスからそのことを聞いていたか。

　2か月ほど前、アレンは暇を貰ってクレナ村に帰省した。従僕を辞めたこと、グランヴェル子爵家の客人になったこと、4月から学園都市に行くこと、そしてロダン一家とゲルダ一家の人頭税が免除されたことなど伝えに行くためだ。4年ぶりの帰省で、学園都市に通う前に両親には今後のことを伝えておきたかった。

　村長に子爵から預かったロダン家とゲルダ家の人頭税免除の書状を渡し、帰宅後ロダンに子爵から渡された銀の宝剣を見せると「お前何やったんだ？」と驚かれた。従僕を辞めたことについては何も言われなかった。テレシアからは心配そうに無理しないでと言われた。アレンの生き方は、母の目には生き急いでいるように映ったのだろう。

　今後仕送りはできないからと金貨100枚を渡してきた。あまりの額にロダンとテレシアの顔は真っ青になった。しばし間を置き、ロダンが「こんなに受け取れるか！」と言ったので、まだ手持ちの金貨が６００枚以上あることを伝えた。「お前本当に何やったんだ……」と金貨の入った袋を持ったロダンは驚き疲れて呆れたような顔をしていた。

マッシュにも話が聞きたいとねだられたので、ゴブリン村やオーク村、鎧アリの巣での冒険について色々話をした。楽しそうに聞くマッシュにマーダーガルシュの話はしていない。弟にトラウマを植え付ける趣味はない。

「お邪魔します！！！」

「うむ、よく来た」

クレナが元気よく館に入ると、子爵家一同が玄関で待っていた。剣聖クレナを出迎えるためだ。子爵がボア狩りを見学するためにクレナ村を訪れた時、彼はクレナに会わずに街に帰った。だから子爵とクレナが顔を合わせるのはこれが初めてだ。子爵が握手を求めると、すぐさまクレナが握手を返す。大物感が半端ない。

（まあ、剣聖はそのうち侯爵になるかもしれないからな）

グランヴェル子爵はクレナの態度に一切の怒りも抵抗もないようだ。ニコニコしながら対応をする。クレナの性格については、すでにアレンから説明済みだ。

剣聖は王国でも貴重な存在だ。今も戦場で活躍していると言われる剣聖ドベルグは農奴出身だが、今は侯爵の爵位を持っている。侯爵は下級貴族の子爵家に比べたら２つ上の爵位になる。戦争で金のない王家が爵位を見返りにしているともいえる。

この世界で戦場に行く責務は貴族にしかない。グランヴェル子爵からは、卒業と同時にクレナは男爵になるだろうとのことだ。

「あなたがクレナね。よろしく」

セシルもクレナに近づき、挨拶をする。

「あ、もしかしてセシル様？　よろしくね！」

クレナが何か思い出し、熱っぽくセシルの両手を握って挨拶をする。

「……」

「どうしたの？　セシル様？」

貴族にも一切ためらいなく接するクレナにセシルは引いてしまったようだ。

（返事しろ、セシル）

アレンが必死に念じると、セシルはようやく口を開いた。

「な、なんでもないわ」

「そっか」

セシルがなんとか返事をする。クレナには村でセシルと仲良くするように含めていたし、セシルにもクレナと仲良くするように伝えてあった。しかし初対面の、それも貴族相手にためらいなく距離を詰めてきたクレナにセシルは戸惑い、その戸惑いを誤魔化すようにアレンに非難の目を向ける。

（ん？　セシルに睨まれた気がするが、気のせいか）

4年かけてずいぶんアレンへのツンツンが減ったセシルだったが、従僕を辞めてグランヴェル子爵家の客人になったとき、アレンはセシルからこっぴどく絞られた。「誰の許しを得て従僕を辞めるのよ！」だそうだ。最近になってようやくその怒りは収まってきたかのように思える。

今回クレナを館に招いたのには理由がある。アレンはセシルと共に3年後に魔王軍と戦うことになっているが、防御力の低い魔導士と召喚士の組み合わせだ。アレンは召喚獣の加護で防御力をカバーできるが、加護に頼りすぎると石系統の召喚獣でホルダーが占領され、召喚獣の選択肢が極端に減る。結果、戦術が組めなくなる。

だから物理最強の剣聖クレナには、セシルと共に魔王軍と戦ってもらいたいとアレンは考えている。どうせクレナも戦場に行くんだから一緒に行こう、仲良く魔王軍を滅ぼそうねという話だ。今日の挨拶は、クレナとセシルの顔合わせも兼ねている。

ただ、卒業後の配属はどうなるか分からない。セシルの身を案じた子爵が王都へ赴き、どのような形で戦場に配属されるのか確認しに行ったことがある。その子爵によれば、配属は5大陸同盟と中央大陸の盟主の帝国の意向を強く受けるため、配属先は王家でも全く分からないとのことだった。

形式上、王家に仕えていることになっている剣聖ドベルグについても、王家で把握できないことがたくさんあるので、魔王軍との戦いをどうやっていくのか、これからの学園生活の中で模索していかなくてはいけない。

とりあえずクレナには、学園で一緒に行動してもらう予定だ。学園都市にたくさんあると聞いているダンジョンの攻略もクレナがいれば心強いだろう。

（クレナとセシルをダンジョン攻略しながら育てないといけないし、２人のステータスは魔導書で確認させてほしいぜ）

アレンは毎晩、魔導書を握りしめ神に念力を送っている。

アレンの隣の家に剣聖のクレナが生まれた。従僕になって勤めた貴族の家には魔導士の令嬢がいた。絶対に偶然ではない。魔王軍を滅ぼすなら、2人のステータスの確認は必須だ。

ドゴラについては、仲間に入れて一緒に戦うかは保留中だった。同じ星1つのミハイが命を落としたことからも、ドゴラには厳しい戦いになると予想される。本人の意志次第といったところだ。

魔王との戦いの話は魔法の講師に固く口止めされていたが、クレナとドゴラの2人にはこっそり伝えるつもりだ。卒業後どのような形で魔王軍と戦うかははっきりしないが、学園生活の3年間は同じ目標を持って送ってほしい。

クレナたちが到着して、ほどなくして晩餐だ。

(ふむふむ、こうしてみるとドゴラがまともに見えるな)

緊張して大人しく食事をするドゴラの横で、クレナは親の仇のようにがっついている。久々の御馳走に興奮しているようで、片手で肉にノォークを突き立て、もう片方にパンを握りしめている。

トマスが食事の手を止め、ぽかんとした表情でクレナを見つめていた。

「アレンは食べないの?」

「これが終わったら食べるよ」

アレンは慣れた手付きで給仕をしながら答える。クレナとドゴラはその様子を新鮮そうな目で見つめ、セシルは何故か得意そうな顔をしていた。

晩餐も落ち着いてきた頃、グランヴェル子爵は改まった態度でアレンに声をかけた。

「アレンよ。皆を頼むぞ」

「はい、承りました」

アレンは、グランヴェル家で過ごした4年間の生活を名残惜しむかのように、恭しく頭を下げる。

（さて、学園都市に行けば、『アレ』は絶対にあるはずだから必ず見つけないとな。とりあえず、冒険者ギルドで情報収集しよう。でないと3年後に魔王軍の相手をするのは厳しいかもしれないぞ）

学園都市には学園に行くより大事な目的があった。

こうして、アレンはクレナ、セシル、ドゴラとともに3日後に学園都市へ向かうのであった。

＊　＊　＊

「アレン、学園都市だね！」

クレナが魔導船から学園都市の発着地に降り立って感動している。その後ろにセシルとドゴラが続く。

アレンはセシル、クレナ、ドゴラと共に学園都市にやってきた。空港は広く、街も巨大だ。正式名称「ラターシュ王国学園都市」。グランヴェルの街よりはるかに多い数十万規模の人口を誇るという。試験に合格すれば、ここで3年間生活することになる。

周囲は学園の試験を受けるためにやってきた学生で溢れかえっている。王国全土から2万人近くの受験生が集まるため、普段は王都を経由して向かう魔導船も、この時期は他の便を調整し、各地からの直通便を増やす。

『受験生の方は、緑の屋根のある駅に向かってください。魔導列車で学園まで直通となっております』

（列車も走っているのか！）

アナウンスのとおり緑の屋根の建物に入ると駅員がいて、運賃は銀貨1枚だという。言われるままに料金を払い、ホームへ進んでいく。

「おお！　列車だ！！！」

「「列車？　っておお！！！」」

（列車だ！　がっつり列車だ。バウキス産ってやつか）

ドワーフが治める、中央大陸北西にある大陸のバウキス帝国も、この学園都市の運営に資金と技術を提供している。「王都より住みやすい」とも言われる学園都市は、インフラがしっかり整っているようだ。

「こ、これに乗るの？」

「そうみたいだね」

「アレンは何で平気なのよ！」

初めて見るはずの列車に慣れた感じで乗り込むアレンに、セシルは思わず問いかける。周りでは、地方からやってきた平民や農奴が呆然と魔導列車を見ていた。

（そういえばミハイさんは、あまり学園都市について語ってくれなかったな。こんな列車があるなんて知らなかったし、学長がハイエルフだってこととかも知らなかったから驚いたぜ）

セシルに大きな希望を持たせないように、学園について多くを語らなかったのだろうとアレンは予想する。

ほどなくして魔導列車は走り始めた。

車窓から見える風景は、やはりかなり技術が進んでいる印象だった。大通り沿いには当然のように5階建ての建物が建ち並び、田舎の子爵領であるグランヴェルの街とは比較にならない。

「すごーい！」

「すごいな」

「……」

クレナは列車の窓ガラスにへばり付き、外の風景を見ている。右を見たり左を見たり、とても楽しそうだ。セシルはその無邪気な様子に若干引いているようだ。「これが本当に剣聖なのか」と思っているのかもしれない。

クレナの様子を見たアレンは、こんな調子で彼女が試験に落ちないか、一瞬心配になった。

（まあ、レベルアップしているみたいだし、大丈夫か。知力も上がっているだろう）

クレナとドゴラは10歳になってからボア狩りに参加したという。ボア狩りの経験値で知力のステータスが上がった2人だ。受験勉強の期間は、2年もあれば十分だっただろう。

（入学試験は剣を振ったりの実技はないらしいからな。完全に学科のみか。俺は受験勉強4か月もなかったんだが？　しかもセシルの受験勉強の復習に付き合っただけな件について）

去年の終わりに急遽学園を受験することになったアレンだが、子爵に対しては不満が残る。アレンの自由を尊重してくれたのだろうが、セシルの護衛として戦場に同行させるつもりなら、もっと早く伝えてほしかった。従僕になった8歳の時に聞いても承諾していただろう。断る理由が4か月

経った今でも見つからない。子爵は何をすることがセシルのためになるのか葛藤していたのだろう。

魔導列車は学園都市中央に設けられた、学園近くの駅に停まる。ワラワラと人が降りる中、アレンたちも一緒に学園目指して歩きだす。

ラターシュ王国の人口は約２０００万人。平民や農奴に兵役の義務はないが、学園を卒業すれば王国内での仕事で優遇されるとあって、毎年すごい数の受験生がやってくる。

塀に囲まれた敷地に向かうと、校舎の前の広場はすでに多くの受験生で溢れ返っていた。

『受験生の皆さま、まずは鑑定の儀を受けてください。合格した方は渡された番号札を持って校舎前の受付に来てください』

「鑑定の儀？」

クレナがこてっと首を傾けて、広場に設けられた魔導具と思われる拡声器の声に反応する。

「試験を受ける前に鑑定を受けないといけないみたいだな」

アレンが答える。

なるほど、広場にはいくつもの行列ができている。この行列に並んで鑑定の儀を受けるようだ。

（そうか、鑑定するのか。才能無しが混じっているかもしれないからな）

そういえば昔、どこぞの貴族が剣士なのに剣聖と名乗ったという話を騎士団長から聞いたことを思い出す。「活躍するべき場で活躍出来なかった」と騎士団長が言っていた。今思えば、魔王軍と戦う戦場で剣聖としての活躍が出来なかったという話ではないのかと思う。想定した戦力がないのであれば、戦場は大変なことになっていそうだ。

１時間ほど並んでいると、行列がずいぶん進んだ。

「この中に貴族の方はいますか？」

「私はグランヴェル家よ」

「では、これから鑑定をするので1人ずつ水晶に手を当ててください」

（む、貴族かどうか確認したぞ）

試験官がセシルの言葉に反応して何やらメモを取っている。

ドゴラから鑑定が始まった。

【名　前】ドゴラ
【体　力】B
【魔　力】D
【攻撃力】A
【耐久力】B
【素早さ】C
【知　力】D
【幸　運】C
【才　能】斧使い

「君は斧使いだね。素晴らしい能力値だ」

ドゴラに割符を渡す。鑑定の儀を合格した証のようだ。番号が書かれている。

(ふむふむ、ドゴラの能力値は変わってないな。年齢で能力値が変わるわけではないと。それにしても「素晴らしい」か)

次にセシルが水晶に手を当てた。そして、試験官から「おお!」という声が漏れる。

【名　前】セシル=グランヴェル
【体　力】C
【魔　力】A
【攻撃力】D
【耐久力】C
【素早さ】B
【知　力】S
【幸　運】B
【才　能】魔導士

「これは素晴らしい。才能も能力値も問題ない。これを受付に渡してください」

(これがセシルの能力値か。メモしておこっと)

セシルも鑑定の儀を合格したようだ。アレンが魔導書にメモしておく。続けてクレナが水晶に手をかざす。相変わらず水晶が激しく反応し、すごい輝きを放つ。

【名　前】　クレナ
【体　力】　S
【魔　力】　C
【攻撃力】　S
【耐久力】　A
【素早さ】　A
【知　力】　C
【幸　運】　B
【才　能】　剣聖

「これは……剣聖ですね。もしや剣聖クレナですか？」

「え？　そうです」

なぜ自分のことを知っているのかと不思議そうな顔をする。どうやら剣聖クレナが試験を受けるという情報が回っているようだ。クレナも合格し、割符を渡される。

（やはり、能力値はレベルや年齢により変化なしと。星３つの剣聖はさすがに珍しいか）

王国で剣聖が出てくるのは、王国の出生数なら10年に１人くらいの確率らしい。かなりのレアだが、王国北の巨大な帝国には何十人も剣聖がいるというから、あくまでも生まれてくる子供の数に比例するようだ。

子爵や魔法の講師に才能について色々聞いて分かったこと
・星1つ　10人に1人
・星2つ　1000人に1人
・星3つ　王国10年に1人
・星5つ　存在が奇跡

最後はアレンの番だ。クレナの鑑定結果に驚いている担当官をよそに、水晶に手をかざす。

すると水晶からクレナとは比べ物にならないほどの光が放たれ、広場を満たした。

周りで試験や順番待ちをしていた受験生や試験官も、何が起きたのかとうろたえている。

「おおおお！！！！」

思わず大きな声を漏らした試験官が、目を細めながら期待を込めて鑑定板を凝視した。

【名　前】アレン
【体　力】E
【魔　力】E
【攻撃力】E
【耐久力】E
【素早さ】E
【知　力】E
【幸　運】E
【才　能】召喚士

「……何だこの鑑定結果は。全ての能力値がEではないか。ふ、不合格です」

（ちゃんと鑑定結果が召喚士になっているな。それにしても不合格か。鑑定するって言われて何となくそんな気がしていた。第3巻完ってやつか）

「ちょ！　何でアレンが不合格なのよ!!」

「アレン、不合格なの？」

セシルとクレナから声が上がる。ドゴラは鑑定板の文字を、一つひとつ確かめるようにじっと見ている。

「皆、俺は不合格みたいだから、受験頑張ってくれ。試験が終わった後の集合場所を決めておこうか」

「ちょ、なに話を進めてんのよ！！！」

アレンがあまりに平然としているので、セシルからツッコミが入る。

（まあ、別に学園に通えないなら通えないでやることあるし）

アレンは不合格になっても構わないと思っている。そもそも能力値が全てEと表示されることは知っていたし、そのせいで合格できないかもしれないとも思っていた。一応子爵からは、5歳時の鑑定に誤りがあり、アレンにはちゃんと才能があったことを記した書状を貰っているが、この状況ではそれも役に立ちそうにない。

（それにしても、才能があっても能力値が低いと落とすのは、貴重な情報だ）

アレンは行列に並んでいる時に、3人に1人程度の割合で受験生が不合格を言い渡されているのを見ていた。

才能があればいい訳ではないようだ。ステータスの各能力値により、以下のことが分かるのではないのかと考えている。

・才能があっても能力値に差があり、成長後の実力が変わってくる
・能力値によって、成長したらどの程度の強さになるのか分かる

前者については、同じ才能でも能力値に差が生まれる。剣士なのに攻撃力が低かったりと、能力値には個人差があるようだ。剣士には剣士らしい能力値が求められ、魔法使いには魔法使いらしい

能力値が求められる。どうも試験官の反応ではクレナ、セシル、ドゴラは才能に合った能力値だったようだ。

　後者は、能力値により成長が固定されていると考えた場合だ。成長後の強さについて、現時点でおよその見当がつく。学園側としては、どうせ戦場で役に立たないものに試験を受けさせる理由も、わざわざ3年間かけて学園で鍛える理由もないということだろう。

　そしてこれこそが、入学試験に実技がない理由だろう。今いる受験生にはレベルを上げている者と上げていない者がいる。レベルを上げているなら合格、上げていないなら不合格では、本当の才能で合否を判断したことにならない。

（なるほど、今までは5歳時の鑑定結果と筆記試験で合否を決めていた。才能詐欺があってからは、試験会場で鑑定をして、結果で悪ければ筆記試験もさせないと。現場で才能詐欺も防げるし合理的だな）

「何騒いでるの？　駄目だよ。落ちたからって騒いじゃ」

　明らかに試験官ではない水色の髪をした青年が近づいてくる。何処となくへらへらした青年だ。その横には壮年の銀髪のエルフがいる。クレナやセシルが騒いだ様子を聞きつけてやってきたようだ。

（お！　本当にエルフいるんだ）

　異世界に来て初めて出会ったエルフに、アレンは少し興奮する。

「い、いえ、実は……」

　試験官がやってきた2人に事情を説明すると、青年が「そうなの？　こんな鑑定結果初めて見たよ」と鑑定板を見る。

「ちょっと、どういうことよ！　アレンが落ちるなんておかしいじゃない‼」

試験官と話をしていた青年にセシルが詰め寄る。

「おかしい、っていうのはどういう意味かな？」

水色の髪の青年が反応する。

「言葉の通りよ！　だってアレンはマーダーガルシュも1人で倒しちゃうんだから！！！」

アレンとマーダーガルシュの死闘を間近で見ているセシルは、怒りが収まらないようだ。

「マーダーガルシュをその歳で、たった1人でか。すごいね。それなのに能力値が全部E、たしかにこんな鑑定結果は見たことがないな。……本当にいたんだ」

（本当にいた？）

「全てEランクの少年が、本当に今年やってくるとは。ローゼン様のおっしゃっていたとおりだ」

壮年のエルフが驚愕しながら言う。

「学長、ローゼンは他に何か言ってなかったの？　これだけだと何のことだか分かんないんだけど？」

青髪の青年は肩をすくめながら壮年のエルフを見る。

（なんだなんだ？　一体何の話をしてるんだ）

「精霊王様は先見が苦手なのだ。そもそも精霊の領分ではない。それと我らが信仰の対象をいい加減呼び捨てにしないでほしい」

「ああ、ごめんよ。敬語は苦手で」

「それで、ヘルミオス殿。この鑑定結果は間違いないのか？」

「ちょっと待ってね。今調べるから」

水色の髪の男がアレンを見ると、その金色の瞳がほのかに輝き始める。

「学長……ヘルミオス……」

ヘルミオスという名前は、アレンもセンルも聞いたことがあった。館で魔法の講師から教わった帝国で生まれし勇者の名だ。そして、青年は横にいるエルフを学長と呼んでいる。学園都市の学長なら、この学園都市も治める立場だったと記憶している。

アレンを凝視するヘルミオスの瞳が輝きを増す。

（勇者見参だな。何でこんなところにいるんだ？　というか、「調べる」って俺のことをだよな）

「えっと、攻撃力は５７０で、おお！　知力が１６３０もあるね」

（ぶ、完全に鑑定スキルだ。こいつ勝手に俺のステータスをベラベラしゃべりやがって。つうか、なんで星５つの勇者は鑑定できて、俺はできぬ。これは念入りに神に申告しないといけないな）

勝手に公表するなという言葉を飲み込む。それは自分のステータスが分かることと同義だ。

「知力１６００ということは、知力評価Ｓではないか。なぜＥなのか？」

鑑定結果が映った鑑定板を見つめながら、ヘルミオスの話に学長が聞く。

「でもおかしいよね。このステータスだとマーダーガルシュは倒せないかな？」

「そうなのか？」

「うん、攻撃力、素早さも耐久力もマーダーガルシュの方が上だから、すぐにやられちゃうと思うよ。知力は高いしステータスだけなら大魔導士に近いけど、スキル欄に魔法スキルがないしね」

（おいおい、いい加減にしろ。だがその分析は間違っていない。さすが勇者だ）

「魔法を使えない大魔導士か」

学長は怪訝な顔をしながらも、ヘルミオスの話を理解しようと努める。

「そう、この召喚士という聞いたことのない才能が答えなんじゃないのかな。アレン君といったかな。どうも鑑定板が故障みたいだから僕が代わりに鑑定したよ」

「じゃあ、合格なのね！　アレン合格だって!!」

セシルはとても嬉しそうだ。

「う〜ん、でもせめてこの召喚士という能力を見せてくれないかな？　能力が一切分からないし」

ヘルミオスは値踏みするようにアレンを見る。

「え？　それだけでいいの？　アレンあのでっかい熊っ……!?」

アレンが一瞬で後ろからセシルの口を塞ぐ。

（おい、セシルしゃべりすぎだ。何か俺を探していたみたいな感じだが。ふむふむ）

「申し訳ありません。試験官、こんなにお騒がせして。不合格ということなんで早々に退散します。後ろもかなりの行列のようですので」

ヘルミオスの提案を無視して、アレンは試験官に不合格を受け入れた旨を伝える。

「は、はい。え？」

「何言ってるのよ！」と言おうとしたがセシルは声が出ない。まだアレンが口を塞いでいるからだ。

「才能を見せてくれたら鑑定の儀の方は合格させるって言ってるんだけど」

ヘルミオスが試験官とアレンの会話に入ってくる。

「申し訳ありません。試験官ではないようですが、あなたはどなたでしょう？」

「『え？』」

学長と試験官がアレンの言葉に驚く。相手を知っての発言かということだ。

「え？　ごめん。僕の名前はヘルミオスっていうんだ。一応勇者をしているんだ」

「勇者？　存じ上げませんね。それが才能を見せる理由になるのですか？」

「え？」

まさか勇者と名乗ってもこんな態度を取られるとは思ってもみなかったようだ。

「その辺にしないか。学長である私が命ずる。才能を見せてくれ。これならいいだろう？」

「お断りします」

「な！」

学長も、アレンがそれでも断るとは思っていなかったようだ。

「どうせ、そのうち見せることになるんだし。何でそんなに才能を見せることが嫌なのかな？」

「才能を見せたくないなんて一言も言っておりませんが？」

「え？」

「タダでは見せないと言っているんです」

「タダでとは？」

「私の才能は、学長も知らない特別なものです。見たいなら、対価を払っていただきたい」

「え？　お金を払えとかそういう話かい？」

「いえいえ、お金なんて興味はありません。学長との会話から察するに私の能力をご覧になったようですので、あなたもその水晶で鑑定していただけませんか。それが対価です」

鑑定板が壊れているという話はヘルミオスが今作っただけのことだとアレンは分かっている。ヘルミオスが学長を見る。学長がため息をついて頷く。それでいいようだ。

「……まあ、別にいいけど」

そう言ってヘルミオスが水晶の前に向かう。

(よし、これである程度分析できるぞ。なぜ試験会場に勇者がうろうろしていたか知らぬが、これは幸先いいかもしれん)

アレンは3年後に戦場に行く。その戦場でどの程度の力がいるのか。5年で帝国の国境線を北上させた勇者の能力値はどの程度のものなのか知っておきたい。

勇者が鑑定を始めると、アレンほどではないがとても強い光を水晶が放つ。

【名　前】ヘルミオス
【体　力】S
【魔　力】A
【攻撃力】S
【耐久力】S
【素早さ】S
【知　力】A
【幸　運】A
【才　能】勇者

（ふむふむ、AとSしかないのか。どちらかというと物理系だな。イメージ通りか）

能力値を分析しながら、魔導書への記録も忘れない。

「さあ、見せたよ。召喚士のスキルを見せてよ」

「では」

受験生も試験官も勇者とアレンのやり取りを見ている。皆が注目をする中、アレンは手の平を勇者の前に突き出す。

（チョロスケ出てこい）

アレンの手の平に、鼠の姿をした獣Hの召喚獣が現れる。

「「これは!?」」

ヘルミオスと学長、そしてクレナとドゴラも取り囲むようにアレンの手の平に現れた召喚獣を見つめる。クレナとドゴラもアレンの召喚獣を見るのは初めてだ。すでに召喚獣を見たことがあるセシルが、どこかしら得意げなのは気のせいだろうか。

周りからは、鼠を手から出したぞと言う声が聞こえる。

「何もないところから獣を出したね。だから召喚士なのか」

ヘルミオスが、アレンの出した召喚獣を見ながら分析をする。

学長もアレンのスキルを分析しているようだ。鼠を見ながらブツブツとつぶやく。

「これは……獣を従えているということか。魔獣使いに似ているな。魔王のせいで滅びたはずだが……召喚士の出す獣は別なのか？」

（なんだ？　魔獣使いは魔王のせいで滅びたと言ったぞ）

過去に冒険者レイブンから「この世界に魔物使いはいない」と聞いていたが、昔はいたのだろうか。

「では、約束通り能力を見せたので失礼しますね」

鑑定の儀の合格の条件は、能力を見せることだけだったと認識している。

学長たちの返事を待たずにアレンは獣Hの召喚獣を抱えたまま、試験官に割符を貰って校舎を目指す。クレナたちも、アレンが移動を始めたのでついて行く。ヘルミオスと学長は、それ以上何も言わず、立ち尽くしたまま何かを考えているようだった。

「危うく試験に落ちるところだったじゃない！」

「まあ、その時はその時で」

（試験に落ちても戦場には行けるしな）

戦場に行くためにはいくつかの方法がある。学園に落ちた時のために調べておいた。

・１つ目は、学園を卒業してそのまま戦場に行く
・２つ目は、自ら志願して戦場に行く
・３つ目は、貴族に従って戦場に行く
・４つ目は、罪を犯した刑罰として戦場に行く

１つ目は、今入学のために受験をしているから省略。

２つ目は、才能の有無にかかわらず志願していくことができるらしい。才能がなければ戦闘には参加しないが、物資運び、料理や医療など働き口はたくさんある。基本的に生活に困ったものが手を挙げる。志願制は、主に帝国用のものだ。

３つ目は、勤めのある貴族は戦場に１人で行かず、配下を連れて行くことがある。これは王国も認めている。ミハイは誰も連れて行かなかったが、従者を連れて行く貴族は多い。中には10人以上の従者を連れて行く貴族もいるらしい。受験に落ちた場合は、この選択肢になるとアレンは考えている。才能さえあれば、従者だけではなく、冒険者や傭兵も可能という。

４つ目は、特に才能のあるものが罪を犯した場合だが、一定期間従軍することで、刑期を減らす

ことができるらしい。従軍の期間は罪の重さによって1年、3年、5年とある。5年も従軍すると7割は死んでしまうらしいが、もし生き残れば晴れて釈放だ。

ともかく、アレンたち4人は割符をそれぞれ渡し、試験会場に向かう。廊下から教室を覗く。

（教室は大学の講堂というより、小中高の頃の教室のイメージに近いな。まあ実際12歳だし、中学校みたいなものか）

アレンを先頭に、指定された教室を目指して進んでいく。本来は貴族であるセシルがリーダーなのだが、一切迷わず魔導列車にも乗るし、建物にも入って行くアレンが、事実上のリーダーになりつつある。

教室に入り、4人で席に座る。この教室が一杯になったら試験開始だ。

ほどなくして30人一杯になり学科試験が始まった。算数、国語、王国史とどんどん解いていく。

難しめの問題と簡単な問題が混ざっている。

（あれ？　この出来事、何年に起きたんだっけ）

魔導書を開いてメモした内容を確認する。

（満点は簡単に取れないようにしてあるのか。普通に勉強して6割くらい解ける難易度かな）

前世の大学受験を思い出しながらテストを進めていく。

学科テストを終えると、これが最後だと1枚の羊皮紙が配られた。これもテストのようだ。今までの問題とは違い、数行しか問題がなく余白が多い。

問題1

ゴブリン3体とオーク1体がいます。あなたが剣士なら、どちらから倒しますか。

(アレンの解答)

まずは倒しやすいゴブリン3体を先に倒す。そして、1対1になってからオークを倒す。

理由は、4体に囲まれた状況では、攻撃を受ける可能性がかなり高く、体力や薬を無駄に消耗してしまうから。

問題2
オーク1体が、僧侶と村人を襲おうとしています。あなたが剣士ならどちらを守りますか。

(アレンの解答)

条件に依るが、村人を守る。

理由としては、僧侶が自らを回復させながら攻撃に耐えている間に村人を守る。そうすれば僧侶と村人両方を救える。

しかし、村人の方が遠くにいて明らかに僧侶が狙われる場合、僧侶が防具を持たず今にも危険が迫っている場合などは、より危険が迫っている方、もしくは助けられる方を優先する。

(何だこれは、もしかして論述問題ってやつか)

おそらく魔獣に対する知識や判断能力を知るためのテストなのだろう。道徳上明らかに問題のある者を学園に入れないための配慮なのかもしれない。似たような問題が残り3問ほどあり、全て解いて終了した。明日の昼には解答結果が校舎の前に貼り出されるそうだ。

暗くなる頃宿屋を探して泊まる。
そして翌日になった。

ドゴラ　B判定　合格
セシル　A判定　合格
クレナ　C判定　合格
アレン　S判定　合格

（結構早く解答結果が分かると思ったら、細かい点数は出ないんだな。たしかC判定以上が合格だっけか。結構難しいなと思ったがS判定か。それよりクレナ、ギリギリじゃねえか。もしかして剣聖だからって、学園側が下駄履かせたんじゃないよね？）

B以上の判定を受けたら受験料及び授業料をグランヴェル家が一部負担してくれると言っていたが、学園のダンジョンで稼ぐ予定があるので問題ないと丁重に断った。受験料が金貨1枚、年間授業料は金貨10枚。卒業までに最低金貨31枚がかかる。優秀な農奴が入学する場合は、それぞれの領の貴族が負担するものなのかなと考える。

『試験に合格された方は、校舎の前にお集まりください』

拡声器の声がする方に向かうと、ほどなくして入学に向けての説明が始まった。
制服は支給されるとのことで、体の寸法に合った制服を持って帰るように言われた。
また、寮に住むのか、通学するのか、今決めないといけないらしい。

そして、入学するまでに冒険者証は各自取得するようにとのこと。説明は以上のようだ。

「アレン、寮に住むの？」

クレナが尋ねてくる。この数日のアレンの行動から、４人の中でリーダーはアレンであるという認識が固まっている。

セシルもアレンの回答を待つ。

「いや、どっかに住む家借りて、そこで皆で住もう」

「分かったわ。じゃあ、これから不動産ギルドに行くのね」

セシルがアレンの回答に同意し、さっそく賃貸物件を探しに行こうとする。

「いえ、まずは冒険者証を取りに行きます。物件探しはそれからにしましょう」

こうして、アレンたち４人は学園の試験に合格し、冒険者ギルドに向かうのであった。

第二話　冒険者ギルドでの情報収集

学園の合格発表を確認したアレンたちは、魔導列車に乗り冒険者ギルドを目指す。魔導列車はどれだけ乗っても一律銀貨1枚となっている。

魔導船で上から街全体を見たら、街は円状となっていた。その輪郭に沿って線路がぐるっと巡らされ、さらに円の中を東西南北に線路が走っている。交通の便が良さそうだ。

学園都市と聞くと、学生ばかりと思ってしまうがそうではない。周辺にダンジョンが多いからか、それとも冒険者ギルドに向かっているからなのか、車内には冒険者が多いように感じる。

魔導列車から降りて、5階建ての大きな建物に向かう。

「ここだな」

グランヴェルの冒険者ギルドにもあった、剣と杖と盾のマークがある。

「いらっしゃいませ。どのような御用でしょうか？」

綺麗なお姉さんが、入るなり声を掛けてくる。

「冒険者登録に来ました」

「見たところ学生さんのようですが？」

「はい、4月から学生です」

「合格したときの受験番号はお持ちですか？」

鑑定の儀で渡された割符を見せると、学生及び合格者は２階ですと案内される。２階の案内係によると、今いっぱいなのでしばらく待ってほしいとのことだった。

アレンたち以外にも学生がたくさんいる。もしかしたら別の日に合格した受験生かもしれない。中を覗くとカウンターが10個以上設けられていて、前世で見た銀行の窓口のようだ。１階よりも環境が整っているところを見ると、かなり学生を優遇しているようだ。学園都市に対して、冒険者ギルドも協力しているのだろうか。

しばらくすると順番が来て、案内された番号のカウンターに座る。前列にアレンとセシルが、後列にクレナとドゴラが座る。

スタッフのお姉さんが４つの水晶を持ってくる。

「冒険者証の発行ですね。まず、１人ずつこの水晶に手を当ててください」

言われた通りそれぞれが水晶に手を当てると、ほのかに光る。

（鑑定もそうだが、個人データの認証に使うのは水晶なんだな。誰がこれを作っているんだ？）

「こちらにご記載をお願いします」

今度は名前、出身、才能などを書く羊皮紙を渡される。書き終えたら、水晶と羊皮紙を持ってカウンターの奥から別室に行く。

「今しばらくお待ちください。その間に冒険者について説明させていただきます」

お姉さんの説明を魔導書に記録していく。

・冒険者は冒険者ギルドが管理している
・王国からは独立した組織である
・冒険者にはEからSまでのランクがある
・全ての冒険者はEランクから始まる
・冒険者は依頼主（冒険者ギルド・領主等）からの依頼を受け、その報酬を貰う
・依頼には通常依頼、緊急依頼、指名依頼の3種類がある
・緊急依頼と指名依頼はCランクの冒険者になると受注できる

（この辺はレイブンの話のとおりだな）

8歳の時にレイブンと知り合って、冒険者についてはある程度理解しているつもりだ。初めて聞く内容もあるが、今のところは既に知っている知識の延長線上だ。

「以上になります。何か質問はありますか？」

「たくさん質問があるのですが、お時間は大丈夫ですか？」

「もちろんです。冒険者は危険なお仕事です。何でも聞いてください」

「ダンジョンに入るには、何か条件はありますか？」

「いくつかございます。まず、皆さまはEランクの冒険者ですのでC級ダンジョンにしか行けません」

「C級ダンジョンですか。どのようなものか教えてください」

お姉さんがうなずいて、ダンジョンについて教えてくれた。これも魔導書に記録していく。

・学園都市には20個のダンジョンがある
・内訳はC級が10個、Ｂ級が６個、Ａ級が４個
・C級のダンジョンは最低難度で、Ｅ～Ｃランクの魔獣が出てくる
・Ｂ級のダンジョンは中難度で、Ｄ～Ｂランクの魔獣が出てくる
・Ａ級のダンジョンは最高難度で、Ｃ～Ａランクの魔獣が出てくる

ダンジョンの開放とランクアップの条件は、以下のようなものだった。

・Cランク以上の冒険者でないと、Ｂ級のダンジョンには入れない
・Ｂランク以上の冒険者でないと、Ａ級のダンジョンには入れない
・C級のダンジョンを１つ攻略すると、冒険者ランクはＤになる
・C級のダンジョンを３つ攻略すると、冒険者ランクはＣになる
・Ｂ級のダンジョンを３つ攻略すると、冒険者ランクはＢになる
・Ａ級のダンジョンを３つ攻略すると、冒険者ランクはＡになる

（なるほど、さて、ここからが本題だな）

アレンにはこの学園都市の３年間で達成しないといけない大きな目標がある。それは、「魔力回復リング」を探すことだ。

理由は、現在も苦労しているスキルレベル上げをどうにかしたいからだ。3年後、戦場へ赴くまでにもっとスキルレベルを上げておきたい。それには魔力をどれだけ回復できるかが重要だ。

魔力回復リングを知ったきっかけは、セシルが攫われた際、アレンも寝てしまったことだった。睡眠薬が効かなくなる防具のようなものはないか、魔導具屋に行った。そこでは、「魔導具屋ではそのようなものを扱っていない。魔法具屋に行け」と言われた。

そんな店があったのかと魔法具屋に行くと、確かに睡眠を完全に防ぐアイテムはあるという。それは「睡眠防御リング」といい、指輪の形をしたアクセサリーらしい。しかし、「睡眠防御リング」はとても貴重で、めったに物は出回らないという。元々入手困難な上に、自らの身を守りたい王侯貴族や富豪が買ってしまうので、王都か学園都市に行かないとないと言われた。一応値段を聞いたところ、睡眠防御リングは、金貨100枚程度が相場だということだった。

ついでに魔力を回復するアイテムはないか聞いたところ、魔法具屋の主人はそんなものは聞いたことはないが、着けているだけで傷が回復する指輪があるらしい。そのアイテムは「体力回復リング」と呼ばれ、学園都市で昔発見されたもので、定かではないが金貨1000枚は下らないだろうと言った。

アレンは、体力回復リングがあるなら、魔力回復リングもあるだろうと考えた。

「ダンジョンには貴重なアイテムがあると聞きました。どのような形で出るのですか？」

「ダンジョンで手に入るアイテムですね。このような形でアイテムが手に入ります」

・ダンジョンには宝箱がある

・各ダンジョンの最下層にはボスがいて、倒すとアイテムが手に入る

「最下層ですか。それぞれのダンジョンの階層はどの程度ですか？　あと迷わず進んだ場合の移動時間も教えてください」

「最下層はダンジョンの難易度によって違いまして……」

・C級ダンジョンは4層から6層
・B級ダンジョンは10層から12層
・A級ダンジョンは15層から20層
・C級ダンジョン1階層の移動に必要な時間は6時間程度
・B級ダンジョン1階層の移動に必要な時間は12時間程度
・A級ダンジョン1階層の移動に必要な時間は24時間程度

（ふむふむ、最低難度のC級でも24時間かかるのか）

「ダンジョンは結構広いんですね。体力回復リングが学園都市で発見されたというのは本当ですか」

「よ、よくご存じですね。たしかに体力回復リングがダンジョンで見つかったことがあります。70年ほど前、A級ダンジョンの最下層ボスが落としたと言われております」

（ぐ、70年前なら魔王が魔獣を強化する前じゃねえか。今と昔では難易度が違う件について。だが、

やばい。入手が難しいアイテムをダンジョンで探すという状況を想像するだけで、ワクワクしてくる自分がいる)

魔王の力によって、魔獣は記録上のランクより実質1ランク上の強さを手に入れている。ダンジョンも今と昔では難易度が違うのだ。A級ダンジョンの最下層ボスはAランク魔獣だろう。今の自分たちでは、討伐はかなり難しそうだ。だが魔力回復リングが手に入るかもしれないのだ。それだけで学園都市に来た価値は十分ある。

アレンの質問はさらに続く。

「まだ、質問があるのですがよろしいですか?」

「も、もちろんです」

既に職員の前には別の職員が冒険者証を用意してあるのだが、アレンの質問が終わりそうにない。若干、冒険者ギルド職員のお姉さんが引いている。真剣に質問をするアレンとお姉さんの話を、セシルたちは黙って聞くほかなかった。

「ダンジョンの魔獣でも魔石は手に入りますか?」

「もちろんです。ああ、これも言っておりませんでしたが、魔石しか手に入りません」

「魔石しか?」

ダンジョンでは魔石しか手に入らない。つまり魔獣を倒すと魔石だけが残り、死体は残らないということだ。

魔石やダンジョン内に落ちている宝箱やボス討伐報酬以外の素材が欲しければ、学園都市から数日歩いたところにある森や山で魔獣狩りをするといいらしい。そこにはCランクやBランクの魔獣がいるそうだ。

「わかりました。私はDランクの魔石を集めています。募集の上限はありますか？」

冒険者として話をしていたが、ここからは依頼主として魔石を募集する話をする。

「えっと、そうですね、どれくらいですか？」

「最低２００万個を考えています」

「え!? に、２００万個ですか？」

「おい、２００万個だと!?」

「ちょっと２００万ってどういうことよ!?」

ギルド職員もドゴラもセシルも驚く。クレナはあまりピンときていないようだ。

「最終的にはそれくらいを考えています。一応1回1万個程度の依頼を考えています。今金貨１０0枚ありますので、この場で依頼を出しても構いませんか？」

アレンはカウンターに、どさっと金貨１００枚が入った袋を置く。

「も、問題ないかと思います。この学園都市は魔石が豊富にございますから……。ただ、大量のご依頼となりますと、達成までにお時間がかかるかもしれません」

Dランクの魔石は1個銀貨1枚なので1万個で金貨１００枚になる。手数料が1割かかると言われた。さすがにタダでは仲介してくれないか。さらに追加で金貨10枚を出す。

「どれくらいで1万個集まりそうですか？」

「そうですね……、１週間後にはお渡しできるかと思います」

学園都市に来る前、アレンは同様の依頼をグランヴェルのギルドでもしようとしたが、そのときは1万個は厳しいという話だった。そもそもアレンがゴブリンを狩りつくしているので、グランヴェル領では魔石が不足気味になっていた。しかしさすがは魔獣がうごめくダンジョンを20個も擁する学園都市。魔獣の数だけ、魔石は大量にあるようだ。報酬さえ払えば、魔石狩りを代行してくれる冒険者も増えるかもしれない。3年ほど全力で大量募集をする所存だ。

（よしよし、とりあえず今確認すべきことは確認したな。あとは一度ダンジョンに行ってみて、また分からないことがあれば聞くか）

「他に質問はありませんか？」

「もう大丈夫です。ありがとうございました」

「で、では、冒険者証を発行します」

やれやれといった様子で、お姉さんが4人に冒険者証を渡す。名刺ほどの大きさの漆黒の板に、名前とランクが銀色の文字で表示されている。

『アレン　E』

（ふむ、魔導書も鑑定の儀もそうだが、神は全て漆黒の板と銀色の文字で押し通すつもりか。まあ、統一感があっていいけど）

「確かにいただきました。これで手続きは終了ですか？」

「最後に1つ……皆さん、パーティー登録はされますか？」

（ん？　そういえば、そういうのもあったな。パーティー登録もしておくか）

冒険者仲間で組むパーティーという団体については、レイブンから聞いていた。何でもパーティーを組んでいると信用が上がって、指名依頼などを受けやすくなるらしい。依頼はすることはあっても受けるつもりはないが、せっかくだし一応登録しておくことにした。

「ご登録用のパーティー名はお決まりですか？」

「アレンが決めて頂戴」

セシルの言葉に、クレナとドゴラも頷く。

「では、『廃ゲーマー』にしたいと思います」

「どういう意味よ？」

聞き慣れない言葉に、セシルの好奇心が刺激されたようだ。

「廃ゲーマーとは、目指すべき道を究めるということ。全てを賭けてやり込んだ者が名乗れる称号です」

「へえ、すごい意味があるわね。なんかいいじゃない」

「すみません。パーティー名は『廃ゲーマー』でお願いします」

「わかりました。では、すぐに済みますので少々お待ちください」

ギルド職員が、奥に引っ込んでいく。アレンはセシルたちの方に向き直って、頭を下げた。

「すみません。ずいぶん時間をかけてしまいました」

「いいわ、アレンのおかげで色々確認できたし、これからどうするの？」

「今日はかなり遅くなってしまいましたので、明日は朝から物件を探しましょうか」

「そうね。住処が決まったら、今後についてみんなで話しましょうか？」

そう言って、セシルはクレナとドゴラを見る。

「今後？　アレン、今後って……」

「そうだ。クレナ。これから3年間の目標があるんだ」

拠点が決まったら皆に話すよと、アレンが続けようとした時だった。

ブンッ
「わあ!!　デカい本だ!!」

4人の前に魔導書が出てきた。全員が驚く中、クレナが目を輝かせて本に手を伸ばした。

（え？）

アレンが魔導書の表紙を確認すると、そこには銀の文字で何かが書かれている。

『クレナが仲間になった』

『セシル＝グランヴェルが仲間になった』

『ドゴラが仲間になった』

「何この本、いきなり現れたわよ！　アレンどういうことよ」

少し落ち着いたセシルが当たり前のように受け入れるアレンに問う。

（はい、完全に魔導書が見えています。本当にありがとうございました。……ってもしや）

アレンが3人の反応に構わずに魔導書を開く。

（3人のステータスが載っているぞ！　4か月祈ったかいがあったぜ!!）

召喚獣のページの後、アレンに続いて3人のステータスが載っている。神からのお知らせを確認するが、どうやら何もないようだ。皆が説明しろとアレンに視線を送る。

「い、いえ、この件も含めて、落ち着いたら話をしましょう」

ひとまず皆を落ち着かせる。パーティー登録と、Dランクの魔石1万個分の収集の依頼を終え、明日は拠点探しに出掛けるのであった。

＊　＊　＊

翌日、アレンたち4人は不動産ギルドを訪れた。

「いらっしゃいませ、今日は何用ですか？」

（ふむ、12歳の子供4人で来たが、対応が丁寧だな。どこもこんな感じなのか）

クレナ村では見られなかったサービス精神を感じる。

冒険者ギルドと同様にローカウンターに案内され、職員が対応をしてくれる。

「どういった物件をご希望ですか？」

「5、6人でも住める一軒家の物件を探しています。複数のダンジョンの近くで、魔導列車が走っていて、学園に通いやすいところでお願いします」

駅近でコンビニが近くにある物件くらいのノリで、アレンがお願いをする。

「なるほど、なるほど」

職員が羊皮紙にメモを取りながら、物件を記録した冊子のようなものをめくり探していく。

冒険者ギルドから帰ったあと、みんなで物件の希望条件については話をしてある。念のためもう一度男女4人で暮らすことについて念を押したが、問題はないようだ。セシルとは同じ建物で4年間暮らしていたし、クレナとは同じ部屋で寝ていた間柄だ。ドゴラは「そうか」とだけ言っていた。

「ダンジョンの件ですが、C級の近くということでよろしいでしょうか」

「B級やA級も近くにあると嬉しいです」

職員はさらに冊子をめくる。

「う～む、その条件ですと、ダンジョンがいくつか密集している大通り沿いの物件になりますね」

(うむうむ、そういうのがいいぞ)

「いいんじゃない」

セシルも賛成のようだ。

「ただ、そういう物件はかなり大きくてですね……」

簡単に職員が説明をしてくれる。難易度の高いダンジョンを攻略する場合、パーティーの規模は20～50人と、大規模なものになるという。

そのため、難易度の高いダンジョン近くの物件はどうしても大きくなる。5～6人規模の物件は、このエリアにはないと言われる。

「大きくても構わないですよ。他の条件を優先して探してください」

「でしたら、これが20人規模の建物です」

(いいかもな。一応内見はしておくか)

実際に物件を確認してから決めようと3人に提案すると、そうしようということで話がまとまる。

職員に連れられて魔導列車に乗り、目当ての物件の前に着いた。

「こちらになります。いかがでしょう?」

「駅から近くていいですね。ダンジョンはどこにあるのでしょうか?」

アレンの質問をきっかけに、職員は建物の外観と立地について説明をしてくれる。アレンは鳥E

の召喚獣を飛ばし、話を聞きながら実際のダンジョンの位置関係を確認した。

（あの３階建ての建物がダンジョンか？　確かに駅もダンジョンも近くていい感じだな。それに周りは飲食店も多いし）

アレンを除いて３人は誰も料理が作れない。アレンは従僕をしていた時、料理長から料理も基本的なものはある程度教わっているが、ダンジョンを目の前にして皆の食事を毎日作るほど暇ではない。

（まあ、自炊するゲーマーはゲーマーではないからな。そんな暇ないし）

そんなことを考えながら重厚な造りの門を抜け、庭付き３階建ての大きな建物に入って行く。

「こちらの物件は、２階と３階にそれぞれ10人ずつ住むことができます。また、地下室もございます」

１階には多目的室、接客室、風呂が２つ、トイレが２つある。この街は下水が完備されており、トイレは水洗だ。風呂も魔導具でお湯が出る仕組みになっているという。地下は武器庫になっており、ダンジョンで手に入れたアイテムの収納が可能だ。

「これで家賃は月に金貨10枚ですか？」

「はい」

「みんなはどう？　特に問題ないと思うけど」

ドゴラが「月に金貨10枚」と聞いて不安そうな表情になったが、何も言わない。

では、これでお願いしますと言って、不動産ギルドに戻り、その日のうちにカギを借りて住むことになった。

ギルドから家までの道中で最低限の日用品と夕食を購入する。まずは1階の多目的室で、食事を摂ることにした。

「拠点も決まったし、今後について話をしたいと思う」

アレンはそう言うと、セシルを見る。セシルも頷く。

「今後?」

「そう、今後の3年間についてかな。俺とセシル様には目標がある。その件について情報を共有したい。食べながらでいいから聞いてほしい」

アレンはそう言って語りだした。魔法の講師から教えてもらった、この世界で起きている魔王との戦いについて、そして学園が何のためにあるのかについて。1時間近くかけてゆっくり話をした。

「セシル様は貴族の勤めとして、3年後に戦場へ行かなくてはならない。クレナもだ」

「私も?」

魔王史については、2年生の夏休み以降に習うらしい。それまでの課題をクリアした学生だけに教えるようだ。王都にある貴族院も同じく2年生になると教わるらしい。貴族院は原則として落第がないらしいので、貴族院の学生は皆、魔王史と貴族の勤めについて知ることになる。

「アレンは、セシル様をお守りするために戦いに行くということか?」

アレンの話を聞き終えたドゴラが、神妙な面持ちで尋ねる。セシルが無言で頷く。

「いや、それは違う」

「え? 何でよ!!」

アレンの意外な返答に、セシルの表情が一気に変わる。

「俺はセシル様と共に戦い、魔王軍ともども魔王を『倒そう』と思っている」

「アレンは魔王を倒すつもりなんだ」

なんとなくアレンらしいとクレナは思う。

「そう、倒そうと思っている。クレナもそれでいいだろ？　一緒に魔王軍と戦おう」

「うん！」

クレナが笑顔で同意してくれる。まさか自分が魔王軍を滅ぼす要員に入っているとは思わなかったセシルも、アレンらしいと納得する部分があるためか、もう何も言わない。

「ドゴラはどうするんだ？」

「あ？　俺か？」

「俺と一緒に魔王軍と戦って英雄になりたいか？　それともどこぞの貴族に仕える騎士になりたいのか」

「英雄か、騎士か……」

「軽い感じで話をしているが、正直かなり厳しい戦いになると思っているぞ。自分で決めてほしい」

3年間は一緒に学園生活を送り、戦場に行かないという選択をしてもいいと付け足す。

「俺も行くぜ。そうか、騎士ってちっちぇえ夢だったのか」

ドゴラは、腕を組み、笑顔で答えた。何か視界が開けたかのように天井を見ている。

「これからどうするの？」

クレナの質問に対して、今後の3年間の予定について説明をする。

「いくつかやることがある。皆でダンジョンを攻略しながら試練を乗り越え、装備を調える」

「なるほど」

「そして、仲間を増やしたい。探しているのは僧侶だ」

「仲間？　僧侶？　そ、そうね。回復する人が私たちにはいないわね」

　セシルがアレンの言葉を真っ先に理解する。

　アレンは、このパーティーには回復を専門で行う者が必要だと思っている。アレンも草系統の召喚獣を使えば回復できるが、魔石を消耗するので回復専門の人員が1人ほしい。

「そのための回復職の仲間を学園なり冒険者ギルドで探そうと思う」

「あと、何か指輪を探してたり、何か魔石を大量に依頼していたけど、あれはどういうこと？　大きな本が出てきたりしたけど、その辺りも説明してほしいわ」

　セシルがさらに冒険者ギルドでのアレンの言動について質問する。

（よしよし、これも今のうちに話しておこう）

「ああ、これも説明しておかないと。俺は皆より成長が遅いんだ。だから、この前受験に落ちかけた」

「アレンの成長が遅い？　何言っているのよ。すごく早いじゃない」

　アレンの強さを見てきたセシルには理解できなかった。そんなセシルや皆にアレンは、自身に100人分の試練がかかっていること、その試練を乗り越えるために、大量の魔石や魔力回復リングが必要であることを説明する。さらに冒険者ギルドで出現した魔導書について召喚士のスキルであることを説明する。

「あなた、私の館でそんなことをしていたの!?　そんな無理じゃない。１００人分なんて」

「そっか、だからアレンは頑張っていたんだ」

セシルは無理だと言い、クレナが納得した。

「え?」

クレナの納得にアレンが驚く。クレナはずっとアレンをよく見ていたようだ。ドゴラがしきりにうなずく。

「そういうことだ。だから、この３年間忙しくなるぞ」

こうして、拠点を確保したアレンたちは学園都市でのこれからについて目標を共有したのであった。

第三話　学園生活とダンジョン攻略の始まり

学園は週6日のうち4日授業をして、2日連休だ。それを踏まえ、学園に通う4日間は帰りに生活用品や装備を揃え、週末にダンジョンに行くことにした。基本週末2日はダンジョン攻略だ。

皆の装備品の費用はアレンが出すことにした。初期投資はこちらでするが、もっといい武器防具はダンジョンで手に入るらしいから、装備の更新はダンジョンで行う。

そして、自らの成長のために魔石が大量にいる。ダンジョンで稼いだお金は魔石代に使わせてほしいとお願いをしたら、3人とも快諾してくれた。

登校初日、アレンたち4人は試験のときに渡された番号が貼り出された校舎前の表を見て、指定された教室に入った。

(合格者は3000人くらいだっけ)

前世での大学受験で言えば、それなりの難関大学の倍率だなと思う。1クラス30人の教室が100個もある。

(2万人中3000人か、結構落とすんだな)

5大陸同盟の加盟国は完全なる一枚岩ではない。国や大陸によって事情は異なってくる。

魔王軍に対してもっとも危機感を覚えているのは、直接戦っている中央大陸ギアムート帝国、ドワーフの国であるバウキス帝国、エルフの国であるローゼンヘイムだ。

一方でギアムート帝国と同じ大陸にあるラターシュ王国のように直接国境線上で魔王軍と戦っていない国もかなり多い。この世界が球状ではないのか、南の大陸を攻める方法を知らないのか、魔王軍はこれまで南の2大陸を完全に無視している。この状況で全ての国が同じ危機感を持てという方が難しい。特に危機感の薄い国が才能有りを魔王軍との戦闘に送り出すことをかなり渋った。

凶悪化した近隣の魔獣を討伐しないといけないし、国内のダンジョンの魔石やアイテムの産出は、前世で言うところの原油や鉱石が取れるようなものだろう。国を豊かにするため、才能有りをなるべく出したくない。

その結果、才能のある平民不参加の、王侯貴族のみの参加となった。5大陸同盟会議で、南の2大陸の主張と、中央大陸の盟主以外の国々が強く主張した。国を守るのは本来、王侯貴族の務めである。平民を含めて何万人もの才能有りを戦場に出すのか、王侯貴族のみで数百人でいいのか、答えは決まってくる。当然、平民を数百人という選択肢はない。これでは、参加者を減らす大義が成り立たなくなる。

アレンが席に座り5大陸同盟について考えていると、皆思い思いに席に着く。同郷なのか一緒に仲良く話している者、1人で眠そうに座っている者。皆、授業が始まるのを待っている。

ガラリ
教員と思われる人物が教室に入ってきた。角刈り、40過ぎの男だ。とても堅気の人間には見えない。筋肉が大きすぎて、制服がピチピチだ。

「おう、皆いるな」

教壇に立ち、教室全体を見回して話し出す。

「今日から3年間、お前らの担任をするカルロバっつうんだ。少し自己紹介をすっぞ」

担任が話し出す。その見た目のインパクトからか、皆黙って聞いている。

「俺は普段、王都にある冒険者ギルドの支部長をしている。才能は剣豪だな。現役時代のランクはAだ。今年は剣聖が学園に入学するって話で、急遽ご指名されたわけよ」

頭を掻きながら、まいったぜと横を向く。どうやらクレナのために、3年間冒険者ギルドから出向して学園で教師をするようだ。

（冒険者ギルドから派遣とかあるんだな。冒険者ギルドは王国から独立した立場らしいけど、5大陸同盟についてはどうなんだろう。派遣の要請に応じるくらいだから、協力的ってことか）

冒険者証の申請のときも、担当者がずいぶん丁寧に対応してくれたことを思い出す。

「担任ということで、このクラスを受け持つ。剣の指導も俺の担当だから、剣士など剣を扱う才能があるやつは教官も俺だからな」

カルロバは、続いて今年1年のカリキュラムについて話しだす。彼によると、午前中は一般教養を学び、午後は各才能に合わせた訓練をするらしい。剣士なら剣の、槍使いなら槍の訓練をする。それぞれの才能ごとに教官がいるという。「才能ごとに集合場所が書いてあるから」と話しながら、生徒全員に羊皮紙を配り始めた。

「ああ、そうだ。7月と2月に教養の確認テストがあるからよ。40点以下は落第だ。しっかり勉強しろ。ああ、お前がアレンだよな」

（ん？　よく俺のことが分かったな）

見た目か素性か分からないが、どうもアレンのことを知っているらしい。

「はい」

「お前は、何でも歴代最高得点をたたき出したらしいな」

「え？」

後ろの方に座っているアレンにクラスの視線が集まってくる。

「だからよ、自分だけ勉強するんじゃねえぞ。皆で一緒に卒業したいなら、仲間に勉強を教えてやれよ」

（……それってクレナのことだよな。おいおい、やっぱり下駄履かせて合格させたんじゃねえのか？）

横の席に座っていたクレナが、アレンすごいねと尊敬の眼差しを送る。どうやら分かっていないようだ。

「は、はい。先生、分かりました」

「……ああ、それとな。お前らも知っていると思うが、この教室には農奴や平民もいれば貴族もいる。身分は違えど、学園の生徒には違いねえ。だからよ、生徒同士敬称は不要だ。仲良くやれや」

王族や貴族が尊大な態度をとったり、農奴や平民が遜《へりくだ》って会話をすると問責の対象になるという。

ずっと静かに話を聞いていた生徒たちがざわざわし始める。

アレンの後ろの席にはセシルがいる。アレンは体を正面に向けたままセシルに話しかける。

「セシル、これからは敬称不要なんだって」

「……」

アレンがさっそく敬語をやめると、セシルは固まってしまった。

「ん？　どうしたんだ？　セシル」

「どうしたの？　セシル」

セシルの様子にアレンとクレナが話しかける。何度も呼び捨てにしたその時。

「ガフッ！」

セシルが、体を起こし、両腕をしっかり使いアレンの首に裸絞めを極めた。いわゆるチョークスリーパーだ。

「あ、アレン。なぜ、そんなに躊躇なくそんな言葉づかいができるのかしら？　これまで内心、私のことを敬っていなかったのかしら？」

「え？　ぐ」

（こ、これは館で習っていた護身術か。とっさに出るとはセシルやるな。く、くるしい。た、耐久力もっと仕事をしてくれ。お前の力はそんなもんじゃないはずだ）

レベルが上がり、耐久力も上がっているが、なぜか日常での働きが弱い気がする。攻撃力なども加減されている気がしていたが、日常生活に支障が出るからだろうか。

「言いなさい。アレンは私のこと心の中ではどう呼んでいたの？　やはり『セシル』かしら？」

セシルがアレンだけに聞こえるくらいの声で囁く。ここで答えを間違えたら大変なことになりそうだ。

「も、もちろん、セシルおじょうさまです。それしか、ございません」

喉を絞められているせいでほとんど声が出ない。「常日頃から、セシルお嬢様を心から敬ってお

りました。学園のしきたりとはいえ、心苦しい限りです」と、必死に言葉を絞り出す。

「お、おいおい。そんなに仲良くしろとは言ってないぞ……」

アレンとセシルの様子を見たカルロバは、呆れ顔で呟いたのであった。

＊＊＊

カルロバの説明が終わると、クラスは講堂に移動し、全学年が集まって入学式が執り行われた。2年生、3年生は少し制服が違う。毎年制服のデザインを変えているようだ。

学園には大きな建物がいくつもある。講堂や広場も複数あるが、どれもかなり広い。

勇者と学長だが、試験の日から会っていない。精霊王がどうのとか、色々言っていたが、今のところ何のことだか分かっていない。とりあえず用があれば向こうから何か言ってくるだろう。

鑑定の儀で分かったことといえば、勇者がノーマルモードであること。そして何十万人という受験生を見てきたはずの学長が「オールE」の鑑定結果を見たことがないということは、恐らくアレン以外にヘルモードの人物はいないということだった。


早速授業が始まった。魔獣研究という授業だ。今教えてもらっているのは、ゴブリンとかオークの生態や活動についてだ。異世界ならではの授業だなと思う。倒し方や弱点、注意点などについて、講師が熱心に教えてくれる。

午後の授業は才能別の実技だが、召喚士の授業はない。担任に相談したところ、特に試験もないから興味のある授業に参加すればよいと言われた。とりあえず一通り覗いてみようと思い、今は剣や魔法などの授業を受けている。週6日のうち2日は休みなので、あまり詰め込み式ではないように感じる。

4日間の学園生活を終えた翌日の朝、アレンたち4人はC級ダンジョンを遠くに望んでいた。Eランク冒険者のアレンたちは、C級にしか入れない。

荷馬車などを持った冒険者たちが行列を作っている。朝は混むらしい。どうやら、ダンジョンに必要な荷物を荷馬車に詰めたりしているようだ。一方アレンは魔導書の中に大量の食料や野営グッズを収納しているので、かなり身軽だ。

「ダンジョンだね！」

「ああ、ダンジョンだ!!」

クレナがウキウキしながらアレンに話しかける。アレンがニコニコ笑顔で答える。

「何でそんなにうれしそうなのよ！」

「……」

セシルからツッコミが入る。ドゴラは相変わらず傍観している。

(3階建てくらいか。C級ダンジョンは4階層から6階層くらいって聞いたけど、ずいぶん建物が低いな。上がるにも中途半端だし、地下もあるのか？)

改めて見るが、冒険者ギルドで聞いた話と実際のダンジョンのサイズ感がおかしく感じる。しばらく待つと順番が来た。

「学生のようだな？　冒険者証はあるか？」

ダンジョンを管理する係に促され、4人とも冒険者証を見せる。「装備もよさそうだが、無理をするなよ」と言われる。

今回、3人の装備に金貨200枚かかった。ミスリルの斧と大剣で金貨100枚、それとセシルに古代樹のワンド、さらに3人の防具だ。金貨がみるみる減っていく。今、残りの金貨は200枚くらいだ。

クレナはミスリル製の大剣に興奮していた。大きな剣が好きなようだ。

「今日が初めてなのですが、このまま中に入ればいいのですか？」

「おお、初めてか。じゃあ、205号室に行くんだ。よく質問するんだな」

「は、はい。分かりました」

（205号室？　ダンジョンに来たと思ったがアパートに来てしまったのか？　それに質問って）

アレンは装備を揃え、魔獣の強さがある程度分かれば、あとは何とかなるだろうと思ったが、まだまだ分からないことが多い。

階段のほかにもスロープがあり、荷馬車ごと上がれるようになっている。アレン一行は荷馬車のパーティーの後ろに続き、2階へ上がった。

「205」と書かれた大きな扉を開ける。と、まず目に飛び込んできたのは部屋の中央に浮いた一辺1メートルほどの立方体だった。赤青黄と色々な色に点滅しながら、キューブ状の物体がカチカチ動いている。

『中に入ったら扉をお閉めください』

「わあ、喋った!!」

キューブが話しかけてきたので、クレナが驚く。言われた通り扉を閉め、立方体の前に集まる。

『冒険者証を提示してください』

驚いたアレンたちをよそに、キューブは昔のアニメのロボットのような声で会話を続ける。驚いていても話が進まないので、アレンたちは冒険者証を見せる。

『冒険者ランクEのアレン、同じくEのクレナ、同じくEのセシル、同じくEのドゴラですね？』

「そうです」

パーティーリーダーのアレンが代表して答える。

『ようこそC級ダンジョンへ。私はダンジョン総合運用管理システムC205です』

（ほうほう、どうなっているか知らないが凝った作りだな）

「この部屋からダンジョンに行けるのですか？」

『そのとおりです。私が別次元にあるダンジョンへご案内します』

「別次元？　鯖が違うということですか？」

前世でゲームしている時、同じゲーム内でサーバーが変わることがよくあった。混雑によるサーバー負担の軽減のために、街やフィールド、ダンジョンなど、場所によってサーバーを変えているのだ。前世を連想させるキーワードに、まるでゲームの中で生きているような不思議な感じがする。

『鯖でございますか？　申し訳ありません、理解できませんでした』

「そうですか。ただ、別次元の話は理解しました。ダンジョンに行きたいので飛ばしてほしいです」

『了解しました。冒険者証を確認したところ初めてのダンジョンですね。ダンジョンについてご説明してもよろしいですか？』

（仲間もいるし、聞いておかないとな）

「説明をお願いします」

アレンとC205の会話する様をクレナがワクワクしながら見ていた。セシルはなぜあんな得体のしれない物と平気で会話をできるのか理解できないという顔をしている。

『パーティーの構成や部屋の号室によって、飛ばされる次元は変わります。他の冒険者は来ません。つまり助けも来ませんので、準備は万全にしてください』

「おおお！　完全な別鯖だ!!」

（召喚獣出し放題です。本当にありがとうございました）

「な、なによ！　さっきから!!」

「セシル分からないのか！　鯖が違うと言っているぞ!!」

「アレンがおかしくなった。元からのような気もするけど……」

セシルがアレンの反応に唖然とする。

その後、念のために、帰還方法や罠の有無について、別階層に行く方法、ダンジョン攻略の条件などについてあれこれ質問をする。C級ダンジョンの場合、ダンジョンのボスはCランクの魔獣のようだ。ボス以外はEランクとDランクの魔獣がでる。

話をひととおり聞いたので、さっそくC級ダンジョン1階層に飛ばしてもらう。

『では、頑張ってください』

とたんに205号室の景色が変わる。部屋の大きさは変わらないし、相変わらずC205は浮いているが、正面に道ができていた。

「ダンジョンの入口かな？」

「そのようだな」

クレナの質問にドゴラが持っている斧を握りしめて答える。

「よし、皆行くぞ」

皆が頷き、アレンたちはダンジョンの中に入って行くのであった。

＊　＊　＊

ダンジョンの1階層。４人は陣形を組みながら、前に進み出す。正面をクレナとドゴラ、中央にセシル。最後尾にアレンという陣形だ。陣形についても、事前に拠点でじっくり話ができた。

ダンジョンを進んですぐのところで、道が２つに分かれていた。

「道が分かれているわね」

「右は行き止まりかな。左に行こう」

（C級でも結構な迷宮だな）

ダンジョンに進み出したのと同時に4体の鳥Eの召喚獣を飛ばして道を調査しているため、迷わずに道を進んでいく。

「アレンすごい！」

よくわかっていないクレナに褒められる。

ここは迷宮タイプのダンジョンのようで、通路と小部屋で構成されている。次の階層に行くためには、ダンジョンを管理しているキューブを探して、次の階層に飛ばしてもらわないといけないらしい。鎧アリの巣を攻略したときのように、ダンジョンの地図を作成中だ。最短で道順を完成させたい。

「魔獣を狩るのは最低限にする。宝箱も無視だ。できるだけ早く3つのCランクダンジョンを攻略して、B級ダンジョンに行けるようにしたい」

アレンの提案に皆が頷く。宝箱は魔獣が擬態していることがあるし、開けたら矢が飛んできたり、毒が噴射されたりすることもあるらしい。C級ダンジョンの宝箱はそこまでうま味がないようだし、パーティー内に罠解除ができる職業がいないので全て無視だ。

ダンジョンに入るのにはいくつもの目的がある。自分も含めた皆のレベル上げ、金策、魔石集め。皆大事なのだが、今は攻略を最優先にする。魔力回復リングをドロップする魔獣がどこにいるかわからない限り、まずはA級ダンジョンまで行ける権利を得て、遭遇する魔獣の幅を広げたい。それにC級ダンジョンは魔獣のランクが低すぎる。金策もレベル上げもここでは効率が悪い。

（さてさて、皆のステータスの確認っと）

アレンは歩きながら魔導書を確認する。パーティーを組んだタイミングで、皆のステータスが見られるようになっていたのだ。

【名　前】　ドゴラ
【年　齢】　12
【職　業】　斧使い
【レベル】　21
【体　力】　464
【魔　力】　248
【攻撃力】　610
【耐久力】　404
【素早さ】　258
【知　力】　170
【幸　運】　276
【スキル】　戦斧〈1〉、渾身〈1〉、斧術〈4〉
【エクストラ】　全身全霊
【経験値】　2850/3000
・スキルレベル
【戦　斧】　1
【渾　身】　1
・スキル経験値
【渾　身】　0/10

【名　前】　クレナ
【年　齢】　12
【職　業】　剣聖
【レベル】　21
【体　力】　880
【魔　力】　330
【攻撃力】　880
【耐久力】　620
【素早さ】　595
【知　力】　350
【幸　運】　415
【スキル】　剣聖〈1〉、斬撃〈1〉、剣術〈5〉
【エクストラ】　限界突破
【経験値】　2850/3000
・スキルレベル
【剣　聖】　1
【斬　撃】　1
・スキル経験値
【斬　撃】　0/10

【名　前】　セシル＝グランヴェル
【年　齢】　12
【職　業】　魔導士
【レベル】　1
【体　力】　25
【魔　力】　25
【攻撃力】　10
【耐久力】　16
【素早さ】　16
【知　力】　30
【幸　運】　16
【スキル】　魔導〈1〉、火〈1〉、組手〈2〉
【エクストラ】　小隕石
【経験値】　0/10
・スキルレベル
【魔　導】　1
【火魔法】　1
・スキル経験値
【火魔法】　10/10

パーティーを組んでから、皆のステータスの考察は済んでいる。

まず、アレンの予想通り、召喚士だけではなく、どの職業にも基本となるスキルがある。アレンはこの基本となるスキルを「職業スキル」と呼んでいる。クレナなら「剣聖」であり、セシルなら「魔導」だ。

セシルはスキル経験値を獲得しているが、スキルレベルが上がっていない。講師が強力な魔法を覚えるには試練を乗り越えなければいけないと言っていた。レベル制限の可能性があるため、レベルとスキルレベルが連動するか確認しようと思う。

クレナとドゴラがスキル経験値を全く獲得していないのは、騎士ごっこでは魔力を消費しないからだろう。スキルを使う環境になかったと言える。

クレナとドゴラに魔導書を見せ、クレナに「斬撃」というスキルがあるぞと伝えると、なんとなく頭の中にイメージはあるようだった。クレナとドゴラには魔導書のスキル名からイメージして、スキルを使えるようになってもらいたい。午後の実技演習があるので、そこでも糸口をつかむチャンスはあるだろう。

「セシル、スライムだ」

「分かったわ。ファイアーボール！」

考察の間も魔獣の偵察は怠っていない。まっすぐ進んだ先にスライムが1体いることは偵察済みだったので、セシルに魔法で攻撃させる。

『スライムを1体倒しました。経験値8を取得しました』

「やったわ！」

セシルが初めて魔獣を倒し、経験値を取得した。

「ありがとう、その調子でお願い」

セシルに対する話し方を、クレナやドゴラと同じに変えた。セシルもすっかり受け入れているので、初日以降は何事もない。

セシルの魔法を食らい、体が半壊したスライムから煙がでる。そして小さな魔石を残して完全に姿を消す。冒険者ギルドで聞いた通り、魔獣の素材は残らず、魔石しか手に入らないようだ。魔石を回収する時間も惜しいため、魔石の回収は鳥Gの召喚獣に任せる。

(Eランクの魔石もある程度集めておかないとな。命の草は必要だからな)

パーティー内では、魔石はアレンが管理するということで話がついている。

各ランクの魔石の所有数

・E2746個
・D6953個
・C9157個
・B54個

Dランクの魔石は2万個以上あったが、魔力の実を作るために大量に使ってしまった。Dランクの召喚獣は有益な物が多いため、ある程度の個数は保険で残しておきたい。

今アレンが持っている金貨は200枚ほど。あと2万個のDランクの魔石収集を冒険者ギルドで依頼すれば、お金が底をつく。安定して金策ができるようになるまでもう少しかかりそうだ。Eランクの魔石などいくらあっても足しにならない。

そこで目をつけたのがCランクの魔石だ。

それぞれの魔石の価値
・E価値無し
・D銀貨1枚
・C銀貨10枚
・B金貨1枚
・A金貨10枚

こんな具合にDランク以降、魔石の価値は10倍ずつ増えていく。魔石は魔導具に使われるが、ランクが1つ上がると魔導具を動かすエネルギーが10倍になるらしい。魔獣のランクが1つ上がれば、その強さは10倍どころではないことも多いが、魔石自体は魔導具をどれだけ動かせるかで値段が決まる。

アレンは今9000個程のCランクの魔石を持っている。これを1000個単位で売って金策し、Dランクの魔石収集を依頼しようと思っている。

今後Cランクの召喚獣用に魔石が必要になるかと思うが、まずは召喚レベルを上げることを優先する。

休憩を取りながら、とうとう1日掛けてキューブ状の管理システムが浮く部屋に到着する。

「あったわ、これで次の階層に行けるのね！」

セシルが嬉しそうだ。休憩を含めて10時間以上経過しているが、レベルも上がったおかげで疲れが回復したのか元気そうだ。ヘルモードの１００倍のペースでレベルが上がるので、Ｅランクの魔獣でもさくさくレベルアップする。

『私は階層管理システムＣ３２８-01です。ダンジョンから帰還しますか？　次の階層に行きますか？』

「次の階層に行ったら、戻れますか？」

アレンが代表して質問する。

『次の階層には階層管理システムＣ３２８-02がいます。そちらでもダンジョンから帰還できます。なお、次の階層に行かないと、次回2階層からダンジョンに入ることはできません』

（お、次の階層に移動したら、記録が残って続きからスタートできるってことか。助かるな）

「では、次の階層にまずは飛ばしてください」

『かしこまりました』

部屋の雰囲気が少し変わる。どうやらＣ級ダンジョンの2階層に移動したようだ。

『いらっしゃいませ。階層管理システムＣ３２８-02です。このままダンジョンの攻略を続けますか？　帰還しますか？』

「はい、帰還……ああ、待ってください」

アレンは収納から薪を一本取りだし、無造作に地面に置く。そして、鳥Ｇの召喚獣を1体召喚して部屋に待機させる。

「アレン、何してんだ?」

「実験かな」

「ふ〜ん」

ドゴラの質問に答える。ドゴラが何の意味があるんだと薪を見つめる。

「じゃあ、僕らをダンジョンから帰還させてください」

『お疲れさまでした』

その一言とともに、アレンたちは後方に扉がある部屋に飛ばされた。ここにはキューブが浮いていない。

「ここは出口専用の部屋か」

「そ、そうみたいね」

セシルはあっちこっち飛ばされて警戒している。部屋をあとにして通路沿いに進んでいくと、入口の反対側へ出た。こうしてアレンたちの初めてのダンジョン攻略が終わったのであった。

＊＊＊

ダンジョンに通うようになってしばらくが経った。

この間に発見した大きなことがある。アレンが初めてダンジョンから帰還したとき、召喚獣と薪を残してきた。

キューブの『冒険者パーティーや入った部屋の号室によって、飛ばされる次元はそれぞれ別です。他の冒険者は来ません、よって助けは来ません』という言葉が気になったからだ。

最初に聞いた時は他の冒険者に見られず好きなだけ召喚獣を出せると分かって喜んでいただけだったが、ダンジョン攻略を進める中で、もう1つの可能性に気付いたのだ。

きっかけは、205号室が狭かったことだ。頑張っても20人が入れるかどうかの広さだったが、不動産ギルドの職員は、50人でダンジョンに行くこともあると言っていた。

50人規模の冒険者パーティーは、複数に分かれて部屋に入り、同じ次元のダンジョン内で合流できるのではと考えた。再チャレンジのときに、同じダンジョンに入れることに意味がある。

それを確かめるために、分かりやすい目印を置いて入り直した。すると薪と召喚獣のいるC級ダンジョン2階層に移動することができた。どうやらダンジョンは、入った部屋や冒険者パーティーを照合し、無数の次元のダンジョンを構築しているようだ。魔王が現れる前から存在するダンジョンのようだが、一体誰が管理しているのだろうか。

2つ注意点があるとダンジョン総合運用管理システムは言う。

・1点目

同じ階級のダンジョンであっても建物の別の部屋に入ると、それは別のダンジョンと見なされるので、前回と一緒のところには行けない。

・2点目

1つのダンジョンに入らず1か月経過すると、そのダンジョンの記録は消滅する。遺品も残らない。

これを聞いてアレンは、学園に行く前にダンジョンに入ってみた。召喚獣に魔石回収をさせるためだ。1階層と2階層に5体ずつ召喚獣を召喚し、魔石の回収に当たらせる。

こうすれば誰にも邪魔されず、気付かれず、魔石回収ができる。

グランヴェルの街の外より魔獣が出る確率が高く、2階層で1日あたり400個回収できた。それからは常に召喚獣部隊を複数組んでダンジョンで狩りを続けている。

5回目の探索で、最下層と思われる6階層に到着したアレンたちは、最初の場所でさっそく異変に気付く。これまでのダンジョンは通路から始まっていたので、これまでの5階層までは開けていた。しかしこの6階層は、いきなり観音開きの巨大な扉がある。

「あれ、奥に扉があるわね」

「本当だ」

セシルとクレナは、すっかり打ち解けて会話をする仲になった。同じ拠点で暮らしているということもあり、随分会話が弾むようになったようだ。

「これって最下層じゃない？」

「そのようだ。たしかC級ダンジョンは最大6階までって話だからな。ボスがいる部屋に繋がっていると思って間違いないだろう」

5階層を攻略したばかりなので恐らく今は夕方だろう。ここで帰るつもりだったが、せっかくなので最下層ボスを倒していこうという話になった。

重厚な扉に描かれた模様が、その先に強敵がいる雰囲気を醸し出している。

アレンが扉に触れると、ゴゴゴッと音を立てながら、ひとりでに開く。その先には半径１００メートルほどの円状の広場があった。広場の中央にはゴブリンキングが1体とゴブリンが10体ほどいる。微動だにせず固まっている。

（あれか、ある程度近づいたら反応して襲ってくる感じか？）

「なるほど、C級ダンジョンのボスはCランクが1体とDランクが10体ほどだな」

３人がそのようだと頷く。

C級ダンジョンにいるCランク魔獣は、最下層ボスだけのようだ。B級ならBランクの魔獣が最下層ボスなのだろう。

「ねえ」

「ん？」

戦いを前に、セシルがアレンに話しかけてくる。

「私たちはアレンの力を知っていた方がいいと思うの」

「うん？」

「だから、この魔獣たちはアレンの召喚獣で倒してくれない？」

セシルの言葉に、クレナとドゴラも同意する。

「わあ！　アレンの召喚獣だ!!」

「そうだな。たしかに、俺もアレンの召喚獣が戦うところ見てみたいぞ」

ここまでは、セシルの魔法を中心に魔獣を倒してきた。セシルはレベル10になり、スキルレベルのキャップが外れ、２に上がるようになった。スキル経験値を稼げるようになったし、遠距離攻撃は時間短縮に繋がるので、セシルが中心となって魔獣を倒してきたのだ。ちなみにクレナとドゴラはスキル発動について「ピンとこない」とのことで、未だにスキル経験値を稼げていない。思いのほか苦戦中だ。

（確かにセシルの言うとおりだ。まだＣ級ダンジョンだから役目は少ないけど、Ｂ級ダンジョンやＡ級ダンジョンだと召喚獣の力が攻略に必要になるだろうから、今のうちに見せておくっていうのは正解か）

セシルと違って、クレナとドゴラは小鳥や鼠の召喚獣しか見たことがない。今のうちに召喚獣の有用性は知っておいた方がいい。

（さて、強化スキルが６に上がった我が力を見るがいい）

【名　前】　アレン
【年　齢】　12
【職　業】　召喚士
【レベル】　42
【体　力】　1065+180
【魔　力】　1660+600
【攻撃力】　584+
【耐久力】　584+180
【素早さ】　1091+36
【知　力】　1670+636
【幸　運】　1091
【スキル】　召喚〈5〉、生成〈5〉、合成〈5〉、強化〈6〉、拡張〈4〉、収納、共有、削除、剣術〈3〉、投擲〈3〉
【経験値】　3016226/6千万
・スキルレベル
【召　喚】　5
【生　成】　5
【合　成】　5
【強　化】　6
・スキル経験値
【生　成】　3636038/1千万
【合　成】　3635015/1千万
【強　化】　1220/1億
・取得可能召喚獣
【　虫　】　DEFGH
【　獣　】　DEFGH
【　鳥　】　DEFG
【　草　】　DEF
【　石　】　DE
【　魚　】　D
・ホルダー
【　虫　】
【　獣　】　D14枚
【　鳥　】　G3枚、E3枚
【　草　】
【　石　】
【　魚　】　D30枚

先月になってから、ようやく強化レベル６に到達した。それからは、生成と合成のレベル上げを行っている。冒険者ギルドの依頼で集めた分と手持ちの分、Ｄランクの魔石３万５千個を、魔力の実に替えた。

魔力が１０００回復する魔力の実は、Ｄランクの魔石５個で作ることができる。魔石１個あたり魔力２００という計算になる。３万５千個のＤランクの魔石なので、スキル経験値７００万に相当した。なお、強化レベル６の効果はステータス２つを＋５００に増やす。

「少々お待ちを」

そう言ってアレンは、生成と合成と強化を繰り返していく。

「なんだ?」

「なんかすごい!」

ドゴラとクレナが高速で動く魔導書に驚く。最下層ボスの下には魔法陣のようなものが、石畳の地面から少し浮くように描かれている。アレンを先頭に、クレナとドゴラが並び、最後方にセシルという陣形で、どんどん近づいていく。

50メートルを切ったところで、魔獣たちが動き始めた。

「ベアーたち、魔獣を倒せ。ブロンたちは俺らを守れ」

8体の獣Dの召喚獣が魔獣たちを囲むように出現する。そして特技「かみ砕く」を駆使し魔獣たちを蹂躙していく。8体の獣Dの召喚獣は、ゴブリンキングもゴブリンも一撃で倒した。

「ね!　すごいでしょ!!」

セシルがなぜか自慢をする。クレナもドゴラも驚きの表情で戦いを見ていた。

「すご～い!　あっという間だ!!」

セシルの驚きにクレナも同感のようだ。魔獣たちは魔石に変わった。

「よし、倒したな。ん?」

階層ボスを倒した先、魔法陣が新たに前方に出現する。一瞬身構えるが、魔法陣から出てきたのは木製の宝箱だった。ダンジョンの説明を思い出す。

(たしか、討伐報酬の宝箱には魔獣の擬態はないんだっけか)

アレンが代表して宝箱に近づき開封する。3人は後ろから、その様子を見つめる。

中に入っていたのは鋼鉄の剣であった。

「最下層ボスの報酬ってやつだな。たしか1日1回、最下層ボスは出てくるんだよな」

「たしかそうだったわね」

最下層ボスはそれぞれの冒険者パーティーごとに、1日1回挑戦できるという。

こうして1つ目のC級ダンジョンを攻略したのであった。

第四話　学園の課題と野良募集

初めてC級ダンジョンを攻略したアレンたち4人は、冒険者ギルドで冒険者証を更新してDランク冒険者になった。

ダンジョンを攻略したので、1日1回、C級ダンジョンの最下層に行くのをノルマにした。最下層に直接行けるようになったので、学園がある日もお手軽に最下層に行ける。

ダンジョンの最下層ボスは毎晩0時に再出現するという。初めて手に入れた最下層ボスが落とした鋼鉄の剣は金貨2枚で売れた。4人で暮らしているので、貴重な収入源となる。贅沢をしたいわけではないが、三食全て外食なのでそれなりにお金がかかる。クレナがかなり食べるし、学費も納めないといけない。ダンジョンで手に入れた魔石はアレンの物にしているので、最下層ボスの報酬が4人の活動資金になる。最下層ボスを倒すと、武器、防具、回復薬など色々なものが出てくる。かなりランダムだが、いずれも売れば金貨1枚から2枚くらいの報酬が手に入る。

攻略中の2つ目のC級ダンジョンも、攻略を終えたらノルマに加える予定だ。アレンたちが住む拠点から徒歩圏内に、C級ダンジョンが3つ、B級ダンジョンが2つ、A級ダンジョンが1つ、計6個のダンジョンがある。

皆この方針で同意したのだが、1つだけセシルから意見が出た。

この広い家で、家事をやってくれる人を雇わないかという話であった。20人くらい住める家の掃除を皆で分担しているが、今後、周回する最下層ボスが増えるほど、拠点の管理に手が回らなくなるのは目に見えていた。お手伝いさんを1人雇っても、月に金貨3枚もしない。

この点についてはアレンも考えていたことだ。ダンジョン攻略が進んだら考えていこうという話で終わった。

＊＊＊

5月の上旬。今日からまた4日間学園で授業が始まる。

座席は決められていなかったが、グループごとに座る場所は固まりつつある。アレンは窓際に座るようにした。授業中に依頼で手に入れた1万個のDランクの魔石から、2千個の魔力の実に変換するためだ。

生成や合成は教室でもできるが、草Dの召喚獣を魔力の実に変えるには、土の上でなくてはならない。窓を眺めるふりをして、50メートルの範囲内にある人目に付きにくい地面で、魔力の実を作る作業をしている。完成した魔力の実は鳥Gの召喚獣に咥えさせて、魔導書の収納に入れていく。

そんなことをしていてもアレンの知力なら普通に授業も並行して聞くことができる。

「おはよ、アレン」

「おはよ、リフォル」

席に着くなり前に座る生徒から挨拶される。話しかけてきたのは、アレンの前の席によく座っている、リフォルという華奢な少年だ。どこかの伯爵の息子だという。なよなよした見た目をしているのだが、なんでも父は将軍という話だ。戦場の情報源を発見したアレンは、クラスメイトとしてリフォルと関係を築くようにした。一方で、リフォルから近づいてきたところもある。目当てはアレンではなく剣聖クレナだろう。お互い打算でつながる関係もまた良いとアレンは思う。

「アレン、聞いた？」

「うん？」

「剣聖ドベルグ様が来月、授業をしに来るらしいね。なんでも今回は勇者も一緒に来るんだって」

（お！　剣聖ドベルグの授業か。というより勇者はまた王国に来るのか。入学試験から2か月も経っていないが暇なのか？　いやそんなわけないか）

魔王軍とは、常に戦場で戦っているわけではない。要塞や砦も四六時中魔獣に襲われているかと言えばそんなことはない。最近では魔王軍と要塞や砦で戦う頻度は、勇者のおかげで魔獣が減ったからか、年2～3回から1回になったという。

勇者は一体どれだけ魔獣を狩っているのだろう。

その勇者と、王国最強と言われる剣聖ドベルグが授業をしに来るという。魔導船による交通の便がいいこともあり、新入生を英雄が指導するのは恒例のようだ。「学園の生徒には手厚く教えていますよ」という人気取りのためなのだろうか。

（こういう時に、午後の授業は自由参加というのは便利だな。俺も授業に参加しよっと）

アレンはどの授業にも顔を出すことができる。貴重な情報を聞いたなと喜んでいると、担任のカルロバが教室に入ってくる。

朝の教養の授業の前のホームルームがある。

「おう、周知事項を伝えるぞ。よく聞けよ」

体育会系のノリで、今日の連絡事項をいくつか伝えていく。そして、

「おい、お前らも学園に来て1か月になるな。教室の皆とは仲良くなったか？」

趣旨が良く分からない質問に生徒たちがキョトンとする。

「知っている生徒もいるかもしれないが、夏休みにダンジョン攻略の課題がでるぞ」

（ん？）

「どのダンジョンを攻略してもいいが、夏休みの間に攻略していない奴は退学だ」

はっきりと退学と言うと、小さな声で「そんな……」という女の子の声が聞こえる。

「ダンジョン攻略の条件を言っておくぞ。別の教室の1年生を誘ってもいいから、8人以内で攻略すること。冒険者などの学園以外の者を雇ったり、2年生などの高学年に手伝ってもらったりするのは駄目だ。不正をすると冒険者証に記録が残るからな。不正した奴も退学だ」

生徒たちがざわざわする。平然としている者は、1年生の夏休みに課題が出ることを知っていたのだろう。

「ああ、去年は20名くらい夏休みの間にダンジョンで死んでいるからな。しっかり調べてから行くんだな」

教室から悲鳴が起こる。カルロバはダンジョンの仕組みや、ダンジョンの難易度についての話は一切しない。あくまでも仲間集めから情報収集まで生徒らでやらせるつもりのようだ。

（なるほど、そういうことか。仲間として貴族に同行して平民も戦場に送るためか）

貴族以外の生徒を戦場に送るためだろう。1か月ほど前、同じ生徒同士で敬称不要という指示がでた時からもしやと思っていた。上下関係の無くなった貴族と平民が1つの目標のために厳しい課題をクリアしていく。来年になると魔王史の授業が行われる。自分の仲間が勤めのために従軍しないといけない。厳しい試練に耐え、同じ釜の飯を食った仲間が死ぬかもしれない。

勤めがあるのは貴族だけであっても仲間として一緒に戦いに行くのではないのか。出来るだけ多くの平民も戦場に行ってほしいという、5大陸同盟の狙いがあるようだ。

「おおおおい!!」

そんなことを考えていると、1人の男が席から立ち上がる。何だ何だという顔をする。

「俺はヘクターだ！　ダンジョンを一緒に攻略する仲間を募集するぜ!!　剣士、槍使い、斧使いはいないか！　8人になったら募集は閉めるからな!!」

ガタイの大きなヘクターと名乗る男が仲間を募集し始めた。誰かが「参加するぜ！」と声を上げる。すると、それを見ていた他の誰かが、同じように募集を始める。

カルロバは腕を組んで、この状況を止めようとしない。

(これは完全なる野良募集だな)

自ら仲間を募集する者。あぶれないためにその誘いに乗ろうとする者。騒然とするこの状況に既視感がある。アレンが前世の頃、よく見た光景だ。

ネットゲームで狩りを成立させるために仲間が必要なことはよくある。仲間募集のチャットを、必死に打ちまくった記憶がある。多くのネットゲームにはフレンド機能があり、ゲームで知り合った仲間をフレンド登録できる。だから通常、狩りに行くときのパーティーは登録した「いつもの仲間」だ。しかし、1つのアイテム収集、1回の狩りなど、短期的な目的のために仲間を募集することがある。これを野良募集と言う。ゲームによっては即席パーティーとも言う。

それが今まさに目の前で行われている。

（やれやれ素人共。野良で仲間を集めるために毎日2時間叫んだ俺の力を見せてくれる。野良募集とは何たるか刮目するがよい）

アレンが立ち上がった。クレナやドゴラが何をするのだろうと見ている。

「仲間募集するの？」

「ああ、僧侶をこの機会に募集しようかと思う」

後ろの席のセシルに聞かれて答える。

（「魔王討伐PT・僧1募集。当方召喚、剣聖、魔導、斧。未討伐可」といったところか。まあ、今回はダンジョン攻略だけどな）

アレンは大きく息を吸い込む。そして大声で叫んだ。

「みんな注目してください！　ダンジョンに行く仲間を募集します!!」

注目が集まったところで、一気にまくしたてる。

「これを見てください！　Dランクの冒険者証です。私の冒険者パーティーは、4人で既にC級ダンジョンを制覇しています。これがその証です!!」

収納から冒険者証を取り出す。

「ほ、本当だ。Dランクの冒険者証だ」

近くの席の生徒がアレンの冒険者証を覗き込む。アレンは冒険者証を渡してしっかり確認してもらった。

教室中がアレンに注目する。担任も腕を組んでアレンを見ている。

「私たち4人は学園が始まって以来、週2日でダンジョンの攻略を進めています！　1か月で2つのC級ダンジョンを攻略していました！」

あれからアレンたちはもう1つダンジョンを攻略していた。

アレンの言葉に驚く生徒たちがざわざわする。

「私たちは、僧侶など回復を専門とする才能のある人を1名募集します！　週に1日以上参加してくれることが条件です!!」

毎週ダンジョンに通うのかよ。といった言葉が聞こえる。

アレンとしては週2日、最低でも1日は参加してくれる人を募集したい。譲れない条件は前もって提示することが、募集のマナーだ。

「ダンジョン攻略ですが、安心してください。私たちの仲間には剣聖と魔導士がいます。絶対安全とは言えませんが、そこは優れた才能のあるパーティーの仲間を信頼してほしいです」

安全性を担保する情報は必ず募集要件に入れる。

「ダンジョンで手に入ったアイテムや報酬は全て5人で山分けです！　人数が5人と少ない分、取り分が多いですよ!!」

当然メリットもしっかり提示する。利益のない募集に人は集まらない。

アレンは反応を見るため周りを見回し席に着いた。皆アレンに注目こそしたものの、誰も手を挙げなかった。

（やはり厳しかったか）

鑑定の儀で回復ができると分かった子供を、教会が引き取ることはよくある。クレナ村でも鑑定を受けた農奴が1人、教会に引き取られたのをアレンは見ている。教会に引き取られることが多い関係上、回復できる者が学園に行くケースが稀であることは、薄々予想していた。

貴族のお抱え僧侶など、卒業後も仕事に困ることはないから、ここで仲間になっても魔王軍と戦うという意志を持つ者はもっと少ないだろう。

学園で僧侶がいない場合についても考えてある。それは冒険者ギルドを通じて、回復役を金で雇うことだ。ダンジョン攻略で大金を稼げば、それなりに有能な回復役を雇える。だが、魔王討伐まで背中を預ける仲間なのだから、価値観も経験も違う年配の冒険者より、同じ学園で学んだ生徒がいいのは間違いない。

「なんか凄いね、アレン」

前の席で聞いていた将軍の息子リフォルが驚きの声を上げる。

「どういたしまして。剣士は募集していないけど、ダンジョン攻略に困ったら言ってほしい。手伝うくらいはするよ」

（その時は剣聖クレナを派遣するとしよう。ドゴラもセットでついてくるよ）

「本当かい。困ったらお願いするよ！」

アレンの言葉に、うれしそうに答える。まだ、ダンジョンを攻略する目途が立っていないのだろう。伯爵家に生まれたリフォルは、勤めの関係上、必ず学園を卒業しないといけない。将軍を務める貴族家ならそのプレッシャーは相当なものだ。

その日の昼休み。いつもの４人で食堂に行こうとした時だった。

１人の生徒がアレンのもとに近づいてくる。

「アレンさんといったな？」

「はい、アレンです。募集の件ですか？」

「俺はキールっつうんだ。まだ回復役を募集しているか？」

（お！　回復役がきたぞ！）

「はい、まだ誰も応募しておりませんので。１名の枠は空いております。回復のできる方ですか？」

「ああ、そうなんだが。ちょっと詳しい話を聞かせてくれないか？」

では食事でもしながらと言って、連れ立って食堂へ行く。

学園の食堂はバイキング形式で、銅貨2枚で好きなだけ食べられる。かなりお手頃な値段設定だ。

クレナとドゴラがプレートに山盛りの料理を取ってくるのは恒例となっている。クレナがプレートを持って、吸い込まれるように料理が並ぶテーブルに行く。アレンもクレナに続き、料理を取って席に戻った。キールはコップに水だけ注いで待っている。

キールはかなりやせ型で金髪の男だ。身長はアレンより少し高い。髪がツンツンしていて目つきも悪いので、話しかけられた時はチンピラかと思った。

少し遅れてクレナとドゴラがプレートに料理をのせてやってきた。山盛りの料理をキールが見ている。

「ああ、すみません。お待たせしました。どうぞ料理を取りに行ってください」

「え？　ああ、大丈夫だ。昼は食べないようにしているんだ」

（あまり食べない人なのか？　見た感じ食欲がないようには見えないけど）

「キールさん。せっかくお近づきになったので、今日は奢らせてください」

「え？　いや、そういうのは……」

「何を言っているんですか。食事をしながら話をしましょう」

キールに銅貨2枚を渡すと「……すまねえ」と言って、彼は料理を取りに行く。初めての人に食事を奢るのはどうかという考えもあったが、よっぽど空腹だったのか、戻ってきたキールのプレートも、クレナやドゴラに負けず劣らず山盛りだった。どうも杞憂だったようなのでアレンは話を進める。

「改めまして、私はアレンです。そして、私の仲間のセシル、クレナ、ドゴラです」

「よろしくですわ」

「よろしくね」

「よろしく」

3人は紹介されると、それぞれに挨拶する。

「ああ、よろしく。キールだ」

「それで、パーティーへの参加を検討されているということでよろしいですか？」

「そうだ。俺は『僧侶』の才能があってな。どんなことをするのか、詳しく話を聞かせてくれないか」

（おお！　僧侶きた。全然僧侶感ないけど）

せっかく声を掛けてくれた男に失礼なことを考える。

アレンは現在のパーティーについて、4人とも同郷の出身でダンジョンを攻略していることを話す。学園で授業がない2日間をダンジョン攻略日にしていること、できれば週に2日、最低1日は来てほしいことも改めて説明した。参加のハードルを上げてしまうので、皆で住んでいることや、平日も最下層ボスを倒す日課があることは伝えない。

「そうか、ダンジョン探索って儲かるのか？　そういう話をしていなかったか？」

（ん？　気になるのはお金か。お金ね）

聞きたいことが別にありそうなキールの様子を見て、話題を変える。

「はい。魔獣を倒すと魔石が、最下層のボスを倒すと宝箱が手に入ります」

C級ダンジョンでは、最下層ボスから金貨1～2枚相当のアイテムが入った宝箱が手に入ることを伝える。

「5等分でも銀貨20～40枚……そ、そんなに手に入るのか？　一度試しにでも参加していいか？」

「おお！　もちろんです。よろしくお願いしますね」

こうして僧侶の才能があるキールと、一緒にダンジョンに行くことになったのであった。

＊＊＊

お試しではあるが、念願の僧侶が仲間になった。

キールはダンジョンに入ったことがないどころか、魔獣を狩ったこともないという話だった。

キールがアレンの仲間になった理由はお金だろう。

ダンジョンは本人が行ったことがない階層には転移できない仕組みになっている。アレンたちとは違い、ダンジョン攻略していないキールは、C級ダンジョンの1階からの開始となる。アレンの拠点の近くにあるC級ダンジョンは、それぞれ階層が4階層、5階層、6階層だった。これから挑む3つ目のダンジョンは4階層までしかないので2週間あれば攻略できる。

それまで十分に稼げないけど、大丈夫かと聞いたら、キールはそれくらいなら大丈夫だと答えた。そして、2日ともダンジョンに行って稼ぎたいという。

話がまとまって初めての週末。アレンたちはダンジョンの入口となる建物の一室にいた。

まだ正式にパーティーに加入していないキールが、1人だけ別次元のダンジョンに移動しないか、念入りに確認をしていた。

ダンジョン総合運用管理システムが言うには、同じ号室から同時にダンジョンに行く場合、パーティーを組まなくても同じダンジョンに行けるらしい。

「キールさんも同じダンジョンに行けそうですね。では、行きましょうか」

「ここから入るのか?」

「そうです」

キールに対するアレンの言葉は丁寧なままだ。野良で乗ってくれた人には丁寧に対応するのがマナーだ。アレンは校則よりも自らの価値観を優先する。

アレンたちは1階層に5人で移動した。アレンのパーティーはかれこれ1か月ほどC級ダンジョンに通っている。全員かなりレベルが上がっているため、Eランクの魔獣しか出ないこの階層は余裕だ。キールを守るため、前列にクレナとドゴラ、中央にセシルとキール、最後尾にアレンが付いた。

「キールさん、この前言っていた『でかいもの』を出します」

「でかい？　な!?」

前もって事前に召喚獣についてもある程度説明していたが、キールが大きな声を上げる。

「これが私の才能です」

アレンは守りを固めるために、セシルとキールの両サイドに、石Dの召喚獣を歩かせる。キールはアレン以外の皆が驚かないことに、また驚いたような顔をした。

「ああ、分かった。……それにしてもすごいな」

今はまだ、キールに全ての能力を見せるつもりもないが、指示だけする以外全くの無力だと思われても困る。冒険者パーティーにも入ってほしい。

「そういえばキールさんは、回復魔法はもう使えるのですか？」

自分のスキルは見せたことだし、こちらもキールの能力について確認してみる。才能があるからといってスキルが使えるとは限らないと、学園に入ってから分かった。

「え？　ああ、使えるぜ」

(使えるのか。使えないならそれはそれでいいかとも思ったが)

クレナとドゴラは今もスキルが使えない。どうもスキルを使う上で一番大事なのはイメージのようだ。イメージが湧かないとスキルは発動しない。その点セシルは、館で魔法の講師の授業を受け、実際に魔法を見てきた。これ以上に魔法スキルを理解する方法はないだろう。

アレンは召喚術を1歳のころから使える。恐らく神がアレンの頭の中でイメージできている鼠や熊、鶏などから、召喚術のスキルを構築したからだろう。宙に浮くカードも、ゲーマーだったアレンにとってはどこかで見たことのある光景だ。

アレンはキールに質問を続ける。

「魔法はどこで覚えたのですか？」

「教会で教わった。金くれるって言ったからな」

教会で回復魔法を覚えて、魔力が尽きるまで怪我人に回復魔法を掛けると、日当で銀貨を10枚貰えたという。魔法を覚えるまで食事も提供してくれると言われ、2か月近く頑張って覚えたそうだ。

（2か月は結構早いな。回復魔法の見本となる教会の神官がいたから、理解するのが早かったのか）

日当が銀貨10枚。週2日の休みを使えば、月に10日で金貨1枚を稼ぐことができる。年に金貨12枚なら、決して悪くない。

従僕として4年間仕事をしてきたアレンは、1年かそこらで月に金貨1枚も稼げる仕事などほとんどないことを知っている。その辺の商店の見習いは、せいぜい半分くらいだ。

学園は入学金金貨1枚、年間の学費が金貨10枚。この学費の中には、制服代、教材費、実技訓練の防具や武器も入っている。

（学園に通っている間は、人頭税がかからないって話だったな）

領によってはB評定合格で学費の半分、AとS評定合格で全額を助成しているところが多い。ちなみに「生活費はダンジョンに行って稼いでほしい」という5大陸同盟の意向があるためか、学費以上の助成は王国法で禁止されている。

（ここまで貧しいなら少なくとも貴族ではないだろう）

仲間にするなら勤めのある貴族が理想であったが、平民でも農奴でも良いとアレンは思っている。


それから2週間が過ぎた。

今日でキール同行のダンジョン攻略は3日目。とうとう最下層ボスまでたどり着いた。

「あれが、最下層ボスってやつか？」

「そうです」

魔法陣の中心に、Cランクのオークが1体と、ゴブリンが10体いる。

「では、今回もお願いします」

最下層ボスはクレナ、セシル、ドゴラに倒してもらうことにしている。アレンが倒しても連携の練習にならない。クレナとドゴラはスキルを使えるように実践でイメージをふくらませる必要があるし、セシルは魔力を消費してスキル経験値を得なければならない。３人が戦った方が、メリットが大きい。

クレナとドゴラが並走して敵に突っ込んでいく。セシルは遠隔から攻撃魔法を飛ばす。セシルの攻撃魔法に反応し、オークとゴブリンが動き出す。アレンは召喚獣を出して、セシルやキールの守りに徹した。

オークの渾身の槍をドゴラが斧でガードし、その隙にクレナが大剣で切りつける。

（Cランクの魔獣も1体なら余裕だな。やはり早くB級ダンジョンに行かないと）

ひと月半ダンジョンに通い詰めたお陰で、この3人でもCランク1体はもはや余裕だった。前線のクレナとドゴラに、アレンたち3人が駆け寄る。

オークの槍による1撃を受けたドゴラに、キールが回復魔法を掛ける。

「大丈夫か？　ヒール」

「……ああ、ありがとな」

（お？　初の回復魔法だ）

キールが回復魔法を使うのを見るのは初めてだ。この2週間、誰も攻撃を受ける機会がなかった。

最下層ボスを倒した先に宝箱が現れる。今回の箱は木箱ではなく、銀の箱だ。

「今日は運がいいですね」

「おお！　これがお宝か!!　ん？　運がいい？」

この2週間、あまり会話をすることなく皆についてきたキールが大きな声を上げる。

（なんだろう、このレア感を出す演出は）

最下層ボスが落とす宝箱は、木箱、銀箱、金箱の3種類があるとダンジョン総合運用管理システムに聞いた。それぞれの出現率は教えてくれなかったが、木箱9割、銀箱1割弱、金箱1パーセント弱といったところだろう。金箱はまだ見たことがないが、銀箱が10回に1回くらいの割合で落ちるので、それくらいの確率と予想している。

宝箱を開けると、ミスリル製の防具が出てくる。

「これはバックラーですね。ミスリル製でこの大きさなら、金貨10枚以上はしそうです」

「金貨10枚か！　おおお!!　や、山分けだぞ？」

「もちろんですよ」

興奮を隠せないキールと共に、一同はダンジョンから帰還した。防具屋がまだ開いているので持って行くと、バックラーは金貨15枚になった。それを5等分した金貨3枚と、魔獣を倒して得た魔石も均等に割って、キールに渡す。

魔石を全てアレンが貰うという条件は提示していないので、5分の1はキールのものだ。

「あ、ありがとな」

そう言って、キールは既に暗くなった街の中を、魔導列車の駅に向かって走っていくのであった。

＊＊＊

キールと一緒にダンジョンを攻略した翌日、キールからパーティーに入れてほしいと言われた。金貨3枚が決め手だったようだ。その日のうちに冒険者ギルドに行って、キールをパーティー『廃ゲーマー』に登録した。

『キールが仲間になった』

お陰で、魔導書からキールのステータスを見ることができるようになった。

ステータスには家名が表示されない。キールはやはり貴族ではなかった。貴族ではないので戦場に行く勤めがない。

今後、キールが戦場まで同行するかはわからないが、学園に来て1か月かそこらで僧侶を仲間にできたことは大きい。じっくり『廃ゲーマー』パーティーの良さを知ってもらおうと思う。

キールの良かったことといえばもう1つ、目的が「お金」だったことだ。夏休みの課題であるダンジョン攻略だけが目的なら、そこで関係が終わっていた。

パーティーに入ったので、キールには2つのことをもちかけた。
・キールも拠点に住む
・平日もC級ダンジョンの最下層ボスを倒す日課に参加する
拠点については断られた。それはできないとだけ言われた。

日課については喜んで参加すると言われた。

冒険者ギルドで確認をしたところによると、B級ダンジョンに行くには、一緒にダンジョンに入る参加者全員の冒険者ランクがCになる必要があると言われた。パーティーリーダーだけCランクになればいいというわけではないらしい。

キールだけC級ダンジョンの攻略が1つ足りない。アレンたちが最初にいったダンジョンを攻略したら皆でB級ダンジョンに挑戦できる。

パーティーに入ってくれたキールを待って冒険者証はCランクにしようと皆で話し合って決めた。


学園が始まって2か月が過ぎた6月の上旬、ついに念願のことが起きた。2連休の終わりの深夜のことだった。

アレンは1人、自分が住む拠点の2階の1室で魔導書を見てニマニマしている。

拠点の部屋割りだが、アレンとドゴラは拠点の2階に、クレナとセシルは3階に、それぞれ自室を持っている。

『合成のスキル経験値が1千万／1千万になりました。合成レベルが6になりました。召喚レベルが6になりました。魔導書の拡張機能がレベル5になりました。覚醒スキルを獲得しました』

（ほうほう、2年11か月ぶりに召喚レベルが上がったな）

魔導書のログをもとに、自身の成長の記録を魔導書にメモする。

この3年間の学園生活にはいくつか目標がある。その中の1つが、召喚レベルを7にしBランクの召喚獣を召喚することだった。

魔法の講師の話では、魔王軍の中にはAランクの魔獣がゴロゴロいるという。過去の経験上、1つ上のランクの魔獣までなら余裕を持って倒せる。2つ上のランクの魔獣だと、かなりギリギリの戦いになり、魔石を大量に消費する。

（おかげでお金とCランクの魔石をほとんど使ってしまったけど。来月にはまた魔石の依頼を再開したいぞ）

金貨数十枚とCランクの魔石1000個ほどを残して全て使ったおかげで、召喚レベルが6になったが、金貨と魔石は底をついていた。

魔導書のスキル及び召喚獣のページを確認する。

・スキルレベル
【召　喚】　6
【生　成】　6
【合　成】　6
【強　化】　6
【覚　醒】　1
・スキル経験値
【生　成】　1004/1億
【合　成】　0/1億
【強　化】　3180/1億
【覚　醒】　0/1千
・取得可能召喚獣
【　虫　】　CDEFGH
【　獣　】　CDEFGH
【　鳥　】　CDEFG
【　草　】　CDEF
【　石　】　CDE
【　魚　】　CD
【　－　】　C
・ホルダー
【　虫　】
【　獣　】　D9枚
【　鳥　】　G3枚、E3枚
【　草　】
【　石　】
【　魚　】　D30枚
【　－　】

（召喚レベルが6になって、召喚獣が1種類追加。拡張が1つ上がって、新しいスキルが1つ増えたってことだな）

召喚レベルが6になってできるようになったことを1つずつ把握し、カードを収納できるホルダーの数を確認していく。

ホルダーは60個あり、カードが60枚ストックできるようになっていた。召喚レベルが上がる度に10枚増えているので、今回も同じく10枚増えたことになる。

（あとはCランクの召喚獣と念願の覚醒スキルか。とうとう成長するスキルを手に入れたぞ）

強化スキル以降、成長するスキルではなかった。収納と共有は大変便利なスキルであったが固定した効果しかなかったが、今回はスキル経験値欄に覚醒スキルが表示されている。

アレンは魔導書の生成と合成を使いながら、まずはCランクの召喚獣が何なのか調べることにした。１０００個もCランクの魔石があれば、全て分かりそうだ。Dランクの召喚獣の時に開放された魚系統まで作っていく。カードから伝わってくる雰囲気から、ガンガン名前も付けていく。

・形状はサソリの虫Cのステータス
【種　類】　虫
【ランク】　C
【名　前】　ピオン
【体　力】　320
【魔　力】　0
【攻撃力】　214
【耐久力】　500
【素早さ】　500
【知　力】　310
【幸　運】　120
【加　護】　耐久力50、素早さ50
【特　技】　しびれ針

・形状は猪の獣Cのステータス
【種　類】　獣
【ランク】　C
【名　前】　ボタン
【体　力】　500
【魔　力】　0
【攻撃力】　500
【耐久力】　360
【素早さ】　220
【知　力】　320
【幸　運】　200
【加　護】　体力50、攻撃力50
【特　技】　突進

・形状は鋼鉄製フルプレートの石Cのステータス
【種　類】　石
【ランク】　C
【名　前】　テッコウ
【体　力】　500
【魔　力】　0
【攻撃力】　455
【耐久力】　500
【素早さ】　280
【知　力】　390
【幸　運】　123
【加　護】　体力50、耐久50
【特　技】　みがわり

・形状はヒクイドリの鳥Cのステータス
【種　類】　鳥
【ランク】　C
【名　前】　フラン
【体　力】　76
【魔　力】　0
【攻撃力】　125
【耐久力】　240
【素早さ】　500
【知　力】　500
【幸　運】　340
【加　護】　素早さ50、知力50
【特　技】　駆け抜ける

・形状はサメの魚Cのステータス
【種　類】　魚
【ランク】　C
【名　前】　フカヒレ
【体　力】　200
【魔　力】　0
【攻撃力】　420
【耐久力】　127
【素早さ】　160
【知　力】　500
【幸　運】　360
【加　護】　魔力50、知力50
【特　技】　サメ油

・形状はナスの草Cのステータス
【種　類】　草
【ランク】　C
【名　前】　マーボー
【体　力】　78
【魔　力】　500
【攻撃力】　42
【耐久力】　45
【素早さ】　67
【知　力】　82
【幸　運】　500
【加　護】　魔力50、幸運50
【特　技】　薬味

（名前もこんな感じでいいか。それにしてもステータスがずいぶん高くなってきたな）

ステータスは最大500になっており、強化すれば1000に達する。それを最大60体同時に召喚できる。

加護についてもステータスを合計6千も増やしてくれる。

（あとは【-】を調べていくぞ）

総当たりで【-】になっている新しい系統の召喚獣を調べていく。鳥Cと魚Cの召喚獣を合成すると、魔導書が明るく輝く。どうやら合成に成功したようだ。

「おお！　霊だ!!　スピリッツ系の召喚獣かな？」

霊Cと書かれたその召喚獣のカードは、フランス人形のようなふわふわドレスをきた少女の見た目だった。

（え？　加護が3つあるぞ。っていうか魔力があるじゃん）

カード右下には耐久力+50、知力+50、物理耐性の表示がある。ステータスを上げるだけではないようだ。魔導書に書いてあるステータスの詳細を確認してみる。

・形状は少女霊の霊Cのステータス
【種　類】　霊
【ランク】　C
【名　前】　マリア
【体　力】　200
【魔　力】　300
【攻撃力】　290
【耐久力】　500
【素早さ】　350
【知　力】　500
【幸　運】　210
【加　護】　耐久力50、知力50、物理耐性
【特　技】　サイコ

（完全にフランス人形だな。顔は5歳児くらいでかわいい系かな。そんなに大きくなさそうだし召喚してみるか。マリア出てこい）

するとその30センチほどの洋風ドレスを着た少女が出てくる。

『アレン様、初めまして。召喚していただきありがとうございますデス』

宙にフワフワ浮いた状態で頭を下げて挨拶をする。霊だからか、背後の壁が透けて見える。

「おお！　しゃべった!!」

召喚獣がCランクにして初めて言葉を発した。知力の影響なのか、まだ出していないCランクの召喚獣についても検証しようと思う。

『ふふ、話せますデスよ』

不敵な笑みを浮かべながら、両手を腰にあて胸を張っている。アレンが驚いたことがうれしかったようだ。

「君の名前はマリアだ。これからよろしく頼むよ」

『お名前ありがとうございますデス』

（ふむふむ、ステータスが全般に高くて、知力も上がり、言葉が交わせるか。拠点の防衛にも役立ちそうだな。幽霊っぽいから語尾の『デス』が『ＤＥＡＴＨ（デス）』に聞こえるな）

知能が高く、小さくて邪魔にならないのであれば、拠点に1体置いておくのもいいかもしれない。ホルダーが60体に増えたので、２～３体置いても負担にはならない。

『アレン様、どうしたデスか？』

アレンが、霊Ｃの召喚獣を見ながら考え事をしていたら、顔を近づけ覗き込むように尋ねてくる。

「いや、なんでもないよ。それはそうと、マリアは壁とか扉はすり抜けられるのか？」

『え？　壁デスか？』

そう言うと霊Ｃの召喚獣が扉に顔を突っ込んだ。普通に壁をすり抜けられるようだ。

「いいね、なるほど。これはダンジョンでも役に立ちそうだ」

地面の中を泳ぐことができる魚系統の召喚獣に加え、壁のすり抜けができる召喚獣が増えた。魚系統と視界を共有しても、地面の中は真っ暗で見えないため使い道が少なかったが、壁の向こうを見られる霊Ｃの召喚獣には、ダンジョン攻略に向けて可能性を感じる。

（自我を持っているからな。コミュニケーションを取って性格もよく理解しないと）

次は覚醒の検証だ。アレンは1枚の虫Hのカードを生成する。

アレンの中で、実験は虫Hの召喚獣で行うと相場が決まっていた。その間も霊Cの召喚獣は様子を確認するため部屋の中に浮かせておく。

（よし、覚醒しろ！）

すると、カードの余白が虹色に輝く。

「おお！　何かが覚醒したぞ。よし召喚だ。デンカ出てこい」

覚醒したカードから召喚獣を召喚する。すると淡く光る虫Hの召喚獣が出てくる。何が覚醒したのだろうと、魔導書のステータス欄を確認する。

【種　類】	虫
【ランク】	H
【名　前】	デンカ
【体　力】	3
【魔　力】	0
【攻撃力】	2
【耐久力】	5
【素早さ】	5
【知　力】	1
【幸　運】	2
【加　護】	耐久力1、素早さ1
【特　技】	飛び跳ねる
【覚　醒】	群れを成す

（覚醒ってのが新たにあるぞ。スキルが増えているな。他の召喚獣もそうなのか？）

魔導書で他の召喚獣のステータスを見るが、そのような追加はない。どうやら覚醒させた召喚獣のステータス欄に追加されるようだ。

（群れを成す……か。さっそく使わせてみよう。デンカ、群れを成せ）

虫Hの召喚獣がこちらを見て淡く光り出す。

そして、

「ふぁ!?」

虫Hの召喚獣が100体くらいに増えたのである。部屋を埋め尽くす大きなバッタの群れ。悪い夢を見てしまいそうだ。

「ちょ！　タンマ、元に戻って!!」

その言葉に反応し、虫Hの召喚獣は1体に戻る。

「ふう、すごいもの見てしまった。もう一回やってみるか」

気を取り直して、スキルの持続時間を確認するために、もう一度覚醒スキルを使わせようとする。

（あれ、何も出ないぞ。もしかして、カード1枚につき1回こっきりか？）

出し直したりしてみるが、覚醒のスキルが発動しない。

（どこに原因があって発動しないのか確かめないとな。まずは、デンカを再作成して試してみるか）

虫Hの召喚獣をもう1枚作成し、覚醒スキルを発動する。普通に覚醒できるようだ。

（さて、もう一度覚醒させてみるか）

心の準備をして、再度虫Hの召喚獣を召喚し、覚醒スキルを使わせる。また1体の虫Hの召喚獣が100体ほどに増え部屋を埋め尽くす。すぐに召喚を止めカードに戻す。

（カード1枚につき、1回は覚醒できると。さて、検証はこんなもんかな）

検証結果を魔導書のメモ機能に記録する。

・魔力消費は100

・（いまのところ）1枚のカードにつき1回覚醒スキルが使えるようになる

要検証

・覚醒スキルは時間が経っても1回しか使えないのか

1枚のカードで1回しか使えないとすれば、覚醒スキルを使う度に新しい魔石を探さないといけない。Aランクの魔獣だったら相当骨だ。前世でゲームをしていたころ、スキルには「10秒に1回しか使えない」など、クールタイムの制約があったことを思い出す。強力なスキルになるほど、連続では使えないものが多かった気がする。とりあえず、連続使用ができないのはクールタイムによる制限であることを信じ、時間をおいて再度覚醒させてみることにした。

（あとは、どのカードがどんな覚醒スキルを使えるか、しっかり把握しないとな）

通常の特技と覚醒スキルなら、覚醒スキルの方が大きな効果がありそうだ。今度は鼠の形をした獣Hを生成し、覚醒させる。

【種　類】	獣
【ランク】	H
【名　前】	チョロスケ
【体　力】	5
【魔　力】	0
【攻撃力】	5
【耐久力】	2
【素早さ】	3
【知　力】	1
【幸　運】	2
【加　護】	体力1、攻撃力1
【特　技】	駆け回る
【覚　醒】	鼠算式

（ふむ、鼠算式か、嫌な予感しかしないな）

鼠の見た目をした獣Hの召喚獣を召喚し、覚醒スキルを使用させる。

すると1体の獣Hの召喚獣が2体に増える。どんどん4体、8体、16体と増えていく。

「デンカと一緒じゃねえか!!」

と、その時。

「もう何時まで騒いでんのよ！！！」

（ちょ！　年頃の男子がいるんだから、部屋に勝手に入ってこないでよね!!）

ネグリジェを着たセシルがドアを開けて入ってきた。鼠の大群と目が合い、みるみる血の気が引いていくのがわかる。「お騒がせしてすいません」と、アレンは獣Hの召喚獣を消した。

「アレン、どうしたの？」

寝巻を着たクレナも騒ぎを聞きつけて、アレンの部屋に入ってくる。

さらに、部屋の廊下に足音が聞こえてくる。同じフロアで爆睡していたドゴラが、あまりの騒ぎにとうとう目覚めたようだ。

「……お、おいどうし……、げふ！！！」

パンツ一丁でアレンの部屋に闖入したドゴラに対し、セシルが顔を真っ赤にして拳を叩きこむ。

「ちょ！　前も言ったでしょ！　服着なさいよ!!」

その様子を見ながらアレンは、クレナ村で夏場のドゴラはだいたいこんな格好だったなと、１人幼い頃を思い出していた。

『アレン様のお知り合いデスか？』

「そうだ。俺の仲間だ、マリアも仲良くしてやってくれ」

『かしこまりましたデス』

にぎやかな状況を楽しそうに見つめる霊Cの召喚獣であった。

第五話　剣聖ドベルグがやってくる

いつもの教室の片隅に人だかりができている。

「そろそろこの構成で、次の階層を攻めようと思うんだが」

「ウスター、その期間だと試練超えが足りない参加者がきついかな。今月は今の階層で我慢したほうがいいと思うぞ。あと陣形もこういうふうに……」

アレンの召喚レベルが6になって2日後の朝。ホームルームが始まる前に、クラスメイトのウスターがアレンの机に羊皮紙を置き、パーティーの攻略について相談している。アレンは攻略のタイミングや、構成の短所長所を考えながらアドバイスをする。そんなアレンとウスターのやり取りをたくさんの生徒が輪になって囲む。

5月の上旬に夏休みの課題について知らされてからというもの、既にダンジョン攻略の実績を持つアレンに対して、多くの者がアドバイスを求めるようになった。アレンは皆のレベルやパーティー構成に合わせて相談に乗り続けている。

人だかりの中に、キールはいない。1人ぽつんと離れたところに座っている。

（まだ、昼飯抜いているな。一度しっかり話をしないとな）

キールはこの20日ほど、C級ダンジョンでの報酬を受け取っている。にもかかわらず、彼の食事状況は改善されなかった。

キールのことを考えていると担任が教室に入ってきた。

「席につけつけ、連絡事項を伝えるぞ」

皆がワラワラとアレンの席から離れ、それぞれの席に着く。

「先週も伝えたが、剣聖ドベルグ様が午後授業をなさる。失礼のないようにな」

剣聖ドベルグは、学園で生徒に指南をするために先週から学園都市に滞在している。何でも勇者ヘルミオスのほかにも、帝国の剣聖も連れて来ているそうだ。

1年生は3000人いるので、しっかり指南するために、先週から何度かに分けて授業を行っている。戦場は大丈夫なのかとも思うが、そこはうまく人員を調整しているのだろう。

アレンはふと、同じ剣聖のクレナを見た。

（ぶっ！　これは何かを企んでいる目だ）

クレナがやる気に満ちた目で担任の話を聞いている。その目の輝きにアレンは不安を覚えた。

午前の授業が終わり、お昼は教室のクラスメイトに連れられるがまま食堂に赴く。ダンジョン攻略は命がけなので、皆必死だ。アレンは授業が終わると、毎日ダンジョンに行くため、放課後は時間が取れない。アレンが皆の相談に乗るのは、ホームルーム前と昼飯時だけだった。キールと少し話がしたかったが、学園が休みの日にしよう。

剣聖ドベルグの授業は、希望者は誰でも受けられるとのことだ。いくつかのクラスが合同で受講するので、結構な人数になる。今日は、受講希望者が試合用の格闘場に集められた。アレンも人だかりの中、クレナ、セシル、ドゴラと一緒に格闘場へ向かった。キールの姿はないようだ。

ほどなくして教官に囲まれるように3人がやってくる。

（おお！　ドベルグだ。初ドベルグだ。それに、自称勇者とお姉さんだ）

眼帯をした白髪の男で、顔には無数の傷がある。

最初にドベルグの名前を聞いたのは、5歳の頃の鑑定の儀だ。開拓村までその名が轟くほどだから、きっと王国でも1、2を争う有名人なのだろう。

剣聖ドベルグは農奴の生まれで今は70歳過ぎだという。王国にはドベルグ以降何人も剣聖が生まれたが、生き残っているのはドベルグだけだそうだ。

剣聖ドベルグは戦いに人生の全てを賭けている。1年のほとんどは戦場を転々としているが、学園は数少ない王国にやってくる理由の1つという話だ。

初めて剣聖を見た人もいるからか、聖剣がどれだけすごいものなのか、長々と話をしている。魔王軍の話をぼかして説明しているのでなんだか抽象的な話になっている。

やがて教官たちの説明は勇者に移った。「勇者って本当にいたんだ」とざわめく生徒もいる。勇者は絵本の中にしかいない、架空の存在だと思っている生徒がほとんどだ。勇者ヘルミオスは相変わらずニコニコしながら、「本当に勇者なのか？」という疑念の声に反応して、手を軽く振っている。

剣聖に失礼が無いようにと行われた事前説明によると、まず3人の武勇伝の話を担任から聞いた後、剣聖や勇者との質疑応答をして、素振り等について指南を受けるという流れらしい。

30分ほどかけて、3人の武勇伝を聞いた。次は質疑応答だ。

「では、勇者ヘルミオス様、剣聖シルビア様、剣聖ドベルグ様に何か質問のあるものはいるか？」

担任が全体に呼びかける。

「はい！　剣聖ドベルグ様に質問があります!!」

聞き覚えのある声が横から聞こえる。クレナだ。

勇者や剣聖が並び立つこの状況が状況だけにしり込みをしてしまう中、ピンクの髪をした少女の手がまっすぐ挙がるのを見て、ドベルグの眉がピクリと上がる。

「……おお、クレナか。剣聖ドベルグ様に質問だな」

「くれな？」

ドベルグがその名前に鋭く反応した。

「今年入ってきた剣聖です」

担任がドベルグにクレナのことを伝える。ドベルグには丁寧な言葉遣いだなとアレンは思う。

「それで、クレナ。剣聖ドベルグ様への質問は何だ？」

「はい！　どうしたらスキルが使えるようになりますか？」

屈託のない笑顔でクレナが質問をする。

「な!?」

担任が絶句する。「スキルってなんだ？」という声が生徒からポツポツと聞こえてくる。

「クレナやっちまったな……」

ドゴラがため息交じりでつぶやく。

4月から始めたダンジョン攻略で、クレナとドゴラはスキルの発動ができずにずっと悩んできた。

アレンはいくつか剣や槍、斧の実技の授業を回ったのだが、体作りのための運動と素振りがほとんどで、スキルについてはまだどこも教えていない。

「く、クレナ。スキルについては来年からだと言っておいただろう！」

担任がなぜその質問をしたのだと顔を真っ赤にして叫ぶ。

（来年からだって、クレナ、担任に聞いていたんだ）

どうやらクレナは担任が教えてくれないから、剣聖にスキルについて聞くつもりでいたようだ。

まっすぐな瞳で自身を見つめるクレナを、剣聖ドベルグは隻眼でまじまじと見返す。

「クレナか……。クレナよ、何故スキルを求める」

クレナを見つめながら、ドベルグは問い返す。

「はい！　アレンには大きな夢があります！　私も一緒に叶えたいからです!!」

「あれん？」

誰だそいつは、という顔をする。

「ああ、前言っていたそこの黒髪の少年だよ」

勇者ヘルミオスがドベルグにアレンを指さす。ドベルグは一瞬アレンを見た後、視線をクレナに戻した。

「ヘルミオス、シルビア、我はクレナという少女の相手をする故、後は任せるぞ」

「あ～はいはい」

ヘルミオスが手をパタパタと振り了解した。

「クレナ、スキルを教える故、こっちに来い」

（おお、いい人だ。教えてくれるのね）

「はい!!」

クレナが笑顔で答える。生徒が座る集団から立ち上がり、ドベルグに促されてそこから離れる。

ドベルグは教官に、模擬戦用の刃を引いた剣を持ってこさせているようだ。

ドベルグはクレナに模擬戦用の剣を持たせ、自らも構える。

「打ってこい」

「え?」

「スキルを使い、我を屠ってみよ」

「分かりました!!」

スキル発現のコツを具体的に教えるとアレンは見ていたが、どうやら実践で覚える訓練のようだ。

(現在のクレナが、前線に40年以上いるドベルグにどれだけ通じるか。それでクレナの未来を想像することができるかもな)

これは貴重な機会だと、アレンはクレナのステータスを確認する。

【名　前】　クレナ
【年　齢】　12
【職　業】　剣聖
【レベル】　30
【体　力】　1240
【魔　力】　474
【攻撃力】　1240
【耐久力】　872
【素早さ】　838
【知　力】　494
【幸　運】　595
【スキル】　剣聖〈1〉、斬撃〈1〉、剣術〈5〉
【エクストラ】　限界突破
【経験値】　14570/30000
・スキルレベル
【剣　聖】　1
【斬　撃】　1
・スキル経験値
【斬　撃】　0/10

　クレナの攻撃力は、２か月ちょっとの間に４桁に達した。ダンジョンでは攻略を優先しているため、魔獣を狩るのは最小限にしている。レベル30は最下層ボス周回の成果だ。

　ドベルグと向き合ったクレナが一気に速度を上げ、間合いを詰めていく。そして剣を上からたたき込むように、手加減のない一撃をドベルグに振り下ろす。

「ふあ！」

　しかし、ドベルグは容易に剣を受け、そして振り払うかのようにクレナを吹き飛ばす。

「どうした？　スキルを使ってこい。使えるようになるまで付き合うゆえ」

　スキルが発動するまでこの訓練は続くようだ。

（あれだな。どうしたらスキルが出るか一切言ってないのだが。これが正解なのか？）

質疑応答は終わり、広い格闘場の闘技台で剣の振り方などの指導が始まる。アレンも槍や斧使いの生徒に交じって、剣聖シルビアに剣術を習うつもりだったが、セシルとともにクレナの訓練を見守ることにした。ドゴラは斧の指南を受けるため、闘技台の離れたところに移動している。

2時間が経過した。

「どうした？　さっきから同じことをしているぞ。それではいつまでたってもスキルは使えぬぞ」

「は、はい！」

吹き飛ばされ、必死に立ち上がろうとするクレナをドベルグが挑発する。助言することなく、ただただクレナを吹き飛ばす。

さらに2時間が過ぎた。クレナが剣をドベルグに叩きこみ、無造作に吹き飛ばされる。

「疲れたならやめても良いのだぞ？　1年かけてゆっくり覚えるのだな」

「だ、大丈夫です！」

（やはり、スキルのコツを覚えるには1年くらいかかるのか）

来年から剣や斧のスキル発現の授業が始まり、修得に1年かかるとすれば、今から丸2年かかる計算になる。

「セシル」

「なに？」

「魔法のスキルの授業は、もう始まっているの？」

「もちろんよ。ようやく魔法が使えるようになった子もいるわよ」

キールも2か月で回復魔法を覚えたと言っていた。攻撃魔法や回復魔法は2～3か月ほどかけて身につけるようだ。

(剣士には、誰でも覚えられるスキルがある。しかしスキル体得までの期間は長い。魔法使いは魔法がないと何もできないから、スキルを覚えるのが早いと。よく分からない調整がかかっているな)

魔法使いは魔法がないと何もできないのか。職業による知力の差なのか、原因は分からない。

さらに2時間が経過し、魔導具の灯りが闘技台を照らす。既にヘルミオスとシルビアの指導は終わり、彼らや教官、そしてアレン一同が、いつ終わるかも分からないクレナの訓練を見つめている。

ここにいないキールには、鳥Gの召喚獣を使って、今日はダンジョンに行けない旨を伝えてある。

「どうした？　日が沈んでしまったぞ。本気で切り込んで来んか!!」

「は、はい!!」

既に疲れ果て朦朧とするクレナに対し、一切疲れを見せないドベルグが檄を飛ばす。

「へば!!」

クレナがまた吹き飛ばされる。何百回目かもう分からない。フラフラしながら必死に立ちあがろうとするが、もう足に力が入らない。

「友との夢とは、その程度なのか？」

「ち、ちがう！」

立ち上がれないクレナにドベルグが叫ぶ。

「違わぬわ！　見よ！　お前の体を!!　たったこの程度で立てぬではないか!!」

「違う！　アレンはずっと頑張ってきた!!」

そう言って、髪もくしゃくしゃになったクレナが今一度立ち上がった。

「では向かってこい！　剣で証明せよ」

「は、はい！」

クレナがふらふらと向かっていく。

「こい、スキル発動のことだけを考えよ。全てをぶつけてこい」

「……」

朦朧としたクレナはもう返事をしない。吹き飛ばされた先からゆっくりドベルグのもとへ向かっていき、うつむいたまま剣を振り上げる。

そして、剣を頭上に掲げ振り下ろした。

ブンッ
その剣は、ダンジョン攻略でも一度も見せたことのない速度だった。

クレナの剣戟はドベルグが構えた剣を容易に叩き切り、そのままドベルグの肩を切りつける。

ピシッ
クレナの剣は肩で止まったが、衝撃がドベルグの体を貫き、足元の闘技台にヒビが入る。

「見事だ。それがスキルだ。忘れるでないぞ」

「や、やった……」

クレナはドベルグの前で倒れこんだ。

「おい。クレナ、クレナ!!」

アレンとともに、セシル、ドゴラもクレナのもとに駆けつける。アレンがクレナを抱きかかえると、気を失ったまま安堵の表情を見せていた。

「もう、何でスキル見せて教えてあげないんだよ？　その方が早いのに」

ずっと待っていたヘルミオスがドベルグに近寄る。

「ヘルミオスよ。誰でもお前のように何でも器用に覚えられるわけではないのだ。この娘は、頭で考えられるようには思えなかったからな。それにしても1日でものにしたか。思ったより早いな……」

ドベルグは不思議そうな顔をしながらアレンに抱きかかえられたクレナを見ている。

「ドベルグ様!!」

「ぬ？」

クレナの剣を受けた肩を心配した教官が、慌てて駆けつけた。

「あれれ？　怪我しちゃったね。ヒール」

ヘルミオスが回復魔法を掛ける。

「人から斬られたのは久々だな。新たな剣聖はそれほどまでに育っていたのか」

「いや、あれくらいのステータスとスキルじゃ斬れない……って、あれ!!」

目を淡く光らせ、クレナを鑑定したヘルミオスが驚きの声を上げた。

「どうした、ヘルミオス？」

「いや、この子のステータスがすごいことに……ってあれ？　あれれ？　気のせいだったみたいごめん」

「そうか……」

（クレナのステータスがどうしたって？）

アレンも魔導書でクレナのステータスを確認する。体力は満タンだが、魔力が2減っているなと上から順に見ていく。

（おお！　スキル経験値が増えている！）

・スキルレベル
【剣　聖】　1
【斬　撃】　1
・スキル経験値
【斬　撃】　2/10

とうとうクレナのスキル経験値が増えた。喜んだアレンは、クレナに代わって「ありがとうございました」とお礼を言う。クレナの足元には柄の部分が粘土のようにひしゃげた、模擬戦用の剣が落ちていたのであった。

＊＊＊

クレナがスキルを使えるようになって迎えた最初の休日。アレンの覚醒スキルについては、この数日でかなり分かってきた。

虫Hの召喚獣に覚醒スキルを使わせ続けたところ、24時間が過ぎると、もう一度発動できるようだ。1時間くらいで使えるようになってはしかったが、使用制限が1回きりでなかったことに感謝したい。

6月に入ってとうとう金貨もCランクの魔石も底をついたが、その前に召喚レベルが上がったので、今後の目算はついた。B級ダンジョンで、Cランクの魔石を週に1000個以上集めれば、週1万個のDランクの魔石収集の依頼を再開できる。

今いるのは6階層まであるダンジョンの3階層。今日はここからダンジョンを攻略していく。

「今日はここからだな」

「うん、今日もズバズバいくよ！」

アレンの言葉にクレナが反応する。

いつもクレナは上機嫌だが、スキルを覚えてからの数日はいっそう機嫌が良さそうだ。スキルを使いたくてうずうずしている。その気持ちは、分からないこともない。

C級ダンジョン周回で斬撃のスキルレベルが2になり、それに伴い剣聖レベルも2になった。そして、新たなスキル「飛剣」を取得した。

飛剣は遠距離用の単体攻撃で、目に見える形で斬撃が飛んでいく。剣聖ドベルグの特訓で修得した「斬撃」も単体攻撃なので、そろそろ複数攻撃も欲しいなとアレンは思っている。斬撃も飛剣も、どれだけの威力なのかは分からない。今やクレナは通常攻撃でも、ダンジョン内のCランクの魔獣を余裕で倒せるからだ。

クレナは剣聖レベル2で覚えた飛剣についても、すぐにコツを覚えたようだった。どうも意識を集中させ、魔力の流れを理解することが大切らしい。ちなみにドゴラはまだスキルが使えない。まだまだ四苦八苦中だ。

「今日は新しい召喚獣の実験だって?」

「そう、攻略を始める前に時間が欲しいです」

キールの質問にアレンが答える。キールとの間にはまだまだ距離感があるが、普通に会話をすることを心掛けていた。

「アレン、何するの?」

「クレナよ。それはこいつだ!! 出てこいフランたち!!!」

クレナの言葉に答え、アレンは鳥Cの召喚獣を5体召喚する。

『『『キュウウウイ!!!』』』

2足歩行の飛べない鳥、ヒクイドリによく似た召喚獣が現れる。頭まで2・5メートルほど、体高は2メートル弱ある。鳥にしてはかなり大型のように見える。頭には大きな鶏冠《とさか》があり、筋肉の発達した足はとても強そうだ。

「でかい鳥だな。5体も出して、これでどうするんだ?」

「ドゴラ。これに乗ってダンジョンを攻略しようと思う」

「こ、これに乗るのか？　馬みたいに跨るってことか？」

アレンはいつか騎乗系の召喚獣が出てくると思っていた。移動手段を手に入れ、活動の範囲を広げるのはゲームの基本だ。そして、Cランクの鳥系統はそれらしい特技「駆け抜ける」を持っている。今日はアレンの予想が正しいかを検証する。

『これに乗るデスか？』

「そうだ、マリアよ」

『分かりましたデス』

アレンの頭の上に乗っていた霊Cの召喚獣がフワフワと浮き、鳥Cの召喚獣の鶏冠の上に移動する。

なぜ霊Cを召喚しているかというと、ほかでもない、本人の要望だ。言葉を交わせる霊Cの召喚獣は強い自我を持っており、あるときアレンに「常に召喚されていたい」と伝えてきたのだ。アレンたちがいない間も拠点に滞在し、ダンジョンの中では常に召喚された状態だ。さすがにフランス人形を抱えて歩くのは恥ずかしいので、街中には連れて行けないとは伝えてある。

「フラン、しゃがんでくれ。皆を乗せたい」

『『キュウウウイ』』

鳥Cの召喚獣たちがアレンの一言で足を畳み、腹ばいになる。

アレンが皆を代表して上に乗ってみる。胴体にまたがり、立ち上がってもらう。

「よし立って」

『キュウイ』

ゆっくり鳥Cの召喚獣が立ち上がる。

（おお、結構高いな。でも、この方がいいのか。視界も高い方がいいし）

ダンジョンの天井は10メートル以上の高さだ。騎乗しても天井にぶつかる心配はない。

そのまま指示をしながら辺りを歩かせてみる。

（おお！　一切揺れないぞ。それに羽毛でお尻がフカフカだ!!）

歩きながら検証を進める。一切揺れず安定しており、明らかに騎乗特化の仕様だ。

「私も乗りたい！」

様子を見ていたクレナがワクワクしながら、アレンに言う。

「よし、じゃあ、乗ってみよう。このままダンジョンを進んでいくぞ！」

安全なことが分かったので、全員が鳥Cの召喚獣に乗ることにした。始めは皆恐る恐るといった様子だったが、その乗り心地に驚いているようだ。今まで通り、ドゴラとクレナを先頭に、セシルとキールを中央に、最後方にアレンの構成で前に進んでいく。

耐久力の低いセシルとキールの守りを強固にするため、左右に霊Cの召喚獣を2体配置し、並走で飛んでもらう。頭上には鳥Eの召喚獣が索敵しながら飛んでいる。

（これは騎馬隊ならぬ、騎獣隊だな。形になってきたぞ！）

この2か月と少し、どうしても移動速度に難があったが、それが解消された。無限に広がる可能性を感じる。お昼前にはアレンたちは最下層ボスの討伐を終え、目の前には木箱が落ちている。

「あっという間に攻略が終わったわね！」

「はやーい！」

セシルとクレナが感動している。いつも休憩も入れながら1日に1階層ずつ攻略してきたが、今日はあっという間に2階層分の攻略を終え、最下層ボスにたどりついたのだ。

（フランの性能はこんな感じか。とてつもなく有能だな。早く覚醒させたいな）

・移動速度は時速50キロメートルくらい
・特技を使うと時速100キロメートルくらい
・疲れない
・話せない
・騎乗したまま剣や斧が振りやすい
・アレン以外の指示を聞くように指示ができる

鳥Cの召喚獣は馬のように胴長ではないため、座っている位置から敵までの距離が近い。大剣や斧のような大きな武器を持つクレナやドゴラが、体高の高さから容易に武器を振れる。

「よし、これで5人ともCランクの冒険者証になれたな」
「そうね。思ったより早かったわね」

アレンの言葉にセシルも同意する。これで全員一緒に一緒にCランクの冒険者証に交換できる。

「それから、せっかく昼前に終わったから昇進祝いを拠点でしようかなと思う」

「祝い？　そうだな」

一瞬まだやれるという顔をドゴラはしたが、皆でお祝いするのも良いなと思ったようだ。

「まだ、キールさんの歓迎会もしてないからね。キールさんもそれでもいいですか？」

アレンとしては、そろそろキールに打ち解けてほしいと思っている。そのために、お祝いを口実に拠点へ誘った。

「え？　俺はちょっと、そういうのは……」

「何かまずいことがありますか？」

アレンはキールが何か問題を抱えているなら、この機会に解決したいと思っていた。広間に漂う沈黙を破り、キールが言葉を発する。

「……実は家族がいるんだ」

キールの告白であった。

(家族か、やはり家族だったか)

ほとんど毎日C級ダンジョンの最下層ボスを倒した後に貰える報酬を手に入れている。今日3つ目のダンジョンを攻略したが、2つの報酬でも最低銀貨40枚。1日で稼ぐお金としては十分なはずだ。

ではなぜ、キールはいつもお金がないのか。思いつく理由は3つあった。

・借金の返済のためにお金が要る
・養う家族がいるのでお金が要る

・ただただお金が大好き

　前世でも、お金大好きゲーマーは結構多かった記憶がある。そういうタイプは最低限の武器と防具を揃え、ただただ金策を続ける。資産が何億になっても何十億になってもそれを止めないので、きっとリアルでもお金が好きなんだろうなと思っていた。

　しかしここは異世界で、この世界こそが今は現実だ。きっと1つ目か2つ目の理由だろうと考えていた。

「家族？　大勢いるのですか？」

　ダンジョンのボスの間にまだ5人ともいる。キールの告白にアレンが質問する。

「そうだ、7人いる」

（結構多いな。人頭税が免除になるのは学園の生徒だけだからな）

　故郷にいる貧しい家族のために仕送りをしているのかとアレンは考えていた。しかし、それなら拠点に住まない理由にはならない。

「学園都市に家族がいて、キールさんは働いているのですか？」

「い、いや、少しは働いているんだが……」

　キールは家族全員で学園都市に来たという。家族の中で働ける者は、少しでも生活の足しにするため働いているが、伝手も紹介もない状況ではいい稼ぎにはありつけないそうだ。

（え？　一緒に暮らしているって、故郷からわざわざ皆でやってきたの？）

「あら？　ちょうどいいじゃない。ねえ、アレン」

「え？　ああ、セシル。その通りだ！　キールさん、拠点に引っ越して来たらどうですか？」

セシルの言葉に、拠点の問題点を思い出す。

「ん？　え？」

困惑したキールにアレンは拠点が抱える問題について話をする。学園とダンジョン探索に時間を取られて、家の掃除や食事の面で支障がでている。部屋にはまだまだ空きがあるので、家族全員で拠点に住まないかと誘った。

「もちろん、家で働いていただいたら給金も支払います」

「な、何でそこまで？」

「仲間だからです」

そのアレンの言葉に他の３人も頷く。

キールは考えているようだ。

(結構強情なのかな)

経済的にきつい状況であったはずなのに、ずっと、何も言わなかった。自ら抱え込んでいる。

「じゃあ、こういうことにしたらどう？」

悩んでいるキールにセシルが提案した。

今ダンジョンで手に入った報酬は皆で5等分している。それを6等分にして、６分の１は拠点での生活費や、キールの家族に対する給金に充てる。そのかわり、魔石については全てアレンのものとする。

「なるほど、いいんじゃないのか？」

「うんうん、さすがセシル！」

ドゴラもクレナも同意する。最初の募集の際に魔石はアレンのものとするとは言っていなかったので、キールの分の魔石はずっと渡してきた。

家族に住処も仕事も提供するので、魔石は全てアレンのものとする。これで貸し借りなしという提案だ。これなら、キールの後ろめたさも解消される。

そこまで聞いたキールが、うつむき加減で下を向いていた面を上げる。

「すまないな、それでお願いできないか？」

「もちろんです！　じゃあ、冒険者証を交換して、歓迎会の準備をしましょう」

キールを拠点に招待することになった。

冒険者ギルドに行って、5人とも冒険者証をCランクに変える。冒険者ギルドの職員のお姉さんからは、「もうCランクなんですね。C級ダンジョンとは勝手が違うので、B級ダンジョンに行く前に事前に下調べした方が良いですよ」と言われた。ギルドを出ると、キールは家族を全員連れてくると言って一旦別れた。

アレンたちはキール一家を迎えるために、歓迎会の準備をする。夕方前にはキールの家族がやって来る。小さい子もいるというので、帰りに肉やパンのほか、お菓子類や果物も買うことにした。

道中、明日の休みはダンジョンに行かず、皆でキールの家から荷物を運ぶのを手伝おうということで話がまとまった。食器や日用品の買い出しも必要だろう。

（よしよし、最低限の準備が整った。これでキールさんも晴れて、正式にパーティーの仲間だな！）

まだ少し距離を感じていたし、アレン以外の3人はほとんどキールと会話がなかったがそれもすぐに解消されるだろう。

夕方近くになった。まもなく約束していた時刻だ。

クレナたちに歓迎会の準備をしてもらい、アレンは外でキール一行の到着を待つ。

遠くから、キールを含む8人の一団がやってくるのが見えてきた。

(え？　若くね。若いと言うか、全員子供だろ)

当然親も一緒にいると思っていたし、体の不自由な祖父母でもいるかなとも思っていた。しかし実際は大人が1人もいない。下は8歳から上は15歳前後。そんな一団だった。15歳はこの世界では大人の扱いだが、アレンの中ではまだまだ子供の部類だ。

「すまない、運べるものは運んで来ようと思ってな。少し遅くなったか？」

キールは大きな風呂敷いっぱいの荷物を背負っている。他の家族も、何人か大きな荷物を持っていた。

「いえいえ、こちらも歓迎会の準備がようやく終わりそうです。じゃあ拠点を案内し……」

マッシュと同じくらいだろうか。10歳かそこらの少女がアレンの前にやってくる。キールと同じ金髪だ。

「私はニーナと申しますわ。この度はご招待くださりありがとうございます」

そう言って、フリルのスカートを摘まみ、頭を下げた。

「あ、ああ、よろしく」

うやうやしい挨拶にアレンは戸惑う。アレンやクレナが慣れ親しんだ平民の挨拶ではない。挨拶をしたニーナの後ろにいる家族をよく見ると、見覚えのある服装をしていた。男の子が着ている服は、アレンが館にいるときに着ていた物によく似ている。男の子の服もニーナのフリルスカートも、上等とは言い難いが平民の普段着とは明らかに違う仕立てだった。

「すまない、ちょっと色々あってな。あとで話すから」

「ええ、分かりました」

戸惑いながらも、キールの家族を拠点に招き入れる。とりあえず荷物は1階に固めておいて、後で各自の部屋に運ぶことにした。

普段4人で食事をしている、1階の多目的室へ一同を案内する。20人規模で住める家なので、多目的室も広い。

（ふむ、備え付けのテーブルがあってよかったぜ）

大き目のテーブルにはすでに人数分の椅子が並び、テーブルには歓迎の意を示すために、これでもかとたくさんの食事が並んでいる。ここは冒険者の多い地域なので、食べ物もワイルドなものが多かった。肉もパンもかなり大きく、テーブルに所せましと置かれている。果物と菓子類も山盛りだ。

キールにとっては思ってもみなかった、豪華な歓迎会が始まるのであった。

第六話　歓迎会

『あら、お客様デスの？』

「ぶっ!!」

霊Cの召喚獣が普通にフワフワと壁を透けて出てくる。そういえば、2階で大人しくするように言うのを忘れていた。

「まあ、かわいい！」

ニーナが歓喜の声をあげる。

『ふふ、ありがとうデス』

そう言うと霊Cの召喚獣はニーナにフワフワ近づき、そのまま抱きかかえられた。お似合いの構図に、思わず皆がほほえむ。

「それでは、キールさんとそのご家族の方との歓迎会をしたいと思います」

小さい子供が待ちきれない様子なので、簡単な挨拶だけして食事をしようとする。

「うん、食べよう！　お腹ペコペコだ!!」

クレナも待ちきれないようだ。

キールとニーナが席に着いたが、他の6人は席に着こうとしない。

「え？」

（お、なぜ席に着かぬ？）

「ああ、皆、前から言っているだろう。もういいんだ。一緒に食事をとろう」

「は、はい。キール様」

「お、おい。その呼び方はよせって」

「……すみません」

キールより年上の、15歳くらいの男が謝る。その言葉遣いや見た目、そして顔立ち。血の繋がった兄弟には見えない。8人の中で金髪なのはキールとニーナだけだ。

（やっぱり家族って……そういう意味の家族だよね？）

家族の考えについて、グランヴェル家の従僕長リッケルから聞いたことをアレンは思い出す。セシルも何かに気付いたようで、じっとキールたちを見つめている。

「ささ、料理もたくさんあるから食べて。まだまだ買ってきてあるからね」

その言葉を合図に、各自がテーブルに置かれた大きなパン切れやお肉を手に取り始める。お腹が空いていたようで、ガツガツ食べる子もいる。クレナやドゴラも食事を始め、料理がどんどん減っていく。

多めに買っておいてよかったとアレンは思う。料理はこのテーブルにのりきらないくらい買っている。キールの家族は初めての空間に少し緊張していたようだが、それも食事によってほぐれてきたようだ。

アレンは食事をとりながら、何となくキールの家族を観察した。10歳くらいのニーナ。そして8

～15歳くらいの男女が3人ずつのようだ。

（それにしても……こりゃ働き手が足りなくてキールがやせ細るのも分かる気がする）

そんなことを考えていると、ふいにキールと目が合う。

「いや、アレン。正直、今回の拠点の件はすごく助かった。ありがとう」

「いえいえ、どういたしまして。キールさん」

「その『キールさん』はやめてくれないか。他の3人のように話してほしい」

（お！　いいね!!　野良から固定パーティーになったような感じだな！）

「じゃあ、そうするよ、キール」

「ああ」

「それにしても、キールが貴族だなんて思わなかったわ」

セシルがふいに口を開いた。その言葉にアレンもうなずく。セシルはキールと年上の「家族」との会話で、何となく彼らの関係を察したようだ。

「ああ……俺は貴族の教育をろくに受けてないし、言葉遣いもこんなだったからな。黙っていて悪かった。ただ、もう今は貴族じゃないよ。貴族『だった』んだ」

「だった？　どういうことなの？」

セシルはこれまで以上にキールとの会話に参加する。キールと打ち解けようという思いと、今の状況を確認しようという思いが絡み合っているようだ。キールは最近起こった騒動で、家を取り潰されたという。家は失ったが、自分には妹がいる。そして、これまで仕えてくれた身寄りのない使用人たちがいる。彼らの生活を守りたい一心から皆を引き取ったそうだ。

「まあ、それは申し訳ないことを聞いてしまいましたわ」

「気にしないでくれ。それでいうとセシルの方が貴族っぽいな」

「あら？　私は貴族ですわよ？」

「あれ、セシルが貴族だって言ってなかった？」

セシルの言葉に、キールの家族が一斉に驚く。クレナはそうだっけとパンを頬張りながら思い出そうとする。アレンが最初に皆を簡単に紹介してから、ちゃんとした自己紹介はしていなかった。

キールにしてもダンジョン探索に必死で、お互いのことを知ろうとする余裕などなかった。元使用人の中には、反射で立ち上がろうとする者もいる。

「あ、大丈夫ですわ。学園では貴族も何もないわ」

慌ててセシルが窘める。すると彼らは「そうですか……」と遠慮がちに再び腰を下ろした。

（最近取り潰された家ってもしかして……）

アレンがキールの事情について考えていると、お腹に霊Cの召喚獣を抱いたニーナが声を掛ける。

「キールお兄様。本当にこんな素敵な家に住んでよろしいんですの？」

それとなく、話題を変えようとしているようにも見える。

「ああ、そうだ。家事手伝いをしたら給金ももらえるんだぞ。皆、しっかり働いてくれ」

「はい、お任せください」

一番年上の男を筆頭に、小さい子も含めて大きく返事をする。

（いや、こんな小さな子ばかりだとは思わなかったな。でもあれか、俺も8歳から従僕として働いていたし、この世界では普通なのか）

「うんうん、まあ、無理のない程度でいいよ。家を留守にすることもあるけど、よろしくね」

アレンの言葉に、キールの家族が更に大きな声で返事をした。

「家を留守にって……お兄様、まだダンジョンに行きますの？」

ニーナは心配そうだ。ダンジョンに行くキールの身を案じているのだろう。その言葉にセシルが表情を曇らせた。兄の身を案じるニーナの様子に、ミハイと自分が重なって見えたようだ。

「ああ、ニーナ。でも安心してくれ。皆強いんだ」

「そうなんですの？」

と言いながら、我関せずと大きなパンの塊をバリバリ食べているクレナを見る。

「それで、これからどうするんだ？　予定通り家具とか買いに行くのか？」

ドゴラが肉を片手に今後の予定を聞いてくる。

「そうだな。その辺は予定通りだな」

ドゴラは分かったと言って、骨付き肉をかじり始める。

「皆さま仲がよろしいのですね？」

ニーナがアレンとドゴラの様子を見て尋ねてくる。

「そうだね。俺と、そこのクレナとドゴラは、同じ村の出身なんだ」

「ああ、そんな話をしていたな」

キールも会話に参加する。アレンはキールに対して、４人が同郷の出身であることは伝えてある。

「俺とクレナは農奴の出身なんだ。今は色々あって平民になったけど」

この機会に、自分の身の上話もしておく。

「え、そうなのか？　言い方が悪かったらすまないが、全然そんなふうには見えないな」

「アレンは昔からこんな感じだぞ。村でも農奴っぽくねえと言われていたな」

「うんうん、アレンは変わらないよ」

ドゴラの言葉にクレナも同意する。

（いや、俺も成長しているし。クレナめ、ぐぬぬ）

「ん？　セシルはその領の貴族だったってことか？　領主とかそういうことか？」

ずっと4人で行動しているように思えるセシルが村の出身でないことにキールが気付く。アレンの代わりにドゴラが答えた。

「ああ、アレンは8歳の時に領主に従僕として仕えることになったんだ」

「そうそう、一緒に学園に来るとは思わなかった！」

クレナは満面の笑みを浮かべる。

「俺は昔からの友人とかいなかったから……　なんか羨ましいな。何処に仕えていたんだ？」

「グランヴェルだよ。あれ？　言ってなかったっけ？」

「グランヴェル？　今グランヴェルって言わなかったか？」

キールの食事を持つ手が止まった。視線がセシルに向かう。

「え？　じゃあ、セシルは？」

「セシルはグランヴェル領主のお嬢様なんだよ！」

クレナの答えにキールも使用人たちも立ち上がった。

ガタッ

「え？　どうしたの？」

アレンたちが驚く中、何かあったのかなとクレナが使用人の変化に疑問を持つ。

「に、ニーナ様、お、お下がりください!!」

一番年長の使用人がアレンたちから遠ざけるように、ニーナをかばいながら叫んだ。突然の出来事にニーナが戸惑う。小さな子供たちも同じだ。

「え、と、ということは。そんな、う、嘘だ！」

キールはセシルを見ながら信じられないという顔をしている。

「何を言っているの？　私はグランヴェル家のセシル＝グランヴェルよ」

キールの表情が憎悪に満ちていくのが分かる。親の仇でも見るようだ。

「お前はグランヴェル家の令嬢だったのか!!」

「……そうよ。あなたはカルネル子爵の子息だったのね」

「そうだ！　カルネル子爵は俺の父だ！　よくも俺の家を！　カルネル家を潰してくれたな!!」

キールたちは激昂し、セシルに対して敵意をむき出しにしている。セシルは何か悟ったように、落ち着いた表情だ。

「おいおい、これはどういうことだ？」

状況が理解できないドゴラが右往左往した。

「ああ、ドゴラとクレナは去年の末に起きたことを知らないもんな。隣領のカルネル領と、グランヴェル領の間でいざこざがあったんだよ」

ドゴラもクレナも、ミスリル鉱の採掘に関する両家の騒動について何も知らない。むやみに口外する話でもなかったが、この状況なのでアレンが簡単に説明した。

（ふむ、キールはカルネル家の者だったか。本人が「最近潰された」って言ったしな。まあ、考えてみればカルネル家の人間が、学園都市でセシルと出会う可能性は十分あったよな）

カルネル家のキールがたまたま教室にいたわけではなかった。２万人が受験する学園の試験は、混雑防止のために一定の地域の生徒ごとに分けて行われた。

今回の試験はどうやら、リフォルの家が治めるハミルトン伯爵領、グランヴェル領、旧カルネル領の出身者が同じ時期に試験を受けていたようだ。

アレンたちとキールたちの間に緊張が走る。アレンは収納から短剣を取り出した。銀の飾りのあるグランヴェル家の客人を示す短剣だ。

「俺はカルネル家の取り潰しにずいぶん貢献したんだ。その時の褒美にこれを貰ったんだ」

ドゴラとクレナに見えるように、短剣をかざす。

「まじかよ。グランヴェル家の客人になったって、それが理由かよ」

「おい！　貢献って何をした!!」

今度はキールが口を開いた。

（ん？　キールは詳しいことを聞かされていないのか？）

「グランヴェル子爵に、王家を味方につける方法を進言したんだよ。俺が手に入れたミスリル鉱の採掘権を使えば、確実にカルネル家を潰せるって言ったのも俺だ。その褒美がこれだよ」

短剣を見せながら、端的に教える。

「き、きさま！！」

（よしよし、怒りをこっちに向けてと。ぶっちゃけ、セシルは関係ないし）

アレンに対して敵意を向けたキールに、霊Cの召喚獣が反応する。ニーナに抱かれたまま、ニコニコしていた顔から表情が失われていくのが分かる。無表情のマリアはちょっとしたホラーだ。

（おいおいマリア、攻撃は一切するなよ）

表情を無くしたまま、霊Cの召喚獣は軽く頷いた。

「ねえ、アレン。これは、グランヴェル家とカルネル家で起きた問題よ」

「ん？」

アレンとキールのやり取りに割って入ったのはセシルだった。

「アレンがこの件で、カルネル家の者に敵意を向けられる必要は一切ないわ。その短剣はカルネル家の暴虐から救ってくれたアレンへの、グランヴェル家一同からのお礼よ」

「ぼ、暴虐だと！　カルネル家が何をしたと言うんだ!!」

「あら、何も知らなくて？　だとしても、あなたも貴族に名を連ねた末裔でしょう。その態度はよろしくないわ。席に座ったらどう？」

「な、何も知らないだと。王家の使いに聞いたぞ！　グランヴェル家の謀略によってカルネル家は潰されたって!!」

「これでは説明にならないわ。座りなさい！」

セシルがキールを制する。アレンは黙って経過を見守ることにした。

「座ったら、何が起きたか聞かせてくれるんだろうな？」

「いいわ。でも、あなたも事情を聞かせてくれないかしら？」

セシルは、お家の事情を聴くこともできたはずのキールが知らないことはおかしいと思った。そして、貧しくしながらも生徒として学園に通っている目的について話をしろと言う。

よく分からない事情を持つキールと、そして王家の使いがバックにいるように匂わせた背景を知る必要がある。もしかしたら騒動はまだ終わっていないのかもしれないとセシルは思った。

「いいぞ、じゃあ話してくれ」

キールが席に着いたところで、セシルがニーナたちに目をやる。

「……キールだけに話すわ。あとの人たちは外して頂戴」

「な、なりません！」

最年長の元従者と見られる使用人が抗議する。キールがその使用人に一度視線を移し、再びセシルに向き直って話しかける。

「なぜ皆に聞かせられない。皆俺の家族だ」

「これはグランヴェル家にも関わる話よ？　誰にでも話せるものじゃないわ」

「……」

その言葉に沈黙が生まれる。侍女だろうか、もう1人の15歳くらいの使用人が「席を外しましょう」と促す。セシルが席を外せという言葉の意味を察したようだ。ニーナも3階の部屋に使用人たちと一緒に移動したことを共有した霊Cの召喚獣で確認する。

さっきとは打って変わって5人だけになった多目的室。クレナとドゴラも席を外そうとしたが、仲間だから聞いて頂戴とクレナに引き止められた。

セシルは「本当のことを話すけど、信じるかどうかは好きにしたらいいわ」と前置きしてから事の発端から話をする。

カルネル子爵が王家の使いと共に館にやって来て、ミスリル鉱脈の共同管理の話を持ち掛けた話から始まった。それを断ると、その日のうちに3人の賊がやって来て、セシルとアレンを拉致して魔導船でカルネル領に連れていった。

話が進むにつれて「そんなことがあるわけない」と抗議しようとするキールだが、その度にセシルが制する。

その後、セシルとアレンはカルネル子爵に雇われた暗殺者から逃げながらも、グランヴェルの街を目指したがついに見つかってしまった。もう少しで殺されるというところで、騎士団長に救われた。

2人が無事グランヴェル領に戻ったあと、グランヴェル男爵は王家に赴き、問題の解決を直訴した。このとき、確実に王家が動くよう、ミスリルの鉱脈のうち1つを譲り渡している。

その結果、カルネル子爵及び不正に多く関与した者たちは投獄。カルネル子爵の夫人は王城近くにある離宮に軟禁となった。この際、カルネル子爵側の多くの貴族が不正を発見された。ある者は投獄され、ある者は家の取り潰しにあった。

「私の知っているのはここまでね。いかがかしら？」

「そ、そんな。う、うそだ」

（まじか、かなり大掛かりに動いたんだな）

「グランヴェル家の変」と貴族たちに恐れられた去年の事件の全容を聞いたのは、アレンもこれが初めてだった。

セシルがニーナたちを外させたのは、カルネル子爵の暴虐を聞かせないための配慮であった。

「何度も言っているわ。信じるかどうかなんてあなたの問題よ。もし、信じられないなら王都に行って調べてきたら？　カルネル子爵が署名した共同管理の書状くらいなら見せて貰えるかもしれないわよ」

キールはあまりのショックで項垂れており、直ぐに全てを受け入れるのは難しいように思える。

「じゃあ、今度はあなたが学園に来た目的を聞かせてくれるかしら？」

「……ああ」

テーブルに視線を落としていたキールが面を上げる。

「……学園に来た理由か。ずいぶん昔の話から始めるが、いいか？」

キールが学園に来たのは、去年に起きた話だけでは説明がつかないようだ。

「別に構わないわ」

「じゃあ……」

キールが、ポツリポツリと話しだした。


彼は父であるカルネル子爵から大事に育てられたと言う。幼い頃から多くの使用人を付けられ、欲しいものは何でも与えられた。しかし、5歳の鑑定の儀を境に恵まれた環境は一変した。

キールには僧侶の才能があった。

鑑定の結果を見て皆が喜ぶ中、カルネル子爵だけが見せた絶望の表情は忘れられないと言う。それからほどなくしてキールは突然館を追われ、数人の使用人とともに領内の別の街で住むことになった。はっきりと聞いてはいないが、子爵の指示だという話だった。

「……」

セシルは自らの境遇と比較して、そんなことがあるのかという顔をしている。

その後は貴族としての教育も受けることなく、そこで7年間暮らした。カルネル子爵から送られてくる生活費はとても少なかった。妹のニーナだけは、慕ってくれてわざわざ月に1度くらい使用人に連れられ遊びに来てくれた。

10歳になると講師が派遣された。才能のある貴族は学園に行くのが勤めなので、必ず試験に受からないといけないと言われ、「自分はまだカルネル家に名前を連ねているんだな」と実感した。

安堵する気持ちと寂しい気持ちがその時は交錯していた。

そして、去年の終わり。王家の使いが使用人たちと暮らしているところに押しかけて来た。何が何だか分からないまま、「カルネル子爵の子供で間違いないか」と聞かれた。そうですと答えると、「僧侶の才能があるのか」と問われたので、こちらもそうですと答えた。王家の使いは学園に行けば、お金をくれると言い、カルネル領で起きたことについても教えてくれた。

そして、王家の使いからは学園卒業後の話も聞いた。

「お前が5年間の貴族の勤めを果たしたら、お前がカルネル家当主となって再興しても良いと国王陛下がおっしゃっている」

貴族には、魔獣の跋扈《ばっこ》する危険な地域で3年間、戦う責務がある。カルネル家は罪を犯したことになっているので5年の勤めが必要だが、それを終えれば全ての罪が償われるという。

アレンは、5年とは才能のある罪人が科される最も重い従軍期間であることを思い出した。

キールはやりますと即答したという。そして、ニーナも一緒に学園都市に行かせてほしい、身寄りのない使用人も引き取りたいと王家の使いに申し出た。王家の使いは「それくらい構わぬ、好きにすればいい」と了承してくれた。そして4月になるまでは、カルネルの街に戻って教会の世話になった。

学費は王家が出してくれたらしい。学園での生活費として渡された金は全員の渡航費で無くなった。

「……俺はな、ずっとこの家を追われるきっかけになった才能を恨んでいた。でも、この才能には意味があったんだ。意味があったんだよ……」

キールの中から、何かが溢れてくる。皆黙ってキールの言葉を最後まで聞く。

「俺は必ずカルネル家を再興させなくてはならない。俺が当主になって、俺の家族のために、帰る場所を取り戻すと決めたんだ」

そう言って、キールは話を終えた。

クレナもドゴラも、悲しい顔でキールの話を聞いていた。

(王家の使いって全部捕まったわけじゃないってことだな。黒幕もまだ健在と。だが、今確認すべきことは別にあるな)

カルネル領がお取り潰しになった後も王家の使いは暗躍していた。

「なあ、その魔獣がいるところってどういうところか聞いているのか？」

「あ？　どういうことだ？」

(やはり、魔獣がちょっと多いってくらいにしか聞いていないか。どうせ魔王史については学園で

来年習うし、学園に入れてしまえばってところだろうな）

「知らないか。だが、ちょうどよかった。そうか、キールには勤めがあるんだな？」

（それは早く言ってほしかった）

「な!?　何がちょうどいいんだ!!」

「セシルとクレナにも勤めがあるんだ」

貴族として生まれたセシルと、剣聖の才能のあるクレナ。アレンとドゴラには兵役はないが、2人を守るために、魔獣が跋扈する戦場に行くと告げる。

「……だから何だ」

キールが睨みながら、アレンの言葉の真意を問う。

「一緒に勤めを果たそう」

「ば、ばかな！　お前話を聞いていたのか……。俺はカルネル子爵の子供だ」

「そんなことは構わない」

「そ、そんなこと……？」

アレンの言葉に衝撃を受けて、驚きそして呆れる。

（それにしても、不思議に思っていたんだよな。普通はこんな感じだよな。すぐに戦う目的が完全に一致するなんてありえないよな）

アレンが前世でやっていたゲームでは、結構お手軽に仲間が見つかった記憶がある。初期のころからどんどん仲間が増えていった記憶がある。中には、初めての街で酒場に行くと何故かいくらでも仲間ができるなんてこともあった。命を懸けラスボスを倒す覚悟をそんな簡単に仲間たちと共有できるのか。

異世界に生きてみて分かるが、決してそんなことはない。

アレンの目の前には、妹と身寄りのない使用人のために家を再興させようとする、まだ12歳の少年がいる。この男の目的は決して魔王討伐ではない。

「キールは聞いていないかもしれないが、そこへ行った者は3年で半分が死ぬらしいぞ。5年だと7割だったかな。多くの魔獣はBランク以上らしいけど、その辺りのことは、王家の使いは言っていたか？」

キールは驚いて目を見開き、首を横に振る。Bランクの魔獣は誰もが知る脅威だ。

（魔獣の強さについても、魔王についても当然聞いていないと）

Bクラスという言葉に一瞬怯んだキールが、覚悟を決める。

「それがどうした？　俺のやるべきことは変わらない」

（そうだな。お前にはもう、確固たる目的があるもんな）

キールには、家族を守るという使命があった。

「俺たちが行くところは、そんな場所だ。どれだけ危険か知っているからダンジョンに通って、その日のために準備している。3年なんてあっという間だぞ」

「……そうだったのか」

キールもようやく、アレンたちがなぜダンジョンに固執しているか理解した。

「キール、俺らと来いよ。一緒に戦おう。これは共闘だな。目的はそれぞれ違ってもいいんじゃないか？」

（魔王軍については話をしたが、魔王についてはおいおい説明していくとしてってところだな。それに、魔王を倒すのに5年もかけるつもりはないし、もっと早く領内に戻れるだろう）

ここで魔王軍の話までするとややこしくなるので、また日を改めてにしようと思う。

「共闘？」

「そうだ。キールはキールの目的で戦えばいい」

キールは迷っている。ここから出ていくのは簡単だ。しかしそれでは、ニーナや使用人は貧しい生活に逆戻りだ。

未来のカルネル家当主として、今どうすべきか。考えるまでもない。

「……お、俺は、自分の目的のために剣聖も利用するぞ。自分の家のために、お前らの強さも利用する。それでもいいのか？」

「うんうん。一緒に戦おう！」

剣聖という言葉に反応したクレナが、キールに手を差し伸べる。

屈託のない笑顔だ。

「決まりだな。これからもよろしくな。セシルもドゴラも、それでいいだろ？」

割とアレンの意見が通ることが多いが、大事なことはずっと仲間と決めてきた。

「まあ、そうね。まさかカルネル家の者と一緒に住むことになるとはね。私がグランヴェル家で初めてじゃないのかしら」

「問題ないぜ。正直、途中から何の話かさっぱり分からんが、キールは俺たちの仲間だからな」

ドゴラはお家騒動について理解できなかったが、キールを仲間に迎え入れることが分かったら十

分だったようだ。

「さて、飯もまだ途中だ。まだ食い足りないだろうから、歓迎会の続きをするぞ」

「うんうん、皆を呼んでくるね！」

「何なんだ……」

アレンの言葉にクレナが笑顔でキールの家族を呼びに行く。

キールはその光景に全然ついて行けない。セシルは「あなたも早く慣れなさい」と言いながら、やれやれとため息をつくのであった。

第七話　罠と検証

キールとその妹ニーナ、カルネル家に仕えた使用人たちが拠点に住むようになった。「彼らと一緒に住む」というキールの言葉に、15歳くらいの使用人はマジですかと不満そうな反応をしたが、キールが説得するとそれ以上何も言わなかった。

翌日は、引っ越しの手伝いと、寝具や日用品の買い出しで終わってしまった。６人の使用人の月給も決めた。年齢に応じて、以下のような額面で落ち着いた。

・15歳の従者　金貨１枚
・15歳の侍女　金貨１枚
・10歳の従僕　銀貨50枚
・10歳の女中　銀貨50枚
・８歳の男女各１名は小間使い　銀貨20枚

給金は固定だが、生活費にダンジョンで稼いだ金の６分の１を割り当てるというルールに変更はない。食費やら何やら全てダンジョンのお金で賄われるだろう。

僧侶の才能のあるキールが拠点に住むようになり、何もかもがうまくいったように見えたが、何も問題がないというわけではない。

それはカルネル子爵がキールに対して取った行動だ。自分の子が鑑定の儀で才能があると分かった貴族は、2種類の行動を取ることを知っている。

1つは、我が子の身を悲しみ、なんとか自分の子の勤めが免除にならないか動く。グランヴェル家はこちらに当たる。娘を貴族の勤めから逃れさせるために、ミスリル鉱の採掘を急がせた。

もう1つは、我が子の才能に歓喜して喜ぶ。実は、貴族は昔からこちらの方が多い。なぜなら、勤めを果たした貴族に対する優遇措置が大きいからだ。王城で勤めるなら、王城での要職に就き易い。領を持つ貴族なら、減税措置がある。

ハミルトン家のリフォルを例にすると、常に将軍を輩出している名家に生まれたリフォルは、ナヨナヨとした華奢な男だった。このままだと次の代で重責から外されてしまう。

しかし、彼には剣士の才能があった。学園に行き、その後3年間の勤めを果たせば、リフォルは見違えるように立派な男になって帰ってくるし、そこへ優遇措置まで付いてくる。

実際リフォルは、父親から「学園に行ってこい」と喜んで送られたという。お家の繁栄を第一にする貴族は、子供に才能があれば喜ぶものだ。

キールはそのどちらでもないように思える。話を聞いたとき、初めは可愛いキールを王家から隠すために家から遠ざけたのかと思ったが、それにしては随分冷遇されたみたいだ。

そして、キールのところにやってきた王家の使いは何だったのか。カルネル家の再興が本当に約束されているかも含めて、今後調べる必要がある。

後日、アレンは仲間と冒険者ギルドの3階にある資料室を訪れた。調べ物はキールに関してではなく、B級ダンジョンについてだ。Cランク申請の際、職員に聞いたところ、学園都市の冒険者は、Cランクになって1年以内の死亡率が群を抜いて高いらしい。しかもその原因は戦闘よりも罠なのだそうだ。B級ダンジョンの罠の種類、そして対策について、アレン、セシル、ドゴラ、キールの4人で資料を漁る。

「わ、私も調べるよ……」

クレナが泣きそうだ。

「いや、クレナはそこに書いてあることを覚えて」

アレンは罠の資料に目を通しながら、そっけなくクレナに言った。

「うぅ……ひどい……」

クレナには別の課題がある。来月の教養の筆記テストに向けての復習だ。

魔王軍にはちゃんと指揮系統があり、統率が取れている。魔王軍の動きに合わせて、連合軍の作戦も刻一刻と変わるので、常識レベルの語彙や知識がないと、戦場でも上官の指示についていくことができない。そんなわけで、学園では1年次の教育では特に一般教養に力を入れているという。

5人は同じ席について調べたことを共有する。

「踏むとCランクの魔獣が何十体もいきなり出てきて囲まれる罠があるらしいぞ」

ドゴラが資料を見て教えてくれる。

何でも小部屋の床石に紛れたスイッチを踏むと、突然魔獣に取り囲まれるようだ。B級ダンジョンの召喚罠ではCランクの魔獣が出てくることが多く、一度に召喚されるのは5体から30体の範囲でランダムとなっている。

「罠は毒に睡眠、矢と、罠もけっこうあるな。俺はまだ毒消しの回復魔法覚えてないぞ。斥候は雇わないのか？」

キールも会話に参加する。

「これ以上仲間を増やすつもりはないかな」

皆には罠解除のスキルを持つ斥候や盗賊系の職業は雇わないと伝えてある。斥候を仲間にしても、魔王軍との戦いには連れて行けない。

魔王と戦う盗賊などいないというのがアレンの考えだ。

アレンは、索敵など各種便利な特技を持つ召喚獣を使役できる。キールは毒消しなどの状態異常回復の魔法をまだ覚えていないが、今後体得すれば毒系の罠や毒系の魔獣にも対応できそうだ。それに、草Cの召喚獣の特技「薬味」で解決できるかもしれない。毒や睡眠を防ぐ薬も存在するようなので、当面はそれらを薬屋で買って対応しようと考えている。

魔王については、改めてキールと話をした。どうも半信半疑のようだ。

アレンも自分が調べたことを話す。

「毒を使う魔獣もいるようだな。デススパイダーも出てくる。そしてB級魔獣のミミックが宝箱に擬態していることもあるが、これは全部倒そう」

B級ダンジョンは虫系や死霊系など、ダンジョンによって出てくる魔獣も変わってくる。状態異常を使う魔獣も多く、虫系なら毒や麻痺への対策は必須だ。死霊系なら物理攻撃が効きにくいので、魔法などで対処しなければならない。

そしてB級ダンジョンでは、宝箱に擬態したミミックの犠牲になる冒険者が圧倒的に多い。

「ミミックは全部倒すってマジか？」

「ああ、どうやら貴重なアイテムを落とすことがあるらしい」

「おお！　じゃあ倒したほうがいいな!!」

貴重なアイテムと聞いたキールは、危険も顧みずアレンに賛同する。

金策、貴重な装備、そして「魔力回復リング」。どれもダンジョン攻略の重要な目的だ。ミミックが落とすアイテムの記録には、金貨１００枚以上の価値を持つ武器もあった。

「それにしても、そもそもこのダンジョンって何なのかしら？　１０００年前にはすでにあったらしいのだけど」

セシルは古い資料を見ながら、呟いた。

（ん？　セシルだけ調べ物の意味を履き違えていたぞ）

アレンは前世で健一であったころから、ゲームの設定やストーリー、背景を調べることはほとんどなかった。どんなに壮大なストーリーでも、実際にやることはレベルを上げたり強くしたりするだけだ。塔の攻略に行っても、その塔がなぜここにあるのかなんて、興味を持ったことすらない。

セシルが調べたことを皆に教えてくれる。ダンジョンは王国にも帝国にも、世界の至る所にあるらしい。冒険者を取り込むためにできているとか諸説あるが本当のところはわかっていない。

「ただ、１０００年以前の資料が見つからないの」

どの資料もダンジョンの記録は１０００年前までらしい。

クレナがセシルから資料を渡され、読み始める。

「ほうほう」

「そういえば、クレナは魔導書読み終わったんだっけ？」

「ほーう、ほーう」

間延びした声を出しながら、クレナは顔を隠して羊皮紙を読む。

「さて、クレナは拠点に帰っても勉強の続きをしてもらう……」

その時であった。クレナがすごい勢いで出口に向かって駆けていく。しかし、アレンが逃げ出したクレナを捕まえる。

「へぐう……」

クレナは人生が終わったような声を出してうなだれる。今はまだアレンの方が、素早さが高いようだ。セシル、ドゴラ、キールの３人が同情の目でクレナを見つめるが、助けることはしなかった。

（さて、調べ物も終わったし、Ｂ級ダンジョンに挑戦するかな）

アレンはクレナを捕まえながら、新たなダンジョンを目指すのであった。

＊　＊　＊

「食事中はマリアを好きにさせたほうがいいんじゃないのか？」

「いいですの。マリアも私の膝の上がいいですわよね」

『はいデス……』

キールの妹ニーナは、拠点に暮らすようになってからずっと霊Cの召喚獣と一緒にいる。これまで寂しい思いをしていたのか、それとも単純に気に入っているのか、肌身離さずいつも一緒だ。

今も朝食中なのだが、膝に霊Cの召喚獣を載せているので、キールに注意されたところだった。

(完全に飼われているな。猫を飼ったことはないが、猫可愛がりってところか)

他人事のようにアレンは見ている。

キールの家族と住むようになって5日が過ぎた。時折ぎくしゃくすることもあるが、初日の騒動と比べればお互いに随分打ち解けた。

パーティー『廃ゲーマー』は、毎日3箇所のC級ダンジョンを周回している。最下層ボスの討伐報酬のおかげで、1日の稼ぎはだいたい金貨3枚。うち6分の1、つまり銀貨50枚が1日あたりの食事代や給金などの拠点管理運営費だから、時間と共に結構裕福になって来た。

「さあ、準備してくれ。今日からB級ダンジョンの攻略に出掛けるぞ」

そう、B級ダンジョンの攻略が始まるのだ。

「今日もダンジョン頑張ろう！」

クレナが勉強をする時の数倍のテンションで立ち上がる。アレンの一言で、食事を終えた皆が返事をする。拠点を出る時に、不安そうに見つめるニーナの頭をキールがポンポン叩く。これはダンジョンに出掛ける時に行う恒例行事だ。

B級ダンジョンは拠点の近くに2つある。

B級ダンジョンはそれぞれ、出てくる魔獣の構成に特徴がある。今回攻めるダンジョンは獣系偏重型だ。獣系の攻撃は読みやすく、毒などの状態異常が罠と宝箱だけなので攻めやすい。B級初心者用としてふさわしそうだ。

拠点からしばらく歩くと、目的のダンジョンが見えてくる。並んでいる冒険者も今までC級で見てきた者より強そうだ。

冒険者のうち8割は、C級ダンジョンを攻略できるという。しかしB級ダンジョンは2割程度だ。数々の罠や恐ろしい強敵の前に、多くの者が命を落とす。そして、最下層ボスにたどりついても、才能無しでは決して倒せないそうだ。

ここに才能の有無によって越えられない壁がある。

若い学生のパーティーが、しかもたった5人でB級ダンジョンにやってきた。その光景があまりに珍しかったようで、建物に入る際「大丈夫か？」と職員に呼び止められた。アレンは「問題ないです」とCランクの冒険者証を見せて建物内に入って行った。

『いらっしゃいませ。ダンジョン総合運用管理システムB304です』

C級ダンジョンと同じように、部屋に入るとキューブが浮いている。

「雰囲気はC級ダンジョンと変わらねえな」

斧を肩に担いだドゴラが辺りを見回す。天井から床まで、全体が石造りのダンジョンだ。

「ああ、だが、罠もあるからな。慎重に移動しよう」

皆には念のために解毒剤を渡してある。1つで銀貨3枚なので、決して安くはない買い物だが、前もって飲めば1日効果があるというので、皆あらかじめ飲むことにした。

鳥Eの召喚獣を先行させて道を探し始める。

一般的なB級ダンジョンについて

・B級ダンジョンは10層から12層
・B級ダンジョン1階層の移動時間は12時間程度
・ダンジョン上層はDランクの魔獣、下層に行くにつれCランクの魔獣が出る
・最下層ボスはBランクの魔獣

（えっと、ここは12階まであるダンジョンか。最短移動時間が12時間ってことは、時速5キロで歩いたとして、11階まで660キロメートルか）

徒歩の移動速度で階層全域の移動距離を整理する。ミミックを狩るので時間が掛かりそうだ。Cランク召喚獣の性能など、検証したいこともいくつかある。

「道が大体分かった。じゃあ、出てこい。フランたち」

『『『キュウウウウイ！！！』』』

特技「駆け抜ける」は使わず進み始める。Dランクの魔獣しか出てこないが、罠の対処などもあるので、最初から飛ばして進んだりはしない。

慎重に進んだが、朝の8時頃にダンジョンに入って、昼前には2階層先まで進んだ。

「宝箱とか全く見ないわね。もう少し見つかると思ったわ」

セシルがパンを食べながら話をする。お嬢様もこの2か月で外での食事にずいぶん慣れた。

「まあ、何だかんだ言ってもダンジョン攻略を優先しているからかな。この感じだと、そんなに宝箱は多くないのかな」

そして、午後も1階層攻略して4階層目にしてとうとうお目当てのものが見つかった。

「おお！　宝箱だ!!」

小部屋の奥にある宝箱を見て、前のめりになるキールを皆が制止する。毒の噴出には備えているが、ミミックかもしれない。

「さて、じゃあマリア。ちょっと開けてきてくれ」

『はいデス！』

霊Cの召喚獣がフワフワと宝箱のもとに向かう。召喚獣に宝箱の罠チェックをしてもらう作戦だ。

アレンの召喚獣には手足があるものは他にもいる。霊Cの召喚獣は壁通過ができ会話もできる。罠だったら開封せずに済むのではということだ。

皆がドキドキしながら霊Cの召喚獣を見ている。キールが回復魔法を掛けられるよう待機している。回復魔法や回復薬は召喚獣にも有効だ。

キールがレベル30まで成長した分、アレンが持っている回復アイテムを使う機会はずいぶん減った。

【名　前】　キール
【年　齢】　12
【職　業】　僧侶
【レベル】　30
【体　力】　397
【魔　力】　749
【攻撃力】　298
【耐久力】　421
【素早さ】　479
【知　力】　661
【幸　運】　603
【スキル】　僧侶〈2〉、回復〈2〉、堅固〈2〉、剣術〈3〉
【エクストラ】　神の雫
【経験値】　26550/3万
・スキルレベル
【僧　侶】　2
【回　復】　2
【堅　固】　2
・スキル経験値
【回　復】　28/100
【堅　固】　15/100

（スキルも順調に育っているな。たしか教会に行って、祈りを捧げて回復魔法を覚えるんだっけ）

キールを仲間にした時は、僧侶レベルも回復レベルも1だった。セシルと同じくレベル10を超えたところで職業レベルが2になった。回復魔法も攻撃魔法もレベルキャップがあるようだ。

ちなみに回復スキルは知力依存だという。

アレンがあれこれ考えているうちに、霊Cの召喚獣が宝箱の目の前に来ていた。アレンも共有した霊Cの召喚獣の視界で、まじまじと宝箱を見る。

なんの変哲もない木箱だが、罠やミミックの可能性もある。

霊Cの召喚獣は物質をすり抜けることができるので、宝箱の中を開封せずに見てみようと思う。

普通の宝箱なら開けたらよいし、罠ならそのまま放置だ。そしてミミックならどうなるのだろうか。

霊Cの召喚獣が木箱に手と顔をうずめていく。

『ガルルル！』

突然、宝箱の口がガバッと開く。縁にはのこぎりのような大きな歯が無数に並んでいる。

「ミミックだ!!」

『ふぁ！　し、死ぬデスよ!!　サイコ！！！』

いきなり宝箱が襲い掛かってきて、驚いた霊Cの召喚獣。その手から灰色の丸いバレーボール大の球体が発生し、ミミックにすごい勢いで飛んでいく。

『!?　ガルアア!!』

『死ぬデス！　死ぬデス！』

ミミックが、霊Cの特技「サイコ」を食らう度に吹き飛ばされる。霊Cの召喚獣は容赦なく撃ちまくる。壁まで吹き飛んで打ち付けられても攻撃の手は止まず、とうとうミミックは動かなくなった。死んでしまったようだ。

『ミミックを1体倒しました。経験値2万を取得しました』

（ふむふむ、強化したマリアなら、魔力を半分使ったくらいでBランクの魔獣を倒してしまえるのか）

「おいおい、まじかよ。ミミックってBランクの魔獣だったよな」

ドゴラが驚愕している。霊Cの召喚獣の魔力は6時間あれば満タンに回復するから、その間に2回ミミックに遭遇しても、問題なく勝つことができそうだ。

「わあ！　槍が出た!!」

ミミックはBランクの魔石とミスリルの槍に変わった。ミミックがたまにアイテムを落とすというのは本当だったようだ。クレナが鳥Cの召喚獣から降りて槍と魔石を拾う。この槍なら金貨50枚くらいで売れそうだ。

こうして、B級ダンジョンの攻略が進んでいくのであった。

＊　＊　＊

「へば!?」

アレンは石畳の上で目覚める。辺りを見回すと仲間たちがアレンを覗き込むように見下ろしている。

「起きた？　やっぱりアレンも目覚まし薬飲んでいたほうがよかったんじゃないの？」

（お、睡眠罠で眠ってしまったか。この罠を待っていたぞ!!）

アレンは自らが起きたことを理解する。ここはB級ダンジョンの6階の小部屋だ。

パーティーの中でアレンだけが、特技の検証のために目覚まし薬を飲んでいなかったのだ。

「マリア、薬味を使ってくれたか？」

『はい、デス！』

「何秒で目覚めた？」

『10秒もかからなかったデス！』

（眠っていたのはほんの数秒か。意識もはっきりしているし、戦闘への復帰も容易そうだ）

「アレン、どうしたの？」

クレナが心配そうに覗き込む。

「いや、大丈夫だ。ちょっとこの罠で検証がしたいけどいいかな？」

「検証ね。分かったわ」

「ああ、検証だな？　じゃあ、クレナ。ちょっと訓練を手伝ってくれ」

「うん、分かった！」

また検証ねと言わんばかりにセシルが同意する。Cランクの召喚獣や覚醒のスキルについて、分からないことが多いためいくつもの検証が必要だ。

ダンジョンの攻略はこういった形でたまに中断になることがある。

攻略も大事だが、ピンチに陥った時こういった検証をしっかりできているかが、切り抜けられるかどうかの明暗になってくる。

今回検証するのは睡眠についてだ。

アレンの検証は数時間に及ぶことがあるので、ドゴラはそんな中クレナに練習をお願いする。まだスキルの使えないドゴラは、剣聖ドベルグとクレナの訓練みたいに、スキルを意識して斧を振るえば、スキルがいつか発動すると信じている。

その練習をクレナに手伝ってもらっている。

このドゴラの訓練は、ほぼ毎日行われている。学園から帰るとダンジョン周回だが、それでも1時間とか2時間とか時間を見つけてのことだ。

B級ダンジョンから、矢や毒の罠がある。斥候職をパーティーに入れていないので、罠を食らったら回復薬で治せばよいという脳筋チャートで進んでいる。

なお、体力の回復薬、魔力の回復薬ときたので、きっと薬味は状態異常の回復薬だと思っていた。

しかし、今まで毒罠や矢罠ばかりだったので検証できていない。違っていてうっかり毒で死んでしまったら目も当てられない。アレンは毒の罠ではない、睡眠罠が出るのを待ち続けた。

小部屋の隅に4人に行ってもらって、アレンは中央の罠を見つめる。

(この罠も見分けがつかないな)

完全に他の石畳と同じに見える。霊Cの召喚獣曰く、この石畳を踏むと凹んで白い煙が立ち込めたそうだ。

アレンは、改めて石畳の罠を踏む。辺りに白い煙が出てくる。

(毒の罠と一緒だな。範囲は踏んだところから5メートルくらいかな。煙は数秒で切れると)

煙が消えているのに、アレンの意識ははっきりしている。

(薬味の効果か？　眠くならないな。効果が市販の目覚め薬と違うな)

市販の目覚め薬の効果

・飲むと睡眠から目覚めることができる
・事前に飲むと、1日効果が持続する
・効果は1回のみ
・値段は銀貨3枚

草Cの特技「薬味」は一度発動すると効果が切れないようだ。もう一度罠を発動させてみるが何ともない。

他に検証が漏れていることはないかなと、顔をポリポリ掻いていると、口元に怪我をしていることに気付く。

（あれ？　いつ怪我した？　そう言えば眠る前は……）

アレンは大事なことを思い出す。アレンが眠ってしまったのは移動している最中だった。鳥Cの召喚獣は、特技を使っていなくても、時速50キロメートルで走る。

（俺が意識を失って、眠ってフランから転がり落ちたのか？）

「マリア、フランたちは煙でどうなった？」

『皆寝ちゃったデスよ』

霊Cの召喚獣がその時の状況を教えてくれる。一団となって移動中に鳥Cの召喚獣が罠で眠ってしまった。アレン以外は解毒剤と一緒に目覚まし薬を飲んでいたので、とっさに受け身を取って無事だったが、爆睡したアレンは召喚獣の転倒で怪我をしてしまったらしい。

アレンはそこまで聞いて、魔導書を出してステータスを確認する。アレンも含めて全員体力が減っておらず、無傷の状態だ。

「マリア、キールが回復魔法を掛けてくれたのか？」

『そうデス』

どうやら、キールの回復魔法で転倒した鳥Cの召喚獣たちと一緒に体力が回復したようだ。

（なるほど、この青唐辛子みたいな薬味で検証することが増えたな）

アレンは召喚獣を出して、その度に罠を踏む。どの召喚獣が眠りに掛かり、そして掛からないかを検証するためだ。

アレンはうっかり思い違いをするところだった。霊Cの召喚獣が何度も白い煙を浴びているのに平然としていたため、すべての召喚獣に睡眠耐性があるのかと思っていた。

ランクに限らず系統で状態異常である睡眠の効果が異なってくることが分かった。

睡眠の効き具合
・虫系統１００％
・獣系統１００％
・鳥系統１００％
・草系統０％
・石系統０％
・魚系統１００％
・霊系統０％

（なるほど生き物系はほぼ１００％効果があり、生き物じゃない系統は効かないと。草は生き物だが植物だから寝ないと）

統一感があって分かりやすい。

ここまでの薬味の検証結果をまとめる。

検証できたこと
・睡眠を解除する
・召喚獣に対しても効果がある
・効果は持続する
検証できなかったこと
・毒にも有効か？
・効果の持続時間は？

（持続時間があるってことは、前もって飲んでおいた方がいいな。それにしても、召喚獣が寝てしまって、皆を危ない目に遭わせてしまったな）

ある程度の検証結果がまとまったので、「お待たせ、じゃあ行こうか」と仲間に言おうとしたとき。

「うおおおおおおおおおお！！！！　でたぞおおおおおおおおお！！！！」

ドゴラが雄たけびを上げた。

「やった！　やったね！　ドゴラ!!」

「ドゴラ、スキルが使えるようになったのか？」

「ああ。でた、俺はスキルを出したぞ！」

ジャガイモ顔のドゴラが満面の笑みを浮かべる。クレナから少し遅れて、ドゴラもスキルが発動するようになったようだ。

アレンは魔導書で魔力の消費を確認する。

（お！　たしかにドゴラのスキル経験値が上がっているぞ）

【名　前】ドゴラ
【年　齢】12
【職　業】斧使い
【レベル】35
【体　力】772
【魔　力】416
【攻撃力】1016
【耐久力】670
【素早さ】424
【知　力】282
【幸　運】458
【スキル】戦斧〈1〉、渾身〈1〉、斧術〈4〉
【エクストラ】全身全霊
【経験値】59630/7万
・スキルレベル
【戦　斧】1
【渾　身】1
・スキル経験値
【渾　身】2/10

「ん？　アレン。もう調べるの終わったのか？」

ドゴラは訓練に夢中で、アレンの検証が一段落したことにも気づいていなかったようだ。

「ああ、バッチリだ。皆待たせた」

「そっか、じゃあ、ダンジョンの攻略続けようぜ！　この感覚忘れたくないからな‼」

ドゴラが斧を担ぎ、真っ先に鳥Cの召喚獣にまたがる。早く魔獣相手にスキルを使いたいようだ。

アレンは「そうだな」と言って、この日はダンジョンの攻略に邁進するのであった。

＊　＊　＊

今日は学園が休みの日だ。

「ポチ、よ～しよしよし」

『ワン！　ワン！』

尻尾を振りじゃれるモフモフの獣Fの召喚獣をアレンがあやす。本来は大型犬並みに厳ついのだが、今はチワワのような小型犬の姿だ。

食器棚の上からは、「それ楽しいの？」と獣Eの召喚獣が見つめている。いつもはサーベルタイガーの姿だが、こちらも今は澄ました猫のように大人しい。食器棚の一番上の何も置いていない列を占有し、毛繕いをしている。この2体は、覚醒によって姿を変えている。

獣Fの召喚獣の覚醒スキル「忠犬」

獣Eの召喚獣の覚醒スキル「借りてきた猫」

効果はそれぞれ、「小型犬のようになって懐く」「家猫のようになって寛ぐ」。この姿は1か月持続する。

見た目も効果も一見意味が無いように見えるが、そんなことはない。これなら家の中で飼うことで、カモフラージュしながら警護ができる。こう見えても強化済みで、どちらも攻撃力と体力を500上げている。この獣FとEの召喚獣が使用人たちのもっぱらの愛玩動物となっている。

覚醒スキルの検証は進んでいるが、効果の持続時間も様々で、かなり考えられていると感じる。

「さて、そろそろ行こう」

「おう！　さっさと行こうぜ!!」

ドゴラは待ちきれなかったようだ。スキルがようやく使えるようになったのでダンジョンへの参加意欲が半端ない。自らの成長する喜びが分かったようで何よりだ。

今日はB級ダンジョンで初めてボス狩りを行う日だ。

いつものように建物からB級ダンジョンの最下層に飛ばしてもらう。他の階層なら通路に飛ぶのだが、最下層は大きな扉の目の前に飛ぶ。物々しい模様が刻まれた扉を開けると、丸い広間になっており、中央に最下層ボスが鎮座している。

「あれは、なんだっけ？　たしかヒュージボアだったような……」

「ああ、たしかグレイトボアの上位魔獣ってやつだろ」

アレンの言葉にキールが答えてくれる。最下層ボスの広間の中心には、クレナ村で狩ってきたのと同じCランクの魔獣、グレイトボアが10体ほどいる。そして中央にいる、体高5メートルはある巨大なボアが「ヒュージボア」だ。

獣系のダンジョンの最下層ボスにふさわしいなと思う。

（……とはいえ、何か負ける気がしないんだが？）

【名　前】 クレナ
【年　齢】 12
【職　業】 剣聖
【レベル】 37
【体　力】 1520+900
【魔　力】 586
【攻撃力】 1520+900
【耐久力】 1068+900
【素早さ】 1027+900
【知　力】 606
【幸　運】 735
【スキル】 剣聖〈3〉、斬撃〈3〉、飛剣〈3〉、剛体〈1〉、剣術〈5〉
【エクストラ】 限界突破

【名　前】 セシル＝グランヴェル
【年　齢】 12
【職　業】 魔導士
【レベル】 37
【体　力】 637
【魔　力】 1069+600
【攻撃力】 406
【耐久力】 664
【素早さ】 628+600
【知　力】 1470+600
【幸　運】 592
【スキル】 魔導〈3〉、火〈3〉、土〈3〉、叡知〈1〉、組手〈2〉
【エクストラ】 小隕石

【名　前】 キール
【年　齢】 13
【職　業】 僧侶
【レベル】 37
【体　力】 475
【魔　力】 899+300
【攻撃力】 358
【耐久力】 505
【素早さ】 575
【知　力】 793+300
【幸　運】 723
【スキル】 僧侶〈3〉、回復〈3〉、堅固〈3〉、信仰〈1〉、剣術〈3〉
【エクストラ】 神の雫

キールは先日13歳になった。仲間内では一番乗りだ。拠点でお誕生日会をしたが、最近のキールはこのノリを受け入れ始めたような気がする。

Ｂ級ダンジョンに入り、スキルの使用頻度が上がったので、ドゴラを残して職業スキルがレベル３に達した。新たに獲得したスキルはそれぞれ、クレナが「剛体」、セシルが「叡知」、キールが「信仰」だった。

剛体は４つのステータスを９００増やす
叡知は３つのステータスを６００増やす
信仰は２つのステータスを３００増やす

（俺にも、加護が貰えるのは召喚士だけだと思っていた時期がありました）

アレンは、召喚士は星8つのレア職業だから、特別に加護がついていると思っていた。しかし他の職業にも、加護に似たステータス増加のスキルがあったのだ。

アレンの100倍の速度で皆が成長していく。

（いやまじ俺の予想は正解だったたな。ノーマルモードは決して弱くはない。それでも魔王軍には苦戦中だそうだから、たぶんあっちが強すぎるんだろ）

騎士団長も、暗殺者ダグラハもとんでもなく強かった。しかし、鍛え抜いたノーマルモードでも3年で半数が脱落する戦場がある。

「オールプロテクト」

キールが堅固スキルレベル3をかける声で、アレンは我に返った。堅固レベル3はパーティー全員の守備力を10パーセント上昇させる。クレナはこれだけで守備力が200近く上昇する。剛体や召喚術の加護で増えたステータスをベースに10パーセント加算なので、かなり有用なスキルだ。

「じゃあ、行こう！」

「おう！　前は任せておけ！」

クレナの合図にドゴラが返事をする。鳥Cの召喚獣に乗ったまま向かっていく。

クレナとドゴラがいる最前列に、巨大な猪の形をした獣Cの召喚獣が並走し、特技「突進」で突っ込んでいく。これはグレイトボアがクレナやドゴラを無視して、キールやセシルを襲うことを防ぐためだ。弱い者、後方にいる者を優先して狙ってくる魔獣もいる。特にCランクになって、その傾向は顕著になってきた。普段の移動ではアレンが最後尾を守っているが、最下層ボス戦の場合はクレナ、ドゴラの後ろにアレン、最後尾にキールとセシルという陣形で、アレンは中央から召喚獣に指示を飛ばす。

「フレイムランス！」

セシルの魔法とアレンの召喚スキルで雑魚のグレイトボアを倒して、クレナとドゴラに最下層ボスであるヒュージボアを任せる作戦だ。セシルが範囲攻撃である火魔法レベル2を打ちまくる。Cランクの魔獣が丸焼けになって消滅していく。

『ブヒヒヒン！！！』

クレナがスキルレベル3に達した斬撃で、ヒュージボアの頭をかち割るほどの一撃を食らわす。その前に何発も攻撃を受けていたので、これが止めになった。

「おお！　Bランクの魔獣を倒したぜ！　オールヒール!!」

戦闘が終わったのを見計らい、キールがパーティーに回復魔法を掛ける。

（やはり、一度に全員の回復魔法を掛けられるのは大きいな）

アレンが感心する。

「これでB級ダンジョンも1つ制覇だな……って、おお!!」

ヒュージボア討伐の報酬。その宝箱は銀箱だった。

「おお、銀じゃねえか！　銀箱が出たぞ!!」

興奮状態のキールが真っ先に宝箱を開けに行く。中にはヒヒイロカネのナックルが入っていた。

朱色に輝くヒヒイロカネの武器は、売れば金貨数百枚はする高級品だ。

キールは悠々とナックルを掲げる。アレンはキールがお金に執着するのは家族のためだと思っていたが、一緒に行動していると、家族の事情を別にしても、単にキールはお金が大好きなようだった。

「……金の亡者、いやキールの場合は、金の聖者かしら？」

セシルがアレンと同じことを思ったのか、呆れたような声でため息を漏らす。金の聖者という不思議な言葉が、この異世界に生まれた瞬間だ。

こうして1つ目のB級ダンジョンの攻略を終えたアレンたち一行であった。

第八話　故郷に戻って

今は8月の上旬。B級ダンジョンを攻略してから、1か月が経過していた。

クレナは無事、みんなと一緒に教養のテストに合格した。拠点ではクレナの合格を祝うパーティーが開かれ、クレナは食卓に並ぶ御馳走に終始嬉しそうだった。来年2月の教養試験が終わった時も合格祝いをしたいものだ。

ダンジョン攻略も好調で、すでにB級ダンジョンを2つ制覇し、あと1つでA級ダンジョンに入れる。ダンジョンの実態が分からないまま探索を始めた割には、十分早く攻略が進んでいると思う。

クレナは単騎でBランクの魔獣を倒せるようになりつつあり、その成長スピードには舌を巻く。

Dランクの魔石の募集依頼を7月から再開した。B級ダンジョンは、Cランクの魔石を1階層につき200個ほど回収できる。召喚獣を3チームに分けると1日600個の計算だ。

召喚獣隊を使って1つの階層を1日中狩らせても200個の魔石で限界であった。どうも、魔獣が出現する速度に限界がある。

上限の200体を超える魔獣を狩る方法は、魔獣召喚罠を探すことだ。罠を発見すると、召喚獣が多少やられてしまうが、1千個くらいはCランクの魔石を回収できる。

罠と宝箱の位置は夜の0時に変更されるみたいなので、日付が変わると少しでも早く魔獣召喚罠を発見することが肝心である。

アレンの召喚獣だけで1か月に稼いだ魔石とお金
・Cランクの魔石34760個
・宝箱の報酬　金貨425枚

Cランクの魔石を元手にすれば、31万個のDランクの魔石を募集できる。

冒険者ギルドの職員からはひきつった顔で「週に募集するDランクの魔石は、1万個の上限にしてほしい」と言われた。依頼による魔石収集は月に5万個が限界のようだ。

パーティーに必要なものは召喚獣から回収した宝箱の報酬で買っていた。拠点の買い物などの活動のための馬車と、魔導具の時計を揃えた。それぞれ金貨50枚だった。庭に馬小屋があったので、15歳の使用人に馬を世話してもらっている。

これで、夏休みの間にダンジョンに籠っても、時間の把握が容易にできそうだ。


学園から場所が変わり、アレンは今上空を召喚獣になって飛び続けている。

(おお！　あったあった。というか遠かったな)

以前、鳥Gの召喚獣で上空から見た光景と同じものが見える。クレナ村だ。

以前は毎月のように鳥Gの召喚獣でやって来ていたのだが、今日は鳩の形をした鳥Fの召喚獣でやって来た。足には荷物を入れた籠をつかんでいる。

アレンたちは無事夏休みに入った。2か月間の夏休みは帰省せずに、ダンジョンに通おうという話になった。魔力回復リングがあるかもしれないA級ダンジョンに1日でも早くいきたい。

帰省はしないが、用事があってグランヴェル領に鳥Fの召喚獣を向かわせていた。ついでと言ったらあれだが、実家に寄らせて近況報告を行う。ついでのついでに、鳥Fの召喚獣の飛行訓練も兼ねている。

鳥Fが実家に着いた。家の中に入ると、昼時だったようで家族が皆いる。

『ただいま。いや～遠かった』

家族がふかし芋を頬張っている中、はばたきながら土間に入ってきた鳩がアレンの声で話をする。

「え？　とりさんがはなした！」

ミュラの手元からふかし芋が零れ落ちる。ロダンとテレシアも固まってしまった。

(よしよし、全員聞こえているな)

鳥Fの召喚獣も、鳥G同様に言葉を発することができる。ただし声マネはできず、声はアレンのものだ。

鳥Fの特技「伝達」の能力
・アレンの声で半径3キロメートルに言葉を届けることができる
・対象を選定でき、対象以外は声を聴くことができない
・距離や障害物の有無にかかわらず、声の大きさは一定

鳥Ｆの覚醒スキル「伝令」の能力
・アレンの声で半径１００キロメートルの対象に情報を届けることができる
・アレンが見たものなら、映像も伝達できる
・距離や障害物の有無にかかわらず、声の大きさ、映像の画質は一定
・クールタイムは１日

とんでもなく有用なスキルだ。明らかに広範囲の戦場を意識したスキルとなっている。
覚醒レベルは５だ。覚醒スキルを覚えたお陰で分かったこともたくさんある。Ｄランクまでの他の鳥系統の覚醒スキルは以下のようになっている。

鳥Ｇの覚醒スキル「さえずり」の能力
・声マネで覚えた複数の言葉を同時に発することができる
・クールタイムは１日

鳥Ｅの覚醒スキル「千里眼」の能力
・半径１００キロメートル以内の対象を把握する
・遮蔽物の先は見えない
・日中のみ有効
・クールタイムは１日

鳥Dの覚醒スキル「白夜」の能力
・半径100キロメートル以内の対象を把握する
・遮蔽物の先は見えない
・夜間のみ有効
・クールタイムは1日

「あ、アレンか？」

ロダンが恐る恐る鳥Fの召喚獣に話し掛ける。

『うんうん、ただいま。今日は荷物が重いから、ピッピちゃんでなくこっちできたよ』

（本当はピッピちゃんじゃなくて、チャッピーなんだけどね）

アレンがチャッピーと名付けた鳥Gの召喚獣は、家族からは「ピッピちゃん」と呼ばれている。

鳥Fの召喚獣は、籠を地面に置いて話をする。この籠にはクレナ、ドゴラ、セシルの手紙が入っている。クレナとドゴラの手紙を、それぞれの家に届けてもらうようロダンに託す。クレナの父は文字が読めないから、鳥Fのスキルで読み上げて内容を伝える予定だ。

アレンは鳥Fを通して、その場で家族に話をする。この鳩もピッピちゃんと同じく自分の能力であること、学園に通い、みんなで仲良く住んでいることを伝える。

そして、スキルの能力についても打ち明けることにした。

「そうだったのか。まあ、そんな気はしていたんだ。あの鳥がマッシュやミュラに接している時なんか、特にアレンっぽかったからな」

（む、気づいていたか。流石我が父だ）

それから、たくさん話をした。今年の4月にミュラが才能の鑑定を受けたが、残念ながら才能無しだったそうだ。ミュラはもう6歳かと、時の流れを感じる。

「ああ、それと俺がな。村長になれって領主の使いから言われたぞ」

『お！　父さん、村長になるんだね』

（やっとか、俺が聞いた時は8歳の頃だから4年半以上かかったな）

「そうなんだよ。全く参ったぜ」

王国内には魔王軍と戦うために領内開拓令が発令されている。アレンが従僕として働いていた8歳の時、父ロダンが村長候補に挙がっているとグランヴェル家の執事から聞いていた。

突然ミスリル採掘地の白竜が移動してしまい、新たな開拓村の話は止まっていた。ミスリル鉱の採掘のめどが立ってきたので、来年の4月からロダン村長による開拓が始まりそうだという。新しい村はクレナ村から歩いて2日程度の距離だ。開拓者を領内から募集し、クレナの父ゲルダも同行するという。

（まあ、親父ももう32歳だからな。母さんは30歳だ。いいタイミングかもな）

開拓村を作るには、10年から15年は見ないといけない。村長が若すぎると統率がとりにくいし、あまり年を取ると体力が持たない。今のロダンくらいの年齢がちょうど良いのかもしれない。開拓のことを聞いて、手伝えることはあるかなとアレンは考える。

ある程度話をしたので、アレンは次の目的地を目指すことにした。

（さて、次はグランヴェルの街だ。親父を村長に任命してくれた件も、お礼を言った方がいいかな）

『じゃあ、手紙渡しておいてね』

鳥Fの召喚獣はアレンの実家からグランヴェルの街に飛び立ったのであった。

＊＊＊

鳥Fの召喚獣を共有して、グランヴェルの街にやって来た。5か月前まで住み込みで働いていた、グランヴェル家の館に舞い降りる。

コンコン

嘴を使って、窓を突く。

部屋にいたグランヴェル子爵が、籠を持った鳩の存在に気付いた。訝しげな表情で窓を開けると、鳩がスーっと部屋に入り、机の上に降り立つ。

『ご無沙汰しております。アレンです』

「な!?　アレンか?」

鳩が喋ったため、子爵は背中をのけ反らせて驚いたが、しばらくすると落ち着きを取り戻した。

騎士団長から、アレンの声で話すインコについての報告を受けたことを思い出したようだ。

鳥Fがセシルの手紙を預かっていることや、夏休みはダンジョン攻略のため帰って来られない話をする。グランヴェル子爵はダンジョン攻略と聞いて一瞬眉を顰めたが、咎めるようなことはしない。生徒に神の試練を超えさせるため、学園がダンジョン攻略を課題にしているのは有名な話だ。

「わざわざ報告ご苦労であった」

鳩の姿でも、アレンに対してしっかりねぎらいの言葉をかけてくれる。

『実は……セシル様からの手紙にも書いてございますが、カルネル家について話があります』

既にセシルからは手紙の内容を粗方聞いている。

「何、カルネル家だと？」

グランヴェル子爵があからさまに不快そうな顔をした。そんな子爵に対してアレンは、カルネル家のキールと出会い、仲間になったことを報告する。

『そういうわけで今一緒に拠点で住んでいます』

「それは、せ、セシルも一緒ということか？」

『はい』

「はい……」

子爵は鳩から視線を外して窓の外を見たかと思うと、目頭を指で押さえた。子爵はどうやら夏の日差しに頭をやられてしまったのかと思う。

『キールの話によると、王家の使いが「5年の勤めを終えたら、御家を再興できる」と話していたそうなのですが、それが本当なのか確認しに来ました』

アレンが、遠路はるばる鳥Fを飛ばしたのは、このことを確認するためだ。本当にカルネル家再興の話が持ち上がっているなら、隣領のグランヴェル子爵の耳にも届いているかもしれない。

「……それは事実かどうかは分からぬ」

（グランヴェル子爵は知らないか。キールにだけ話をしたのかもしれないけど）

アレンが考えていると、子爵が続けて話をする。

「だが……キール殿の才能が僧侶なら、あり得る話だな」

『よくある話ですか？』

子爵はあくまで一般論だが……と前置きをして、こう言った。

「王侯貴族は、僧侶の才能を持つ貴族を使い潰す」


王族も貴族も自分の子はかわいい。御家のために進んで戦場に送る親であっても、確実に帰って来てくれた方がいいに決まっている。

しかし、僧侶など回復系の才能のある子供は教会が引き取る関係もあって、もともと数が少ない。できれば、我が子の側に回復できる者がいてほしいと考える。

『そんなに少ないのですか？』

3年で5割も死ぬのは回復役がいないからかなと思う。

「まあそうだな。王侯貴族を優先すると、結果として下級貴族のために配置する回復役がほとんどいないということだ。回復役が少ないこともあって、約定によりローゼンヘイムからのエルフ一行が回復役を担ってくれてはいるがな」

（バウキス帝国が魔導具で中央大陸を支援しているが、大国のローゼンヘイムは魔法で支援しているのか。中央大陸は助けられっぱなしだな。まあ、中央大陸が落ちたら両大陸は全方位から攻撃を受けそうだしな）

エルフが一緒に守ってくれるので、足りないは足りないが、そのための対応はしていると言う。

しかし、エルフがいるのは戦争に打ち勝つためであって王侯貴族の我儘のためではない。1人のエルフでも数百人の部隊を維持できる。それを1人かそこらの王族のために選任するなんてありえないらしい。あまり我儘を言って無理な命令をエルフたちにすると、ローゼンヘイムに帰還しかねない。それは前線の崩壊を意味すると言う。

そこでどうしたか。

最初のころは、平民や農奴の家族にお金を渡したり、身分の保証をすることを引き換えにしたりして、回復系の才能のある者を雇った。しかし、これにはエルメア教会側が猛反発した。神が与えし才能を、貴族の保身のために使うのはおかしいと言う。

『教会と王国の力関係が拮抗しているのですね』

「そうだな。帝国では皇帝が絶対的権力を持っているが、王国では教会や冒険者ギルドなどが一定の発言権を持っている」

教会の立場が強いのはお国柄のようだ。冒険者ギルドなど各種ギルドもそれなりに権力があるらしい。困った王侯貴族は回復系の才能のある貴族を徴集し、とにかく使い潰すことになった。

貴族の問題を貴族内で解決するというのであれば、教会も強くは言ってこられない。

戦場には常に王侯貴族の子供がいるので、王侯貴族たちは常に回復役が自分の子供の側にいてほしい。回復役が兵役を終えた後も、ずっといてほしいと考えている。そのため、王族や大貴族が褒美や家の繁栄をちらつかせるケースもあるし、親同士の取り決めで死ぬまで戦場にいる貴族の子もいると言う。

『キールの件は、恐らく後者で騙されていると?』

「まあ、そうだろうな」

(王家の使いが陰で動いていると。あとは誰が王家の使いを動かしているのかって話か)

キールの僧侶スキルはこの1か月でまた1つ上がり4になった。


回復量は知力依存のようだ。知力と回復量の正確な値はまだ計測の途中だが、キールの回復魔法がかなり有用であることはアレンもすでに実践で感じている。

回復魔法4を使えば、通常の陣形なら、100人以上の兵士を一気に回復できる。

(まあ、それでいうと覚醒スキルは凶悪だな)

7月にDランクの魔石を10万個募集し、全てスキル経験値に消化したため、覚醒はレベル6に達した。お陰で覚醒スキルの全容がかなり見えてきた。

・草Fの覚醒スキル「ハーブ」
香りを吸うと、24時間魔力回復の周期が3時間になる
・草Eの覚醒スキル「命の葉」
半径50メートルの範囲でパーティー全体の体力を1000回復する
・草Dの覚醒スキル「魔力の種」
半径50メートルの範囲でパーティー全体の魔力を1000回復する
・草Cの覚醒スキル「香味野菜」

半径50メートルの範囲でパーティー全体の状態異常を回復する。効果は24時間保持

半径50メートルとなると、通常の陣形なら2500人以上の人数を一気に回復させることができる。

今回子爵の話を聞いて1つの方針ができた。

今ギルドで依頼している月5万個のDランクの魔石に、Eランクの依頼を追加する。Eランクも月10万個くらい集まるだろうと考える。

アレンも戦場に行けば、魔王軍の殲滅、魔王の討伐まで何年かかるか分からない。回復薬はいくらあっても困らない。今一緒に学んでいる生徒たちと共に前線を守るなら、大量の回復薬がいる。

（まあ、それはもっと先の話だな。今の話をしないとな）

『カルネル家が御取り潰しになると、あてにしていた回復役がいなくなる。このままではまずいと慌てて、5年間戦場に行くように口約束をしたと、そういうことですか？』

アレンが子爵の話と自分の予想をもとに、キールが置かれた状況をまとめる。

「そ、そうだな。5年ということは恐らくこれから学園に入ってくる子のためということであろうな」

鳩の見た目をしているが、アレンの口調に怒気がこもっている。

『そうですか、状況は分かりました。ありがとうございます』

「どうするつもりだ？」

『いえ、グランヴェル家にはご迷惑をおかけしません』

「いや、ちゃんと言ってくれ。何をするつもりだ？」

『国王陛下にカルネル家の再興をお願いすることになります』

「陛下に断られたらどうするのだ？」

『断られないよう、相応の戦果を挙げてからの陳情になるかと思います』

（この申し出を断ったら王国の最期だな。今度は俺が第２の魔王になることになる。……と言うのは冗談としても、断られないように作戦を考えておかないとな）

キールと知り合って数か月だが分かる。キールはいい奴だ。

かなりの守銭奴で、セシルからは「金の亡者」ならぬ「金の聖者」などと言われているが、本人にそれを言えるというのは、仲間として溶け込んでいる証左でもある。稼いだお金もどうやら家族のために、使わずに取っているようだ。散財どころか節約し、慎ましい生活を続けている。

本人は何も言わないが、自分が５年間いなくても家族が生活に困らないようにするためだろう。

アレンはキールの身に起きたこの一件を、このままにするつもりは毛頭ない。

子爵が目頭に指をあて、考え事を始める。そして、しばらく間を置いて言葉を発した。

「アレンよ。もう一度確認するが５年と言ったのだな？　３年でも７年でもなく」

『はい、５年と聞いています』

「そうか、５年か」と小さく子爵はつぶやいた。思い当たる節があるのかもしれない。

「すまぬが、アレンよ。この一件、我が預かっても問題ないな？」

『え？　子爵に動いていただけるのですか？』

「そうだ。王家の使いが我の名を出したのだろう？」

アレンはキールに起きた件の事情を知りたかっただけだったが、子爵が動くのが筋だと言ってくれた。

『ありがとうございます』

グランヴェル子爵はこれから王城に行って確認をする。少し時間がかかるかもしれないが待っていてくれと、アレンに告げた。お待ちしておりますとアレンは鳩の姿で返事をした。

その後、アレンはキールの件をグランヴェル子爵が預かってくれたと、仲間たち全員に話した。キールからは「分かった」とだけ言われた。本人も使いの話が怪しいことに、うすうす気づいていたのかもしれない。

その上で、キールは、ダンジョン攻略は今まで通り続けると宣言した。どういう結果になろうと、家族のためにお金がいるのに変わりはない。


それから8月も中旬に入った。

学園は夏休み中なので、週6日のうち4日はダンジョンに入る。今日は1日掛けてやることがあるので、ダンジョン探索は休みの日だった。

アレンたちは5人で冒険者ギルドに来ている。いつもは冒険者ギルドに来る用事といえば魔石の回収と追加依頼の手続きに来るだけだが、今日は違った。

「いらっしゃいませ。本日はどのような御用でしょうか？」

「冒険者証の更新と魔石の依頼に来ました。あと確認したいことがあります」

アレンたちは、夏休みになりダンジョンに入る機会も増えたので、とうとう3つ目のB級ダンジヨンを攻略した。

少々お待ちくださいと言われ、2階の一角で順番を待つ。

（やっぱり学園の生徒が多いな。夏休みは皆ダンジョンに通うんだな。1年生だけじゃなくて上級生もいるだろうし）

これだけの生徒が来るのを見て、専用フロアを設けていることに納得した。魔王史を習うのが2年生の夏休み以降だと考えると、3年生はかなりいそうだ。彼らはあと半年かそこらで戦場に行くことになる。少しでも鍛えておきたいと思うだろう。

そんなことを考えていると順番が回ってきた。

いつものようにローカウンターに案内され、用件を聞かれる。毎週のように魔石を募集しているので職員もすっかり顔なじみだ。

「本日も魔石の依頼でしょうか？」

行きつけの定食屋のように、依頼内容を理解してくれている。

「はい、魔石の依頼もなのですが、B級ダンジョンを3つ攻略したので冒険者証の更新に来ました」

職員は少し驚いたが、更新するので今お持ちの冒険者証を預かりますと言って、カウンターの奥に持っていく。

「変更に少しお時間がかかります。その間に依頼を済ませておきますか？」

「はい。これまでDランクの魔石を募集していましたが、Eランクの魔石の募集もしたいです。募集の個数に上限はありますか？」

「そ、そうですね。Dランクの魔石と同じくらいには募集できるかと思います」

アレンは、3年後の戦場に備えてEランクの魔石の収集を始める。職員から月10万個程度、週に2万個を上限にしてほしいと言われた。Dランクの魔石は月に5万個が上限だ。

「これからA級ダンジョンに行かれると思いますが、ご注意ください」

職員の話を聞く。何でもA級ダンジョンを中心に活動している冒険者はほとんどいない。

A級ダンジョンは最下層ボスがAランクの魔獣のため、攻略する意味がほとんどないらしい。皆がダンジョンに行く目的は最下層ボスを倒して報酬を貰うことで、Aランクの魔獣が倒せなければ行く理由はないということだ。

「分かりました。あとで資料を確認したいと思います。それと、もう1つ教えていただきたいことがありまして。よろしいですか？」

「もちろんです」

「オークションについて教えていただきたいです」

アレンたちの武器は、C級ダンジョンの攻略からほとんど変わっていない。アレンが金貨200枚ほどかけて皆の装備を揃えた。

ミスリルや、それに近い価格帯の装備を買ったが、C級やB級ダンジョンでは、そこまで高価な装備は出なかったのでそれから装備の更新はない。

レベル上げだけでなく、装備を良くしていかなくては強くなれない。店売りの商品もいいが、今後視野に入れないといけないのが、レアな装備を取引するオークションである。

1日1人当たり金貨数枚を稼いでおり、今後A級ダンジョンでその額は増える一方だ。そのお金を使って卒業までに最高の装備を手に入れたい。

目的の装備の中には魔力回復リングが入っているのだが、それだけではない。最強の武器、鉄壁の防具、便利な魔法のアイテムなど欲しいものはたくさんある。

「冒険者ギルドが主催するオークションですね」

職員がオークションについて教えてくれる。

・毎月1日に行われる
・前月20日にオークションの出品が締め切られる
・落札価格の5パーセントが手数料
・仲介人を雇う場合、成功報酬は落札価格の5パーセント

（なるほどなるほど、当然いいアイテムが出ればオークションに出品したほうが店に売るよりいい値がつくかもしれないからな）

聞いた内容を魔導書に記録しながら、アレンはさらに質問する。

「オリハルコンの剣とかも出品されますか？」

「お、オリハルコンですか？　今のところございませんね。武器の素材ですとアダマンタイトがオークションで出る最高装備になります」

アダマンタイトの剣は金貨1000枚以上で取引されているが、アダマンタイト製の武器も毎月出品されるわけではないと言う。

剣のおおよその価格帯
・ミスリル　金貨30枚
・ヒヒイロカネ　金貨１００枚
・アダマンタイト　金貨１０００枚以上
・オリハルコン　価格なし

クレナやドゴラが使う大剣や斧は、剣より大きいのでもっと高そうだ。

アレンは前世で、最強の武器と防具を求めてきた。その武器や防具は決してお金では手に入らなかった。

取引規制がかかっていたり、ステータスやレベルに制限がかかっていたり、装備するのに一定のクエストをこなさないといけなかった記憶がある。

アレンがお金にあまり頓着しないのは、お金で買える装備などたかが知れていると思っているからだ。

「どういうものが出品されるか、大体で結構ですので教えていただけませんか?」

「もちろんです」

オークションでは金貨数十枚から数千枚の商品が出るという。

・体力リング

・攻撃力リング
・知力リング
・毒耐性リング
・眠り耐性リング

職員の話ではステータスを上げる指輪や毒などを防ぐ指輪もあるようだ。相場は金貨数百枚ほどだと言う。

（どれだけステータス上げるか知らんが中々の値段だな。戦場に行く貴族に需要がありそうだしな）

グランヴェルの街でその存在を聞いた耐性リングは、金貨１００枚前後だと言う。

（そこまで値段が上がらないのは、眠り薬や解毒薬も市場で売っているからだな。事前に飲めば解毒してくれるし）

魔法やブレスに高い耐性のある防具も出品されることも教えてくれる。ドラゴン素材の防具はとても高く金貨１０００枚を超える物もあると言う。

まだオークションに参加していないが、なんだか成長の伸びしろがありそうでわくわくしてくる。

「ありがとうございます」

「いえいえ、こちらが新しい冒険者証です」

「わあ！　新しい冒険者証だ!!」

クレナが冒険者証を貰って喜ぶ。オークションについてはよく分からなかったようだ。

「じゃあ、ダンジョンを調べて、どうするか対策を考えねえとな」

ドゴラも新しい冒険者証を手に胸が高鳴っているようだ。

(よし、ようやくA級ダンジョンの攻略に行けるぞ!)

明日からA級ダンジョンの攻略が始まるのであった。

第九話　A級ダンジョン

夏休みも半分終わり9月の上旬だ。

アレンたちによるA級ダンジョンの攻略が始まった。

目的はレベルを上げるため、より高価な武器や防具を手に入れるため、そして魔力回復リングを手に入れるためだ。C級、B級と順調に攻略を進めてきたアレンたちだったが、A級ダンジョンの攻略にはかつてないほど時間がかかっている。9月からオークションを見てみるつもりだったが、今はダンジョン攻略が最優先だ。

A級ダンジョンの情報
・最高難度のA級ダンジョンには、CBAランクの魔獣がでてくる
・学園都市にA級ダンジョンは4個
・A級ダンジョンは15層から20層
・A級ダンジョン1階層の最短移動時間は24時間程度

1階層移動時間はとてもネックとなっている。このダンジョンは半端なく広いのだ。

時速5キロメートルで歩いたと仮定して、最短で120キロメートルだが、道が複雑で長い迷宮になっている。

正しい道を探すために鳥Eの召喚獣を飛ばしても、道がそこかしこで分かれていて中々ゴールに辿り着けない。スタート地点である程度当たりをつけて出発しないと、いつまでたっても動けない。しかし一発でゴールに辿り着くことはなく、かなり進んだところで引き返すこともざらである。ダンジョンの道を全て繋げると1000キロメートルを余裕で超える距離になりそうだ。

しかも、A級ダンジョンから新たにいくつかの罠が追加された。その1つに「転移罠」というものがある。これを踏むと、魔法陣に入っている者がダンジョンのどこかにランダムで飛ばされる。当然、飛ばされた先に魔獣が控えていることがあるのだが、この罠の脅威はそんなことではない。恐ろしいのは、この広大なダンジョンのどこに飛ばされたのか分からなくなることだった。

アレンたちは仮想窓みたいなスキルでマップを頼りに、ダンジョンの攻略を行えるわけではない。アレンの魔導書で地図を作成しながら進んでいるが、もし転移罠で分断されたら、自力で経路が断裂した場所からパーティーに復帰しなくてはならない。

お陰で1つ目のA級ダンジョン攻略に何週間もかかっている。

「おはよう」

「ああ、おはよう」

横で寝ているドゴラが返事する。

ドゴラと相部屋で寝るようになったわけではない。ここはA級ダンジョンの12階層目だ。アレンたちは1日で攻略ができなくなったため、ダンジョンの小部屋で泊まるようになった。A級ダンジョンも半分以上攻略が進んできた。夏休み中にA級ダンジョンを最低1つは制覇しておきたい。

当然ここには、クレナもセシルもキールもいる。

小部屋と言ってもプールくらいの広さがあるので、寝泊まりには困らない。薪を焚き、夕食もダンジョンの中でとる。お泊まりセットも収納に入れている。収納に入らない大型のテントなどは持ち込まない。ダンジョン泊はせいぜい1泊か2泊なので、荷物は最低限に抑えている。

「魔獣たちは攻めてこなかったか？」

『少し来ましたが殺したデス』

この小部屋はダンジョンの行き止まりだったが、魔獣たちは常に移動しながら、冒険者を襲ってくる。A級ダンジョンの半ばの階層を過ぎたこともあり、この辺りには冒険者がいると徒党を組んで襲ってくる知恵を持った、Bランクの魔獣も頻繁に出現する。

アレンは不動産ギルドから、冒険者のパーティーは20人にも50人にもなると言われたことを思い出す。これはダンジョン泊での防衛も兼ねた人数だったのだろう。

アレンたちはたった5人のパーティーだったが、就寝するときは常に5体の霊Cの召喚獣を置いている。召喚獣は休むことも寝ることも必要ないため、持ち回りで夜番をする必要はなかった。アレンは、夜は寝たい派だ。守りが万全なら夜番を止めようという話をしていた。

「今日は静かだったな」

『はいデス。カベオは自爆しませんでしたデスから』

（防衛を万全にすれば襲われないと。魔獣の遭遇頻度もムラがあるんだよな）

石Eの召喚獣のカベオはご満悦に胸を張っている。

石系統の覚醒スキルと、新しく召喚できるようになった石C召喚獣の特技の分析も進めている。

・石Cの特技「みがわり」
対象1人に対して攻撃のダメージを肩代わり。半径50メートルで有効。特技発動時も動ける。
・石Eの覚醒スキル「自爆」
指定した対象が半径5メートル以内に近づけば爆発する。爆風の有効範囲は10メートルほど。爆発すると召喚獣は死ぬ。

草系統の召喚獣と同じで一度覚醒スキルを発動させるとカードに戻せず、召喚獣の数の管理から外れるので、何体でも自爆待機状態の石Eの召喚獣を置くことができる。召喚士の指示でいつでも自爆させることができるが、動けない。24時間経つと消滅するなどのデメリットもあった。

・石Dの覚醒スキル「命を守る」
耐久力が5倍になる。アレンの指示で解除可能。持続時間は1時間。クールタイムは1日。
・石Cの覚醒スキル「自己犠牲」
半径50メートルの範囲でパーティー全体のダメージを肩代わりする。覚醒スキル発動時も動ける。

持続時間は1時間。クールタイムは1日。


石Eの召喚獣の覚醒スキル「自爆」は、近くで爆発されると危ないが、Bランクの魔獣も倒すことができる。石Eの召喚獣を小部屋に入る通路に数体置いて、魔獣が近づいたら爆発させる。敵を倒すのが目的だが、この状況では目覚ましにもなる。

石Dの召喚獣の覚醒スキル「命を守る」は囮《デコイ》のようなものだ。攻撃はできないが、圧倒的耐久力で死ににくくなる。魔獣の標的を分散させることができる。

石Cの召喚獣には、戦闘時に召喚し守りの弱いセシルやキールを守らせている。Bランクの魔獣が出るようになって受けるダメージも大きくなってきた。

皆目を覚まし、荷物を片付け移動を開始する。

鳥Cの召喚獣を8体召喚する。5体は騎乗用だが、3体は罠があったときの囮用に先行させる。完全には罠を防げるわけではないが、この作戦によって転移罠を踏む回数が格段に減り、随分攻略が楽になった。

「前方にオークキング2体、サイクロプス1体！」

「ドゴラ、今度は抜かれないでよ！」

「ああ、分かってる」

セシルがドゴラに魔獣に後方に抜かれないよう声を掛ける。

先行した3体の鳥Cの召喚獣が魔獣と接敵する。

クレナとドゴラの2人が武器を握りしめ、3体の魔獣に突撃していく。

A級ダンジョンの攻略を始めてずいぶん経つので、2人はかなりレベルが上がっている。Bランクの魔獣でも物怖じはしない。

2人の特技である斬撃や渾身は、レベルが上がるごとに威力が増すようだ。スキルレベル4に達したスキルを駆使し、次々と魔獣の体力を削っていく。

まずクレナが1体のオークキングを倒し、ほどなくしてドゴラももう1体を倒した。クレナの方がドゴラよりかなり攻撃力があるため、セシルはドゴラが標的にした魔獣から叩き、数を減らすことを優先している。この辺りの連携もうまくなってきた。

「よし、あとはサイクロプスだけだ！」

アレンの言葉と共に、オークキングよりさらに大型のサイクロプスを囲んで攻撃する。Bランクの魔獣は5メートルとか7メートルあるのもざらで、的が大きい。霊Cの召喚獣もガンガン特技「サイコ」を使い、サイクロプスの体力を削っていく。そして、クレナとドゴラが2人がかりで攻撃し、間もなく止めを刺せるという時だった。

『グルアアアアア！！！』

サイクロプスが握りしめた棍棒を大きく振ったのだ。ドゴラが斧で受けたが、鳥Cの召喚獣から投げ出され後方に吹き飛ばされる。

「ドゴラ大丈夫!?」

かなり後方から援護していたセシルの位置まで吹き飛ばされてしまった。セシルから不安の声が上がる。キールは吹き飛ばされたドゴラのために回復魔法を掛けようとした。アレンもドゴラの身を案じ、ステータスの確認をしている。

「ああ、どうってことねえ」

ドゴラが斧を握りしめ、前線に戻ろうとしたその時だった。

カチッ

「あ？　何だこれは？」

ドゴラの足元から魔法陣が発生する。ドゴラが何か理解する前に転移罠が発動したのだ。

そして、ドゴラとセシルがアレンたちのもとから消える。

2人がダンジョンのどこかに、罠により転移させられてしまったのであった。


「ドゴラ、セシル!!」

(やばい、よりによってあの2人か)

回復役もいないドゴラとセシルが、この広大な迷宮のどこかに飛ばされてしまった。辺りにはBランクの魔獣が徘徊している。

アレンはすぐに行動に移す。経験値と魔石の回収に充てていた召喚獣隊を全て削除し、ホルダーを開け霊Cの召喚獣の作成を始めた。

(まずは2人を発見して、回復薬をもっていかないと)

クレナにサイクロプスのとどめを任せて、アレンは魔導書を動かし始める。既に作成が済んでいる霊Cの召喚獣から順次飛ばしていく。

霊Cの召喚獣はアレンの指示の下、ダンジョンの壁を透過し直進して行く。手には命の葉と、魔力の種をいくつか持たせている。通常の回復薬は壁を透過できないが、草系統の召喚獣で作成した回復薬は一緒に透過できる。

「アレン、どうするんだ？　俺たちも探しに行くか？」

「いや、このまま闇雲に探してもしょうがないから、まずはマリアたちに位置の確認を任せよう」

既に魔獣を倒して、アレンの側に立っているクレナとキールも心配そうだ。

（一応、ドゴラとセシルも回復薬を持っているからな。バフの効果もまだ消えないはずだ）

パーティーには全体体力回復の命の葉と、全体魔力回復の魔力の種を10個ずつ渡してある。冒険に絶対はないので、万が一アレンがパーティーから離脱したときに、仲間がダンジョンから帰還できるための保険だった。さらに、オークヤングとサイクロプスに遭遇した際、パーティー全体に魚系統の特技及び覚醒スキルで4つのバフを掛けたばかりだ。

・魚Cの特技「サメ油」
クリティカル率上昇。効果は24時間。
・魚Dの覚醒スキル「まき散らす」
物理攻撃及び魔法攻撃を10パーセント程度の確率で無効にする。効果は1時間。クールタイムは1日。
・魚Cの覚醒スキル「サメ肌」
10パーセント程度の確率でクリティカル発生。効果は1時間。クールタイムは1日。


魚系統のバフは半径50メートル以内にいれば有効だ。

敵からの攻撃は一定確率で回避できるのだが、この「回避」の可否は、敵の素早さやスキルレベル、そして攻撃を受ける側の素早さなどが勘案され決定する。魔法については物理攻撃と計算式が違うようで、受ける確率が高い印象だ。

魚Dの召喚獣の特技「飛び散る」は、物理攻撃と魔法攻撃の回避率を上昇してくれる。魔獣の素早さやスキルレベルなどは分からないが、体感でも分かる程に上昇する。

そして、魚Dの召喚獣の覚醒スキル「まき散らす」は、敵の攻撃を絶対的に1割の確率で無効にする。敵がどんなに素早くても、敵がどんなに強力な魔法を使っても10回に1回は当たらない。1時間で効果が切れてしまうが、正直ぶっ飛んだ能力だと思う。

そして物理攻撃や魔法攻撃には、クリティカルという概念がある。それぞれダメージが2倍になる。これも攻撃する相手の素早さやスキルによって、その発生率は変わってくる。急所を攻めた時も発生しやすいようだ。ダグラハに切られまくった時は、会心の攻撃を食らいまくった記憶がある。

魚Cの召喚獣の覚醒スキル「サメ肌」は、クリティカルが絶対的に1割発生するようになる。


霊Cの召喚獣を四方八方に飛ばしてから、30分が経過する。

「おらああああああああああああああ!!」

「フレイムランス!!」

(いた!! あっちか!!!)

霊Cの召喚獣が壁を透過して進んだ先、共有している視界に映る行き止まりの小部屋で、真っ先に目に入ったのは血だらけでセシルを背後にかばいながら戦うドゴラの姿だった。ドゴラを囲むように3体のBランクの魔獣がいる。2体のバジリスクキングと1体のオーガのようだ。どうやら、この小部屋に逃げ込んで追い詰められたようだ。

わずか30分の間に回復アイテムを使い切ったのか、ドゴラは額から血を流している。流れる血によって片目がふさがったドゴラは、斧を片手に握りしめ、7メートル近い巨軀のオーガと交戦していた。後ろではセシルが魔法で必死に援護している。

（やばいな。マリア、ポルターガイストだ!!）

『はい皆殺しデス！　ポルターガイスト!!』

霊Cの召喚獣が覚醒スキル「ポルターガイスト」を発動する。すると灰色のバレーボール大の球が数十個現れ、一気に魔獣たち目掛けて飛んでいく。

消費魔力は1つ当たり100、クールタイムは1日のスキルで、ボールの1個1個が特技「サイコ」と同じ威力がある全体攻撃だ。

あっという間に3体のBランクの魔獣を皆殺しにして、命の葉でドゴラとセシルを回復させる。

『無事ですか？』

「……ああ、ちょっとやばかったけどな。助かったぜ」

ぜーはー言いながら、ドゴラが援軍に感謝する。

普段の攻略で余裕そうに見えても、仲間全員と召喚獣がいるからなせることだ。ドゴラとセシルのみではかなりきつかった。

『もうすぐ助けに来ますので、ここで動かずに待機を……』

『『ブルルッ！』』

どうやら近くにまだ魔獣がいたようだ。マリアが言葉を終える前に、ヒュージボアが2体やって来る。

「……ここで『魔獣を倒しながら』待機ね」

セシルがワンドを握りしめ呟いた。

（やばいな、戦闘は続くぞ！！　マリアたち、場所を変更だ）

四方八方に散った20体の霊Cの召喚獣をセシルたちのもとへ向かわせる。

「ドゴラとセシルは無事だ」

「本当か！」

「場所が分かったから、これから全員で向かう！」

「うん、分かった！」

３人がまたがった途端、鳥Cの召喚獣が走り出す。

「クレナ、キール、韋駄天を使うからしっかりフランに摑まって」

『『キュウウウウイ！！！』』

ひときわ高い鳴き声と共に、鳥Cの召喚獣の大腿部がかつてないほどの強張りを持ち、一気に走り出す。

「わ!?」

「何だこの速さは!?」

クレナの驚きとキールの悲鳴が聞こえる。韋駄天は鳥Cの召喚獣の覚醒スキル。１時間の間、時速３００キロメートルで走ることができる。次の覚醒スキル発動までのクールタイムは1日だ。

首を地面と平行にし、直角のカーブでも減速せず突っ切っていく。横から慣性がかかるが、皆振り落とされないよう、鳥Cの召喚獣の背中の羽を握りしめる。

キールが「こんなの無理だ！」と言うが、アレンは鳥Cの召喚獣を誘導しながら、振り落とされないようにがんばれと叫んだ。罠対策で先行する鳥Cの召喚獣を見つけた。魔獣が襲いかかってくるが、今は構っていられない。韋駄天で無理やりかいくぐる。

（無事にたどり着いてくれよ）

ドゴラたちの場所が分かっていても、アレンたちは壁を通過できない。迷宮となっているので、回り込まないといけないことも考えられる。多少道を間違えても、韋駄天の移動速度でカバーする。

（お、いたいた。よかった）

「うらああああ！！！」

アレンたちが移動を開始してからおよそ1時間。小部屋に合流したとき、ちょうどドゴラがＢランクの魔獣オーガを切り倒した。

ドゴラとセシルの周りには20体もの霊Ｃの召喚獣が浮いている。全員が命の葉を持って、回復の準備は万端になっていた。

「良かった、無事だったか？　すまなかったな。罠探知漏らしてしまった」

「ああ？　俺が罠を踏んだせいだろ」

アレンは謝ったが、ドゴラも自分のせいでパーティーに迷惑をかけてしまったと思っているようだ。謝罪などいらないと言って、皆で無事でよかったと声を掛け合う。

「だけど、今回は結構やばかったな。やはり罠探知できる斥候を入れたほうがいいのかな」

アレンはここに来るまでに思っていたことを口にする。今回、罠を探知できる職業を入れていたら回避できた可能性が高い。

「ん～、どうだろ。ここまで進んで今更感はあるけどな」

（まあ、確かにそうだな）

キールはこれから6人目を入れるのはどうかと意見する。学園の生徒を引き入れるなら、これから C級ダンジョン3つの制覇から協力しないといけなくなる。

「私とキールが戦闘時に後ろに下がり過ぎていたわね。アレンの真後ろ程度にするわ」

ドゴラと一緒に飛ばされたセシルも反対のようだ。戦闘時の立ち位置の調整でカバーすると主張する。その他いくつか罠対処の話し合いをした。

とりあえず斥候を入れることは保留となった。

「さて、攻略に戻るか」

「今日中に次の階層に行こう！」

クレナがふんすと意気込む。A級ダンジョンの攻略は進んでいくのであった。

＊　＊　＊

9月末。まもなく夏休みも終わる。

ダンジョンで一度セシルとドゴラが分断されたが、あれ以降同じことは起きなかった。なるべく転送の範囲内に皆がいるようにしているし、召喚獣を走らせて事前の罠チェックもしている。斥候を入れないという方針になったとき、では、どういった仲間が欲しいかという話もした。

バフ系のスキルがメインの職が必要ではとアレンは力説した。アレンもキールも補助スキルがあるが、補助を専門とする職業ではない。補助系のスキルに長けた仲間がいれば、きっとこのパーティーはもっと強くなる。また、タンクと言われる守り専門職もアレンのパーティーにはいない。まだまだ発展途上のパーティーであることを仲間との共通認識とすることができた。

グランヴェル子爵の話では、戦場ではクラス単位で活動することも多いらしい。戦場は刻一刻と状況が変わるが、同じ学年、同じ教室で同じ要塞などの戦場に行くことが通年で多いという。

王国が任せられている要塞は3つくらいしかないという話だった。大半の要塞は帝国が守っている。中央大陸にはラターシュ王国とギアムート帝国だけではないので、他の国が守っている要塞もある。

要塞は国単位で守ることが基本らしい。それは指揮系統を強くするためだと言う。王国の兵を帝国の将軍が指示しても士気が下がりうまく動かない。兵まで混成すると、一体となって力を発揮することはできない。その結果、落ちた要塞も過去にたくさんある。

グランヴェル子爵の館には、キールの話を相談したとき以降、連絡用に鳥Fの召喚獣を待機させている。具体的な話はまだないが、何度か王都に行っているようなので、動いてはくれているようだ。子爵から任せろと言われているので、事態が動くまで待つつもりだ。


そして、今日がA級ダンジョン最下層ボス攻略を目指す日だ。

拠点で食事を取り、すっかりここでの生活に慣れた使用人たちと話をしてからダンジョンを目指す。A級ダンジョン最下層のボスを倒せるようになれば、魔力回復リングの獲得に近づける。A級ダンジョンの最下層ボス討伐報酬に魔力回復リングが出る可能性がある。

ダンジョンの建物に入り、最下層に転送してもらう。

物々しい扉を開き最下層ボスの間に入る。ボスの間の中央に鎮座していたのは、10メートル近い巨大なフルプレートの鎧とオークキングが10体だった。

（おー　やった鎧系か。ほんとは獣が良かったんだけど）

最下層ボスには色々なパターンがある。冒険者ギルドの資料でどんな魔獣が最下層ボスにいるのか調べた。

・竜系　討伐難易度が高い。全最下層ボス中最強。広範囲にブレスを吐く。
・死霊系　高度な魔法を駆使する。物理攻撃がたまに当たらないことがある。
・鎧系　とにかく物理耐性が高い。体力も果てしなく高い。
・獣系　耐性はほぼない。攻撃力がとにかく高い。
・虫系　状態異常攻撃をしてくる。

最下層ボスはランダムで決まる。一番倒しやすい獣系統が良かったが、防御特化の鎧系統も悪くない。

「ちょっと待って。カードを変更するから」

（鎧に虫系統は効果ないだろうから、こんな感じか。館のポッポはそろそろ召喚期限が切れるから戻してと）

相手に合わせてホルダーのカードを変更する。中央にいる魔獣たちは近づかないと戦闘態勢に入らないので、入口の前で魔導書を開き、最適なカードに変更していく。

【名　前】　アレン
【年　齢】　12
【職　業】　召喚士
【レベル】　49
【体　力】　1240+1300
【魔　力】　1940+70
【攻撃力】　682+1000
【耐久力】　682+1250
【素早さ】　1273+250
【知　力】　1950+1270
【幸　運】　1273
【スキル】　召喚〈6〉、生成〈6〉、合成〈6〉、強化〈6〉、覚醒〈6〉、拡張〈5〉、収納、共有、削除、剣術〈3〉、投擲〈3〉

・ホルダー
【　虫　】
【　獣　】　C20枚
【　鳥　】　C5枚
【　草　】
【　石　】　E10枚、C4枚
【　魚　】　C1枚、D1枚
【　霊　】　C19枚

アレンは4月から仲間と共にダンジョンの攻略を進め、レベルを49まで上げた。その他4人はレベル56まで上げることができた。5人は慎重にボスへと近づいて行く。

「一旦止まろう。これ以上近づくとボスが動き出しそうだ」

アレンの一声で5体の鳥Cの召喚獣が止まる。そして、4体の石Cの召喚獣を召喚する。鋼鉄で出来たフルプレートの体に、巨大な盾と槍を持っている。石Cの召喚獣は攻撃もできるが、基本は守り主体だ。

特技「みがわり」を発動し、特にセシルとキールの守りを厚くする。

「じゃあ作戦通り、俺が攻撃するから。その攻撃が終わったのを合図にクレナとドゴラは前進してくれ」

「ああ」

「うん、分かった」

ドゴラもクレナも武器を両手で握りしめ、うなずく。

「セシル」

「うん？　何よ？」

「悪いけど、今回も魔法名を借りるね」

「は？　前も言ったけど別にいちいち断らなくていいわよ？」

アレンは胸を高鳴らせながら、両手を前に伸ばす。そんなアレンの様子に「ばかみたい」とセシルがため息をつく。

（さて、行くぜ！！！）

「メテオ（仮）！！！」

アレンが叫ぶと共に、最下層ボスとその周りを囲む10体の魔獣の上空に、10の石Eの召喚獣が現れ自由落下を始める。石Eの召喚獣の接近で魔獣たちが反応し、一瞬動いた。

「よし、カベオ自爆するんだ!!」

アレンの言葉と共に、灰色のぬりかべのような石Eの召喚獣が一気に真っ赤になる。そして、最下層ボスたちが動く間もなく、石Eの真っ赤に焼けた破片と爆風が、衝撃音と共に魔獣たちを襲う。


ドオオオオオオオオオオン！！！

アレンたちを衝撃波が襲う。

「おお！　やったか!?」

その威力にキールが勝利を確信する。

「いや、ボスはまだ生きている。向かって来るぞ!!」

最下層ボスである鎧型のAランクの魔獣は、体から煙を発しながらアレンたちに向かってくる。Bランクの魔獣オークキング10体はアレンのメテオ（仮）で爆死したため、倒すのはこのデカくて動く鎧だけだ。

「行くよ！」

「おう！」

クレナの掛け声と共にクレナとドゴラが鳥Cの召喚獣に乗って最下層ボスに向かって突進して行く。時速300キロメートルで向かってくるクレナの動きを見切った最下層ボスは、数メートルの大剣を振り下ろす。

ズウウウウウン
「クレナ大丈夫か!!」

キールが慌てる。クレナは大剣で防いだが、数百キロはあるであろう最下層ボスの大剣の衝撃で床板が砕かれ、鳥Cの召喚獣の足が埋まる。

「大丈夫！　うりゃあああ!!」

クレナがスキルを発動すると、大剣が真っ赤になる。最下層ボスの大剣がはじかれ、上半身がのけ反る。強靱な足を持つ鳥Cの召喚獣も無事なようだ。

この隙にドゴラが渾身の力を込めて斧を叩きこむ。的がでかいため、アレンの召喚獣もセシルの攻撃魔法も、上半身目掛けて集中攻撃する。

（よし、クレナが攻撃を止められたなら、戦いは安定しそうだな）

最下層ボスの攻撃にクレナが耐えたことで、勝機を見出す。多少硬くても時間の問題だ。

全員で攻撃すること数十分。最下層ボスは声を発することなく、大の字に倒れた。

『グレイトウォリアーを1体倒しました。経験値48000を取得しました』

「おお！　やったぞ!!」

攻撃を受けまくって体の至る所から出血しているドゴラが勝利の雄叫びを上げる。そんなドゴラを含めてキールが全体回復魔法で癒してくれる。仲間たちの驚きの声が揃う中、最下層ボスはソフトボール大の、紫の魔石に変わった。

（やはり、Aランクの魔獣1体なら全員で倒すことができるか。鎧系統は割と倒しやすいからな）

そう思いながらアレンは仲間たちのステータスを確認する。

【名　前】 ドゴラ
【年　齢】 13
【職　業】 斧使い
【レベル】 56
【体　力】 1234+300
【魔　力】 668
【攻撃力】 1625+300
【耐久力】 1069
【素早さ】 676
【知　力】 450
【幸　運】 731
【スキル】 戦斧〈5〉、渾身〈5〉、斧投〈5〉、爆裂撃〈5〉、雪崩砕〈3〉、斧術〈5〉
【エクストラ】 全身全霊

【名　前】 クレナ
【年　齢】 12
【職　業】 剣聖
【レベル】 56
【体　力】 2280+900
【魔　力】 890
【攻撃力】 2280+900
【耐久力】 1600+900
【素早さ】 1540+900
【知　力】 910
【幸　運】 1115
【スキル】 剣聖〈5〉、斬撃〈5〉、飛剣〈5〉、紅蓮破〈5〉、豪雷剣〈3〉、剛体〈1〉、剣術〈5〉
【エクストラ】 限界突破

【名　前】 キール
【年　齢】 13
【職　業】 僧侶
【レベル】 56
【体　力】 735
【魔　力】 1399+300
【攻撃力】 558
【耐久力】 785
【素早さ】 895
【知　力】 1233+300
【幸　運】 1123
【スキル】 僧侶〈5〉、回復〈5〉、堅固〈5〉、治癒〈5〉、魔壁〈3〉、信仰〈1〉、剣術〈3〉
【エクストラ】 神の雫

【名　前】 セシル＝グランヴェル
【年　齢】 13
【職　業】 魔導士
【レベル】 56
【体　力】 960
【魔　力】 1620+600
【攻撃力】 615
【耐久力】 1006
【素早さ】 951+600
【知　力】 2230+600
【幸　運】 896
【スキル】 魔導〈5〉、火〈5〉、土〈5〉、風〈5〉、水〈3〉、叡知〈1〉、組手〈2〉
【エクストラ】 小隕石

「お！　宝箱が出たぞ!!　Ａ級ダンジョンの宝箱だ。……って木箱か」

最下層ボスが立っていた場所の少し後方に出現した宝箱に、キールが反応する。今回は残念ながら木箱だった。

宝箱の割合は木箱が９割、銀箱が1割。４月からダンジョンに通い始めているが、金箱はどのダンジョンでも出ていない。１パーセント程度だと思っていた金箱の確率であるが０・01パーセントくらいなのかもしれない。

「わあ！　ヒヒイロカネの斧だ!!」

木箱を開けると、明らかに木箱より大きい斧が出てくる。どういう仕組みか分からないが、宝箱よりでかいものが出てくることがある。

「斧か、じゃあドゴラだな。これでミスリル卒業か」

「あ!?　いいのかよ」

そう言いながらも、ドゴラは既に斧を握ろうと手を出している。断る気は一切ないようだ。

この大きさのヒヒイロカネだと、金貨３００枚は下らないだろう。Ａ級ダンジョンの最下層ボスの討伐報酬は、最低でも金貨１００枚はいきそうだ。

「皆の装備をダンジョンでより良くするって話だったからな。大剣が出たらクレナ。ワンドが出たらセシル、ロッドが出たらキール、レイピアか普通の剣が出たら俺だな」

この異世界では、銅、鉄、鋼鉄、ミスリル、ヒヒイロカネ、アダマンタイト、オリハルコンと、素材の硬度によって武器の威力が上がっていく。皆今の所ミスリルの武器を装備しているので、より強い武器が出たら、それは装備できる者の物にするという話し合いはしている。アダマンタイトやオリハルコンの武器や防具が出ても同じだ。

(魔王軍にやられまくるのは、武器や防具が弱すぎるからという説もあるからな)

魔王軍に対して相応の兵数を準備しても、武器防具を揃えられないのでは意味がない。今回最下層ボスを倒すのに時間がかかったのも、武器が弱かったからかもしれない。戦場に行くまでに武器を最低でも全員アダマンタイトクラスにする。できればオリハルコンの武器と防具を揃えたい。

そんなことを考えていると、突然目の前に何かが出現した。

ブンッ

「わあ、なんか出てきた!?」

クレナが感嘆の声を上げるが警戒はしていない。いつもダンジョンの案内をしてもらっているキューブ状の物体が出てきたからだ。

『A級ダンジョンの討伐おめでとうございます。パーティー名「廃ゲーマー」の皆さま』

(お、久々にその名前で呼んでくれたぞ。照れるな)

『私はダンジョン統括システムです。この度は皆様のA級ダンジョン攻略証明書を発行するために参りました』

アレンの目の前に、真っ黒なカードが出現する。名刺ほどの真っ黒なカードには、よく分からない紋章のようなものが小さく1つ刻まれている。

「攻略証明書？　何よそれ」

セシルが初めて聞く言葉でピンとこなかったようだ。アレンが手に取った攻略証明書を怪訝そうにのぞき込む。

（あれ、何かこういうの見たことあったな。これはあれじゃね？）

アレンがほかのことを考えている間も、ダンジョン統括システムと名乗るキューブ状の物体の説明が進んでいく。

『A級ダンジョンの攻略証明書に今回1つの印を付けております。印を5つにすると、S級ダンジョンへの資格証明書と引き換えさせていただきます』

「おお!! スタンプカードだ！！！」

「ちょ!? アレン」

皆がA級ダンジョンよりさらに難易度の高いダンジョンがあるのかと驚いている中、アレンの反応に「また始まった」とセシルが呆れる。

前世の記憶で、同クラスのクエストや討伐、攻略などをいくつかこなすと、より上位クラスのクエストなどに挑戦する資格が得られる、1つ攻略するとスタンプが1つ押されるスタンプカードのようなものがあった。何でこんなものがあるのか分からないが、すぐにユーザーにクリアさせないため、次のバージョンアップのための時間稼ぎなどの説が有力だったという記憶がある。何か、ダンジョンを攻略していると前世の記憶が度々蘇るのは、きっとダンジョンの仕様のせいだと思う。

こうして1つ目のA級ダンジョンの攻略が終わった。そして、S級ダンジョンに入るための資格の印を1つ手に入れたのであった。

第十話　学園武術大会①

今日は10月1日。楽しいダンジョン通いの夏休みが終わってしまった。アレンは13歳になった。冒険者ギルドの職員にA級ダンジョン攻略証明書を見せると、職員のお姉さんから「嘘でしょ」と真顔で言われた。職員はアレンたちが学園の1年生であることも知っている。

A級ダンジョンの攻略者は学園都市でも数えるほどしかいない。とんでもない攻略速度のようだ。召喚獣による探索や移動がなければ、確かに攻略に1年くらいはかかるかもしれない。この攻略証明書を提示することがS級ダンジョンについて情報を提供する条件だったらしく、冒険者ギルドで把握していることをいくつか教えてくれた。

確かにSランクダンジョンはあると言う。何でも5つの印を集めると、キューブ状の物体がS級ダンジョンに案内してくれるそうだ。

この王国では危険なA級ダンジョン5つの攻略をしてS級ダンジョンに行く冒険者は今はいないようだ。

学園に行くと既にA級ダンジョン攻略の話が噂になっており、生徒たちに囲まれてしまった。そんな中、ハミルトン伯爵家のリフォル＝ハミルトンに「昼休みに時間をとれるか」と呼び出された。

どうも大事な話があるようだ。

アレンたち5人は、呼び出された学園の校舎の一室にいる。

「それで何か用事？　ダンジョンのことが詳しく聞きたくて呼んだわけじゃないと思うけど？」

「ああ、カルネル家についてだよ」

（やっぱりか）

キールがその言葉に反応する。

リフォルは、キールがカルネル家の者であることは知っていた。セシルがグランヴェル家の者であることも知っている。

セシルがグランヴェル家の子供であることは、今では教室でも周知の事実だ。グランヴェル領の出身の生徒が、セシルが教室にいることを嗅ぎ付けたのか、顔を売り込むためにセシルに毎朝ごきげんようと挨拶に来たりするからだ。

「カルネル家ということはキールのことかな？」

「うん、お陰でまた王城が荒れているんだ。これ以上王城を荒らすと父上も色々大変なんだけど」

リフォルが眉をひそめ、困ったねという顔をする。

（む？　子爵からは何も聞いていないけど、結構動いてくれているってことか？　それにしても、それを寄り親が言うかね？）

寄り親、寄り子とは、貴族における従属関係のようなものだ。寄り親となる大貴族が、寄り子となる下級貴族の世話をする。グランヴェル子爵家の寄り親は隣領のハミルトン伯爵家だ。同家はカルネル子爵家の寄り親でもある。寄り子同士で仲が悪かったのは寄り親の責任とも言える。

去年からのカルネル家のごたごたも、寄り親が仕事をしなかったのが遠因とも言える。グランヴェル子爵がどれだけハミルトン家に頼ったか分からないが、きっと筋は通したと思う。

ハミルトン家も、ミスリルが採れて経済力のあるカルネル家にあまり強く言えなかった経緯はある。

「王城が荒れているって、子爵が何かされたってことかな？」

何が王城で起きているかとりあえず聞いてみる。去年の冬にミスリル採掘権を手放す代わりに王都で動いてほしいと言った時と違って、そこまで発破を掛けていないとアレンは思う。

リフォルが先月、王侯貴族の並び立つ謁見の間で起きたことを話す。

子爵は跪き、国王に対して「カルネル領を、カルネル子爵の子の働きで再興することを考えていただきありがとうございます！」と大きな声で叫んだ。

国王は「何だそれ？」とキョトンとしたという。謁見の間は何の話だと王侯貴族たちで大いにざわついた。

子爵はさらに「私の耳にも入っております。王家の使いがカルネル領にやって来て再興の件を話してくださったではありませんか。何でも5年の働きで御家再興を考えておいでとか」と言った。

そこまで聞いて、国王は全てを理解した。王家の使いを動かせるのは国王、そして王位継承権を持つ王族に限られる。国王が知らないなら、王族の誰かが動かしたことになる。

「これはどういうことだ？」と同じ謁見の間にいる王子や王女たちに尋ねる。しかし誰からも返事がなかった。

国王は子爵に、改めて「それは真か？」と問う。すると子爵は「こちらが渡航記録でございます」と、王家の使いがカルネル子爵領に行った際の、魔導船の渡航記録を差し出した。

(その話が先月ってことは、子爵は1か月かけて調べてくれたってことか)

「それで、誰がキールに王家の使いをやったか、分かったの？」

「いや、王家の使いはそんなことは知らないって、結局何も言わなかったんだ。だけどね、キールのところに来た使いも、去年グランヴェル子爵家にやってきた使いも、とあるお方の手足になって動いているんだよ」

基本的に王家の使いは王族の誰かの専属なので、渡航記録の名前を見れば誰に仕えているのか直ぐに分かる。

「えっと、誰に仕えているの？」

(なんか、これ以上聞くと大ごとになりそうな予感がビンビンするけど)

「王太子さ。国王陛下の甥にして、次期国王になる予定のお方だよ」

アレンはさらに、リフォルに問う。

「もしかして、王太子様ってお子様がいらっしゃる？」

「10歳になる公女殿下がいらっしゃるはずだよ。確か才能があったはずだね」

リフォルは完全にキールの事情を把握しているようだ。夏休みはダンジョンに通っていたはずなのにずいぶん詳しい。使いの者を定期的に学園まで寄こしているのかと思うほどだ。

「グランヴェル子爵は国王陛下でも手を出せないお方に嚙みついたんだ。もう大変だよ」

国王と王太子の関係はよく分からないが、どうやらリフォルはこれが言いたかったようだ。国王は70過ぎだから、いつ王太子が国王になってもおかしくないという言葉を付け足す。

だが、王太子が次期国王になるなんていうことはアレンにとってどうでも良かった。

（セシルを攫って、まだ無事にのうのうとしている奴がいたのか）

グランヴェル家の変によって多くの貴族が捕まり、関係した王家の使いも処分された。だが、王家の使いを動かした王族は健在であったことが分かった。


キールのもとに現れたのは王太子の使いで、国王はキールの「勤め」の約束を知らなかった。

だが直ぐに動くことはない。子爵に任せると言った以上、何かあるまで静観する。子爵家の客人であるアレンは、自分が動くのは子爵家やキールに災いが降りかかるときだと思っている。

昼休みが終わり、リフォルに色々教えてくれてありがとうとお礼を言った。リフォルからはいつも情報を貰いっぱなしだ。随分大きな貸しを作ったかなと思う。

午後からは各才能に合わせた授業になる。夏休み前は色々な授業を一通り見てきたが、今は剣術のレベル上げも兼ねて、剣の授業に集中している。目標は卒業までに剣術のスキルレベルを4にすることだ。

「おら、こっちだ！　並べ並べ!!」

剣豪の才能のある担任のカルロバが大きな声で呼びかけると、剣を習う生徒たちがワラワラと集まってくる。剣の才能のある生徒が1学年分集まるので、人数は200人以上になった。隣にはクレナと、剣士の才能を持つリフォルもいる。

「夏休み明けだが、授業の内容は変わらねえぞ。素振り100本したら、模擬戦だ」

「「はい！！」」

生徒たちはアレンの前世で中学1年生程度だが、そうは思えないほど気合の入った返事をし、すぐに等間隔を空けて素振りを始める。剣は模擬戦用とはいえ、鋼鉄製だ。

(さすが、皆ダンジョン攻略をしているだけあって、夏休み前と動きが違うな)

「アレン、模擬戦付き合ってよ」

「ああ」

リフォルがアレンに声を掛ける。

「ええ〜！」

アレンと模擬戦をしようと思っていたクレナが、不満そうに声を上げた。

(いや、クレナよ。さすがに攻撃力3200の相手とかつらいんだわ。いつも通り担任に模擬戦してもらえよ。お前のために王都からやってきたみたいなんだし)

アレンの攻撃力は召喚獣隊に割り当てた召喚獣の種類の関係もあって、今1300しかない。

「おいおい、どうした」

そんなことを考えていると、担任が剣を担いでやってくる。担任が、同じ大剣使いのクレナの相手をしてくれるようだ。残念そうにクレナが少し離れたところへ移動する。

そして、一斉に模擬戦が始まった。至る所でガキンガキンと鋼鉄の剣を打ち合う音が聞こえる。

(リフォルも結構レベル上がっているな。攻撃力は800少しくらいか。レベルにすると35前後かな。ドゴラは同じレベルで1000くらいあったな)

リフォルの剣戟で攻撃力を予想する。たぶんこれくらいが、剣士の才能を持った1年生の標準的な強さなのだろう。

リフォルと剣を交えていると、セシルの兄ミハイを思い出す。彼が何を思って学園に通っていたのか、つい考えてしまう。

ガキイイイイン
アレンが思いに耽りながらリフォルと模擬戦をしていると、校舎に設けられた運動場に耳障りな金属音が響いた。

(ぶ!?)

少し離れたところで歓声が上がる。

「おいおい、先生のあんなデカい剣が折れたぞ！」

「カルロバ先生、本気じゃねえのか？」

「クレナの剣もへし折れたぞ!!」

模擬戦用の大剣が2本とも、クレナと担任のカルロバの攻撃力に耐え切れずへし折れてしまったようだ。

「……ほう、ちょっと待っていろ」

「はい！」

クレナが返事をすると、カルロバは根元からへし折れた剣を握りしめて校舎に戻る。

アレンはその姿を見送り、リフォルとの模擬戦を再開する。

担任が戻ってくると、刃を潰していないミスリルの大剣を両肩に担ぎ2本持ってきたので、複数いる教官の1人が慌てて止めに入った。

「ちょ!?　カルロバさん困ります。それは模擬戦用の剣じゃないですよ！」

「あ？　大丈夫だ」

「な、何が大丈夫ですか!?」

「ここは狭えな。クレナ、少し離れたところでやるぞ」

カルロバは教官の静止を意にも介さず、クレナに呼びかけた。

「はい!!」

2人は他の生徒から離れたところに移動し、模擬戦を再開した。ミスリルの大剣が再びかち合った。アレンのいるところからは相当な距離があるが、剣のぶつかり合う音がアレンの耳にも入ってくる。

（カルロバ先生の方がやや優勢か。ほんの少しだけど。ステータスは拮抗していて、剣術スキルなどは先生が上ってことかな？　クレナの剣術はまだ5だしな）

レベルを57まで上げたクレナだが、それでも剣術で上回る担任の方がやや優勢のようだ。張り合いのある戦いができるからか、クレナがとても嬉しそうなのが伝わってくる。がむしゃらに剣を振るっている。

クレナにとっては戦うこと自体が楽しいようだ。

2000近い攻撃力のあるドゴラとも剣の練習をするが、クレナは手加減をしている。Bランクの魔獣もずいぶん弱く感じてきた。Aランクの魔獣はとても強いので、ダンジョンでの楽しみが増えた。そして今、目の前に自分より強い者がいる。カルロバにまだ敵わないことがたまらないほどうれしいらしい。

それから2時間ほど経過し、チャイムが鳴った。

「さ、さすがA級ダンジョンを攻略しただけはあるな……」

肩で息をしながら、担任がクレナを褒める。

（うん？　何か、目が合ったような気がする）

どうやら担任は、クレナが強くなったのにはアレンが関係していると思ったようだ。担任の予想を大きく上回って、クレナが強くなったのかなと思う。

「あ、ありがとうございました。明日もよろしくお願いします!!」

クレナも大きく胸で呼吸をしている。

「そうだな。で、ああ、そうそう。クレナ、アレン」

皆がホームルームのため校舎に戻ろうとする中、担任が思い出したかのように2人を呼び止めた。

「何でしょう?」

「学長に呼ばれているんだ。あとでお前たちのパーティー全員で一緒に学長室にいくぞ」

＊　＊　＊

午後の実技の訓練が終わり、アレンたちは担任と学長室に向かう。

ふいに担任が足を止め、ここだと言った。学長室は、普段アレンたちが授業を受ける校舎とは別の建物にある。中に入ると、学長はいなかった。

「チッ、仕方ねえな。ちょっと待っていろ」

担任が学長を呼びに行くようだ。学長はエルフの国であるローゼンヘイムの王族だ。他国の王族にも舌打ちをするところを見ると、担任は身分の上下など気にかけていないのだろう。

ソファーで待っていると担任が戻ってくる。学長はすぐに来るとのことだった。

「それでよ、A級ダンジョン制覇はどうだった？」

学長を待っている間、担任がダンジョンについて聞いてくる。

「結構広かったけど、夏休みの間に攻略できてよかったですね。魔獣より罠の方がしんどかったです」

アレンが素直に、思ったことを話す。

「そうかそうか。それで今後はどうするんだ？　攻略証明書、貰ったんだろ？」

さらに食い気味に聞いてくる。アレンたちの今後の動向が気になるようだ。

「とりあえず、1年ほどかけて残り3つのA級ダンジョンを制覇して、あとは王国内の他のA級ダンジョンを1つ攻略する感じですかね」

「お！　在学中にS級ダンジョンを目指すのか!?」

担任が嬉しそうに反応する。

（ん？　この感じは俺らの動向うんぬんというより、ダンジョン攻略そのものに浪漫を感じているのか。カルロバ先生は元冒険者だからな）

アレンたちの間では既に、在学中にS級ダンジョン制覇を目指すことで話し合いが済んでいる。

A級ダンジョンを1つ攻略するのに4か月前後かかりそうだ。単純計算だと3つの攻略で12か月かかるが、来年の3月に春休みがあるので、そこで巻きを入れて10か月程度での攻略を目指す。そうすれば年度内に学園都市にある4つ全てのA級ダンジョンは制覇できる。そして、来年の夏休みの

２か月で、王国内にある別のＡ級ダンジョンを攻略しようという目標を立てた。

「待たせたな」

学長が入って来ると、遅れたことを手短に詫びてソファーに座る。

「お前たちのパーティーがＡ級ダンジョンを攻略したと聞いたのでな。学園武術大会への参加について、話をしようと思ったのだ」

「学園武術大会？」

（あれ？　そんな行事あったっけ？）

「ああ、通常だと1年生は参加しないからな。カルロバ先生も何も言っていないはずだ」

アレンたちの顔を見て、学長が学園武術大会について概要を説明してくれる。

毎年10月に行われ、参加者は主に２年牛と３年生だという。

学園に設けられた闘技場で行われる。武術大会ということなので、参加する生徒は剣や斧、槍、格闘など物理攻撃の才能のある者たちだという。

トーナメント形式で参加者は１００人程度だ。予選で16人に減らして、その後本戦をしていく。

最後の１人が優勝だ。予選に1日、本戦に1日の日程で行われる。

（1学年３０００人はいるのに、全校で１００人しか参加しないのか）

アレンはずいぶん少ないなと思う。

「各国からの来賓もある。王国からも王族がやって来るな」

「そうなんですね」

「それで、アレンとクレナには大会に出てもらいたいと思う」

学長からの、突然の申し出だった。

「わあ！」

「は？」

話を聞いていたクレナの大会に出ることに対する喜びと、アレンの疑問の声が重なった。

「どうかしたのか？」

「いえ、なぜ私が大会に参加するのですか？　ドゴラの間違いではないですか？」

「いや、今のドゴラでは難しいだろう。この大会の参加には学園の推薦が必要だ」

学長ははっきりと、ドゴラでは無理だと言う。

（ふむ、結構厳しい足切りをしているのか。1つ星の才能の1年生では厳しいと？）

「……」

ドゴラはそうなのか、というような表情のまま何も言わない。

「私は攻撃力の能力値はEです。武術大会でしたら、ドゴラ以上に適正でないですよ？」

アレンの能力値は後衛型で、武器を持っての戦いには向かない。

「この大会はスキルの使用が可能だ。召喚士の才能を使っても問題ない」

学長が食い下がる。

（召喚士の才能が見たくて誘っているのか？　受験のときも見せろと言ってきたからな。チョロスケを見せたんだが）

アレンは家族や仲間のためとか、恩返しなどの理由があれば何でもするが、自分が興味のないこと、意味のないことはしたくない。そして、この世で一番無駄なものは対人戦や、それに伴う大会だと考えている。特訓やスキルレベル上げが目的で戦うなら分かるが、そうでないなら対人戦には全く意味がない。『ＰｖＰ（プレイヤー・バーサス・プレイヤー）は何も生まない』という格言もある。

「いいえ。私の召喚術は、学園でも選りすぐりの先輩方に披露できるようなものではありませんので」

「優勝すれば剣聖ドベルグに挑戦できるのだが？」

「それは素晴らしいことですね。現役の剣聖に、どれだけクレナが通じるのか気になりますし」

現在のクレナの成長度合いも、これからの成長伸びしろも分かるとアレンは考える。

「クレナが……か。あくまで自分は参加しないと」

「してもいいですが、初戦で敗退しますよ？　参加しても何も利益がないですよね」

俺を出しても「無気力試合」で初戦敗退すると宣言する。この学長とアレンのやり取りを仲間も担任も聞いている。担任はどこか感心しているようにも見えるが、きっと冒険者的にはこの態度が正解なのだろう。セシルは相変わらずだなという感じでため息をついている。グランヴェルでも、アレンはいつもこうだった。

「利益か。ああ、王国の王族が来るからな。優勝すると厚遇されるという話もあるらしいぞ」

「王族ですか」

「そうだ。参加する気になったか？」

「いいえ、全く」

「……」

「そうか、ならば仕方ない」

諦めたようだ。大会の参加は自由意志に基づくものなのか無理強いはしないようだ。

「ちなみに王族はどなたが来るのですか?」

「たしか王太子が来ると聞いたぞ」

1000年生きている学長は、他国の王族にも丁寧語を使わない。

(ん? 王太子が来るのか。これは顔くらい覚えておかないとな)

アレンは推薦を断り、クレナが優勝に向けて参加することになった。そして10月の第2週目、学園武術大会に因縁の王太子がやって来るのであった。

＊＊＊

学園武術大会が始まった。先日行われた予選で、大会参加者はすでに16人に絞られている。

武術大会の目的は、各国にある学園都市が魔王軍討伐という目的のために、才能のある子供をしっかり育成していることを確認することだ。各国の来賓が監視の目を光らせる中、大会は進められていく。他国の書記官と思われる者が、生徒の戦いを見ながら何かを記録していた。

9時過ぎに始まった本戦は、トーナメント形式で勝ち進んでいけば優勝だ。その後、優勝者と剣聖ドベルグとの戦いが待っている。大会は早くも決勝戦を迎え、クレナが図体のデカいムキムキな大剣使いの生徒と戦っているところだ。

学園敷地内に設けられた闘技場の観客席は2手に分かれている。そのうち3分の2ほどが500

０人強の生徒で、各国の来賓と王太子や王国の貴族たちは来賓席で観戦している。明らかに身分の高そうな服を着た人たちが、護衛の騎士隊にきっちり守られている。

アレンは、観戦しながらも鳥Eの召喚獣を空に飛ばし、王侯貴族や来賓の中央に鎮座する王太子を、鷹の目で視認した。

（あいつが王太子か。早めに顔が分かってよかったかもな。10歳の才能のある娘とやらは連れてきていないのか）

歳は40代前半だろうか。前世の海外ドラマで見たような、オールバックに髪をきめたイケメンだ。俳優なら悪役が似合いそうだなと思う。配下の者か、大臣か、隣にいる貴族の話を聞きながら観戦している。

（勝負の方はつきそうだな。クレナの相手、結構粘るな）

「クレナはずいぶん成長しているのだな。まだ1年なのに3年生相手に押しているな」

横にいる、鷹のような目の男から話しかけられる。

「はい、グランヴェル子爵」

クレナが学園武術大会に出ることになったのは先週だったが、鳥Fの召喚獣を使ってその旨を伝えると、グランヴェル子爵は「我も向かう」と言って、急遽騎士団長を引き連れて学園へやって来た。愛娘の強奪を命令した張本人である王太子が来るので不安に思っていたのだろう。

アレンは王侯貴族が座る席からセシルとともに観戦している。当然学園の許可も取ってある。

『おお、なんと！　まだ1年生のクレナが優勝候補トリベルガを打ち破りました!!』

闘技場全体に魔導具のスピーカーから声が響き渡る。クレナの対戦相手が、武器を投げ出し大の字になって天を仰いだ。クレナが優勝を果たしたのだ。３年生の優勝候補を１年生が破ったことで、生徒や貴族たちからもどよめきが上がる。

剣聖とはこれほどの者なのか。これほどまでに差が生まれるものなのか、才能による違いをまざまざと分からせる結果にもなった。

『それでは、しばし休憩を挟みまして、剣聖ドベルグ様との試合を行いたいと思います』

礼をして２人が闘技台から離れていく。観客は大きな拍手でお互いの善戦を称えた。

（ふむふむ。武器は、クレナがヒヒイロカネで、対戦相手はミスリルだったしな。それにしても、対戦相手はスキル使いまくりだったな）

この大会はスキル使用可だったが、クレナは先日ヒヒイロカネの大剣を手に入れたため、対戦相手の身を案じてスキルを使わなかった。武器が変わった時の攻撃力の上昇値はかなり大きい。

「優勝したよ！　アレン!!」

「ああ、クレナおめでとう」

クレナが運動会の種目を終えた子供のように、真っ直ぐアレンたちのもとに戻って来る。子爵も仲間たちもクレナの優勝を称える。

（む、王太子がこっちを見ているな）

クレナが仲間たちと話す様子を、最も高い位置にある王族専用の来賓席から見つめているのを、鳥Eの召喚獣の鷹の目が捕捉した。王太子は少しの間クレナたちを見て、視線を変えた。

しばしの休憩が終わり、アレンたちは再び闘技台を見つめる。闘技台の上には、２人の剣聖が立っていた。

『それでは、優勝者と剣聖ドベルグ様との試合を行いたいと思います。毎年の優勝者を返り討ちにしてきたドベルグ様の剣捌きが本日も見られるか！』

審判による開始の合図がかかり、ドベルグがクレナに語り掛ける。

「ふむ、スキルを教えて数か月も経っていないがここまで来たか」

「うん」

「いい仲間を持ったな。大事にするがよい」

「うん！」

それだけ言うと、ドベルグは漆黒に光るアダマンタイトの大剣を振り上げる。それを見て、クレナもヒヒイロカネの大剣を振り上げ構える。

「我は魔獣を狩る者。魔族を屠る者。魔神を滅ぼす者」

剣を振り上げ構えたドベルグが何かをつぶやいた。

「え？　何て言ったの？」

よく聞き取れなかったクレナが声を上げるが、お構いなしにドベルグは言葉を続ける。

「来い、剣聖クレナよ。貴様の全てをぶつけてこい!!」

「うん!!」

隻眼を見開き、クレナに激励を飛ばす。その掛け声に反応するかのように、クレナが一気に速度を上げ、大剣を掲げたまま突っ込んでいく。

全力で振り下ろされるヒヒイロカネの大剣。しかし、簡単に剣で防がれてしまう。

「何だこれは!?　全力で来いと言ったであろう。我が教えたスキルはどうした！！」

「ギャフッ!!」

ドベルグが足でクレナの腹を蹴り上げる。バウンドしながら吹き飛ばされる。アレンたちは身を乗り出してクレナの名を叫ぶが、クレナは伏したままドベルグだけを見据える。よそ見できる相手ではない。ゆっくり立ち上がり、そして大剣を握りしめる。腹を思いっきり強打され、呼吸がしづらい。ゲホゲホといいながら、呼吸を戻そうとする。

「どうした。もう終わりか？　こっちから行くぞ！　剣聖クレナよ!!」

初めてドベルグから仕掛ける。踏み込むときの衝撃で、闘技台の床石にヒビが入った。まだ呼吸が戻らないクレナは応戦するためにスキルを発動するが、ドベルグもスキルを発動し全ていなしていく。

そして10分ほど経過すると、そこには全身に怪我を負ったクレナが横たわり、それを殆ど無傷の剣聖ドベルグが見下ろしていた。救護班が慌てて、全身に出血が見られるクレナを運んで行く。あまりに一方的な戦いに、皆沈黙してしまった。

アレンたちが急いで医務室へ向かうと、クレナは魔法の治療を受けていた。アレンは周囲の目もはばからず、命の葉を使ってクレナを全快させる。回復魔法をかけていた救護班が驚愕する。

「負けちゃった……」

アレンと目を合わせたクレナが、残念そうに呟いた。

「クレナ」

「うん」

「力もスキルも武器も、全部ドベルグの方が強かったな」

「うん、そうだね」

全てドベルグの方が強かった。圧倒的な力の差だった。あの試合でドベルグは全力すら出していない。

「少なくともそれくらい強くなれるってことじゃないのか?」

「……そっか、そうだね!」

クレナはそれだけ言えば分かったようだ。今、実力が足りないならこれから補えばよい。クレナはずっとそうしてきた。剣聖クレナの伸びしろが半端ないことは分かった。

「来年の学園武術大会ではドベルグくらい簡単に倒せるようにしないとな」

「うん!!」

来年の10月にある学園武術大会の目標は、剣聖ドベルグへのリベンジと決まった。剣聖ドベルグの強さを知り、クレナに目標が出来た学園武術大会は、こうして幕を閉じたのであった。

第十一話　王太子からの誘い

学園武術大会は、クレナが優勝し、そして剣聖ドベルグに大敗して終わった。来年の学園武術大会でのドベルグへのリベンジが、これからのクレナの目標になる。

ドベルグが優勝相手と戦うのは、優勝したことによる「うぬぼれ」を挫くためなのかもしれない。卒業後に生徒が行くのは戦場だ。優勝によるうぬぼれによって戦場で無茶なことをすれば、それは本人だけでなく部隊全体の死にも繋がる。

その後、大会セレモニーが学園内のホールで行われた。貴族や各国の来賓が参加するセレモニーには、本戦出場者16人全員が呼ばれた。グランヴェル子爵もいる。

王太子が、出場者代表のクレナに祝辞を贈った。トロフィーや賞状、金一封といったものはないようだ。アレンは当然、このセレモニーには参加していないが、クレナのポケットに鳥Gの召喚獣を忍ばせているから、ホール内の様子は手に取るように分かる。

「戦い見事であった。今後は王国のために剣を振るうがよい」

王太子にそう言われ、クレナが「はい！」とホール全体に響く声で返事をした。王太子の顔は見ていないが、周りのざわめきからすると結構引いていたのかもしれない。

セレモニーを終えたクレナと合流し、アレンたちが拠点に戻るころにはすっかり夜が更けていた。

普段食堂として使っている多目的室には、子爵の姿もあった。子爵の前にはキールが、その横には妹のニーナが座っている。

子爵はもう1つの目的を果たすために拠点にやって来た。アレン、クレナ、セシル、ドゴラも同席している。

「そうか、どことなくカルネル子爵の面影があるな」

「……はい」

キールが少し緊張しながらも返事をする。

今キールと対面しているのは、グランヴェル家の変を引き起こした張本人だ。子爵を前にして、次期カルネル家当主は気丈に振舞おうとする。子爵がそんなキールの様子も仕方ないかと、ため息をつく。

「そんなに気を張らないでくれ。今日はこれを持って来た」

その言葉と共に、子爵の後ろに控えていた騎士団長がキールのもとに向かい、1枚の丸められた羊皮紙を広げてテーブルに置いた。

「これは？」

「契約書だ。国王陛下の署名は既にある」

キールだけでなく、セシルやドゴラも「契約書」と小さく呟く。クレナだけ「ほうほう」と言いながら話を聞いている。どういう状況か分かっていないのだろう。

そこにはキールがカルネル家を再興するための条件が書かれていた。

・5年間、王国もしくは5大陸同盟が指定する戦場で任務に就くこと
・相応の戦果を上げた場合、期間の短縮を検討する

子爵の言ったとおり、国王の名と、王家の紋章が刻まれた王印が押されてある。

「国王陛下は、カルネル家の再興を約束されたと言うことでしょうか？」

「そうだ」

カルネル家再興については、これまでは単に王家の使いの口約束だった。しかし、子爵が2か月間動いてくれたお陰で、国王の正式な同意を得て、契約書を取り付けるまでに話が進んでいた。

王家直々の契約書の発行は重大な決め事で、かつ他国や大貴族との間で契約や約束が必要な場合に限られるため、とても稀なことだ。通常は貴族との細かい契約ごとは大臣に任せている。ところが今回、国王はキールのためだけに契約書を作成した。

「なぜ、ここまでしてくださるのですか？」

父であるカルネル子爵がしたことを考えれば、国王との契約は格別の対応である。しかもリフォルの話を聞く限り、次期国王の王太子から目を付けられ、子爵自身も立場が危うかったはずだ。

「貴族とは、契約を守るものだ。そして、自らの行いに責任を持つものだ。グランヴェル家の当主として為すべき事を為したつもりだ」

子爵は、カルネル家を滅ぼしたことに一切の後悔はないと続けた。しかし、娘のセシルのためとはいえ、数百年隣領であったカルネル家を滅ぼすまで追い詰めたことについては責任を感じている。

今回のキールに対する対応は貴族家の当主として、何をすべきか考えた結果の行動だと言う。

「そして、これも見てほしい。我とハミルトン伯爵の署名もある」

「え？」

よく見ると、契約書にはグランヴェル子爵とハミルトン伯爵の署名もあった。その下に何かが書かれてある。

「こ、これは？」

「一度無くなった家が再興するのだ、それなりの苦労がある。ここにはハミルトン家、グランヴェル家の両名が再興に協力する義務について書かれてある」

そこには、キールが家を再興した際にはハミルトン伯爵家が寄り親になって最大限援助すること。グランヴェル子爵家も協力する義務を負うことが書かれてある。

さらに子爵は、この契約書には書かれていないがニーナを含めキールの使用人たちは、キールの勤めの間ハミルトン家の館で生活することになると付け加えた。

「ありがとうございます」

キールの口から感謝の言葉が出る。自分がグランヴェル家について抱いていた憎しみの全てが消えていくような気がしてくる。

キールは迷わず契約書に署名した。ニーナがそれを見つめている。これで、キールが勤めを果たせば、カルネル家の再興が現実となる。

「しかしだ。ここからの話も聞いてほしい」

キールの署名も終わったところで、子爵はある懸念についてキールに伝えた。

それは国王陛下の容態だった。国王は現在70歳近く、この異世界では長生きな方だが、最近臥せっていて容体が芳しくない。そのため、王城内の行事を王太子が仕切ることが増えてきたと言う。

カルネル家復興はキールが卒業して更に5年後のことなので、王太子が国王に即位していることも考えられる。先王との契約は当然有効だが、絶対に契約が履行されるという保証はないと言う。

しかし、それを聞いたキールの顔に、不安の色は見られなかった。

「いえ、私も貴族に戻る者として、為すべき事を為します」

カルネル家再興の道はできたので、途中で何があろうとその道をまっすぐ進むだけ。そんな覚悟が見て取れた。

キールが署名した契約書はグランヴェル家が預かると言う。王太子が国王になると、破棄される恐れがあるからだ。子爵の用事は済んだようなので、アレンが隣の部屋からあるものを持ってくる。

それは小さな小箱だった。

「これはパーティー一同から、グランヴェル子爵への御礼です」

セシルと同年代の少年少女からのお礼に、子爵は胸を打たれた。

「そうか、では遠慮なく開けるぞ。む、指輪か?」

「はい。ダンジョンで手に入れた毒防御リングです」

A級ダンジョンで手に入れたこの指輪を子爵への御礼にすることは、皆で話し合って決めたことだ。しかし、契約書の話を聞いて指輪1つでは足りなかったなとアレンは思う。

「良いのか？　我よりセシルに着けてほしいぞ」

ダンジョンには毒を吐く魔獣もいる。娘を思う親心から、子爵は贈り物を辞退しようとした。

「いいえ、お父様、私たちは状態異常を防ぐ回復薬を日々使っています」

セシルが答えた。

草Cの覚醒スキル「香味野菜」は、使用時に半径50メートル以内にいたパーティー全員に効果が付与される。冒険者パーティーに入っていないニーナや使用人にも効果があるので、毎朝拠点で朝食時に使っている。どうもパーティーの定義はアレンが考えるよりずっとゆるく設定されているように感じる。

子爵は感慨深げに指輪を見て、アレンたちに向かって顔を上げる。

「そうか、セシル。いい仲間を持ったな」

子爵が貴族の当主になって30年ほど経つ。陰謀や計略に満ちた貴族社会を生きてきた子爵が、仲間という言葉を口にしたのは久しぶりだった。

「ずいぶん遅くまで居座ってしまったな。ゼノフ帰るぞ」

子爵が騎士団長に声を掛けて立ち上がる。

「いえ、せっかくなので泊まっていきませんか？」

部屋も空いていますし……とアレンが言いかけたそのとき。

ドカラドカラ
既に門は閉めてあるはずだが、表で何やら物音がした。

アレンが何だと思って向かうと、2人の男が立っている。1人が持っていた灯りの魔導具で照らされた馬車に目が止まる。そこには王家の紋章が刻まれていた。

「夜分いかがなされましたか？」

「ここに、グランヴェル子爵がいるだろう。ずいぶん探したぞ」

アレンに対して、男が不満そうに語り掛けてきた。

「グランヴェル子爵ですか?」

「そうだ」

夜遅くに来ておいて、ずいぶん威圧的な物言いだ。アレンは2人の服装に見覚えがあった。以前カルネル子爵のお付きが同じ格好をしていたのだ。

「この時刻です。子爵はもうお休みになっております。どなたがいらっしゃったとお伝えしたらよろしいですか?」

「我らは王家の使いだ。王太子殿下の用件だと伝えろ」

「左様でございますか。では客室にご案内します」

アレンはそう言いながら門を開け、いつもの多目的室ではなく、2人掛けのソファーを2つ設えた客室に案内した。その足で、多目的室の子爵に王家の使いがやってきたことを伝える。子爵がアレン、騎士団長と共に客室へ向かうと、王太子からの申し出で明日の夕食に誘われた。子爵が学園に来ていることを聞きつけ、せっかくなので夕食を一緒に取りたいと言っているらしい。

「きゅ、急であるな」

子爵は明日の昼の便で帰ろうと思っていた。

「閣下のお誘いを無下に断るのか。それならそれでよい。そのように伝えるだけだ」

「いや、断るつもりはない。行かせていただこう」

「御当主様。では、私もご一緒します」

騎士団長が話に割って入る。

「ん？　王太子殿下の晩餐に護衛が必要であると？　だったら話が変わってくるが？」

王太子との食事になぜ護衛が必要か。子爵1人で来いと言いたいらしい。

子爵は一瞬答えに迷った。敵対している王族のもとに1人で行って、闇討ちされても文句は言えない。ただの行方不明か、あるいはゴロツキに殺されたということで処理されるかもしれない。いずれにしても王太子を咎める者は誰もいないだろう。

王家の使いがさっさと答えろと促す中、アレンが言葉を発した。

「御当主様、明日は王太子殿下との晩餐ですね。それでは私もお供します」

学生服を着たアレンが従僕だった頃のように、恭しく頭を下げる。

「ご……」

アレンは客人になった時、子爵に対する呼び方を「御当主様」から「グランヴェル子爵」に変えた。

貴族がふらっと1人で出かけるのはおかしいので、アレンも従僕としてお供することを申し出る。

辞めたいと言ってグランヴェル家から出て行ったのにという言葉を子爵は飲み込む。腕の立つアレンが来るのは子爵としても助かる。

(従僕の服を返していなくてよかった。辞めて半年しか経っていないし、まだ着られるだろ)

収納には今も、借りたままになっている従僕の服がある。返したのはグランヴェル家の紋章だけだ。アレンは成長期なので半年で少し身長が伸びたが、問題ないだろう。

王家の使いは従僕がついてくることに関して何も言わない。「使用人が学園に通っているのか」程度にしか思わなかったようだ。時間通りに来いとだけ言い残して帰っていった。

そして翌日。アレンだけが子爵と共に、王太子が宿泊する高級宿に向かうことにする。セシルも行きたいと言ったが、前日に子爵から駄目だと釘を刺されていた。相手はセシルを強奪しようとした王家の使いが仕える王太子だ。また何か危険な目に遭うかもしれないので、至極まっとうな判断だろう。

子爵と合流し、使いの者に指定された高級宿に向かう。

(王国派の王太子か)

リフォルから王太子のことを聞いて1週間以上経つ。王太子だけでなく、王城で起きていることについて分かったことがあった。魔王の出現以来、王国には「王国派」と「同盟派」の2つの派閥ができ、お互い争っているようだ。

王国派は、王国の利益を一番に考える。だから5大陸同盟への協力など最低限でいいと思っている。そもそも王国は、魔王が出てくるまでの数百年間、絶えず覇権主義の帝国の侵攻を受けてきた。それがどの面下げて協力を要請しているのか。帝国が滅ぼされたら困るが、せいぜい魔王軍と拮抗して、永遠に戦っていろとさえ考えている。

一方の同盟派は、5大陸同盟の理念や協力を第一に考えている。魔王が世界を滅ぼそうとする中、国家のことを優先して考えてどうするというのが彼らの考えで、学園派は同盟派内の組織だ。

2つの派閥が争う理由として、国王が2代にわたって同盟派だったことが挙げられる。領内開拓令を出したり、魔王軍と戦う務めを果たした貴族を役職や税制面で優遇したり、魔王軍と戦うための協力を惜しまなかった。

これに不満を持ったのが、由緒ある大貴族たちだ。元々才能のある者が生まれにくい家系である彼らを尻目に、勤めを果たした下級貴族はどんどん厚遇されていく。最近では将軍職などの武官だけでなく、大臣職に同盟派が手を広げつつある。このままでは自分らの立場が危ういと考えた。

　そこで王国派の大貴族たちは、現国王の兄の子供である王太子を担ぎ始めた。王太子も自ら旗印となって、王国派をまとめ上げた。現国王にも王子がいるが、王城で権力を持つ大貴族たちに推され、甥を王太子にするしかなかった。国王は老齢で、昔のように力を振るえない。

　学園を擁する同盟派には武力がある。王国派には大貴族たちの権力がある。異なる力が拮抗しているせいで、王国は1つになれず分裂状態になっているという。王太子は、魔王軍討伐への協力を半減させようと提言しているそうだ。

「こちらでお待ちください」

「うむ」

　高級宿に着いて、王家の使いに指定された待合室に向かう。

（これが王家御用達の高級宿ってやつか。お！　見たことない果物があるぞ。う、うまい！）

　アレンはテーブルに置いてある果物をボリボリ食べ始める。どうせ、これから子爵の後ろに立つので食事にはありつけない。子爵はいらないと言うので、食べきれない果物は収納に入れて持って帰ることにした。

　暫く待つが、誰もやってこないまま時間だけが進んでいく。アレンは観葉植物の傍らに座り込み何やらごそごそと作業を始めた。

「何をやっているのだ？」

「回復薬を作っています。いくつか差し上げますので、何かあった時使ってください」

「良いのか？」

「もちろんです」

アレンは回復薬の生成で大忙しだ。１週間でＥランクとＤランクの魔石を計３万個依頼している。夏休み前の３倍だ。これを命の葉と魔力の種に変えなくてはいけない。

普段は午前中に授業を聞きながら、学園でこっそり行っている。最近はノルマが増えたので、命の葉の生成が滞りがちになっていた。待ち時間をフル活用し、生成、合成、強化、覚醒のスキルを上げていく。

（Ａ級ダンジョンはまだ召喚獣の消耗が激しいからな。強化レベルを早く７にしたいぜ）

なるべく強化レベルを優先しながら魔力を消費している。

さらに１時間が経過する。

（随分待たせるな。Ａ級ダンジョンの日課ができねえだろ。今日こそ金箱が出る気がするのに急いでくれないかな）

さらに１時間が経過する。

（いくらなんでも待たせすぎだ、さっさとしろや。俺の金箱返せ。今日しか金箱が出ない気がしてきた）

今まで金箱が出なかったのも、王太子のせいな気がしてくる。

それからようやく王家の使いが呼びに来た。案内されたのは、最上階にある王族御用達の豪華な食堂だった。広いテーブルに１人座り、オールバックに髪型を決めた王太子がグラスを傾けている。

このオールバックの悪人面こそインブエル＝フォン＝ラターシュという、アレンたちが生まれた王国の王太子だ。

「待たせたな」

「いえ、王太子殿下のお呼びとあれば」

いくらでもお待ちしますよと子爵は答える。

（いや全然待てねえし。勝手に来ておいてなんだけど）

「ふむ、いい心がけだな。同盟派にもお前のような態度の者が増えればと思うぞ」

王太子の背後には、護衛らしき完全武装の騎士たちがいた。子爵が一瞬息を呑む。

アレンは子爵のために椅子を引き、その後ろに立つ。王太子には視線を合わせない。

王太子は一瞬アレンを見たが、「ずいぶん小さな使用人を1人連れてきたな」と思った程度で、すぐに視線を外した。

料理が運ばれ、お互い話しかけることもなく食事は進んでいく。騎士たちは微動だにせず、絶えず子爵に睨みを利かせている。王太子の合図があれば、いつでも剣を抜くかもしれない。王太子が料理に毒を盛るか分からないが、念のため子爵にも状態異常を防ぐ草Cの覚醒スキル「香味野菜」を使っている。

「昨日は驚いたな。剣聖クレナには躾をしていないのか？　良く吠える犬のようだったぞ。それにしても剣聖ドベルグは相変わらずだな。何も言わずに、戦場に戻ってしまいおって」

唐突に王太子が口を開いた。王太子を目の前にしてクレナが大きな声で返事をした、あのセレモニーの話をしているのだろう。剣聖ドベルグは、セレモニーには参加せず、魔導船に乗って戦場に戻ってしまった。この様子だと、王太子への挨拶もなかったのだろう。リフォルの話では、ドベルグは昔からそんな感じらしい。

農奴の生まれの剣聖ドベルグには、いくつもの逸話がある。有名な話だと、侯爵の爵位をもらうときも、王城に呼ばれているのを無視して戦場で剣を振るっていたらしい。

「剣聖クレナは、今は自由に育てております。王太子殿下に失礼な態度をとってしまい、申し訳ございませんでした」

子爵が王太子に頭を下げる。

「なるほどな。子爵の方針がいいから1年生で大会を制することができたのだな」

「ありがとうございます」

「領運営は順調のようだな」

「は？　さ、さようでございますね」

「領内に剣聖は生まれ、ミスリルは採れるようになり、ライバルは打ち滅ぼし……順風満帆ではないか。何をすればこんなにうまくいくのか余も知りたいものだぞ」

「打ち滅ぼしてなど……」

子爵は嫡男であるミハイを失っているので決して順風満帆ではないが、それについては触れない。

そして、打ち滅ぼしたという言葉だけやんわり否定する。

「謁見の間での演技も見事であったぞ」

グランヴェル子爵が王城の謁見の間で行った件について触れる。

「演技でございますか」

「違うのか？」

王太子が子爵に睨みを利かせる。それに呼応するかのように、騎士たちがほんのわずか重心を前にかける。子爵の回答を待っているようだ。

「……」

「……まあ良い。それにしても、陛下も酔狂なことをしたな。たかが下級貴族の末裔相手にあんな契約をするとは。誰かが吹いて回ったせいで、余もそれに付き合わねばならぬ」

どうやら沈黙が正解だったんだなとアレンは思う。

王太子は信じられないといった様子で首を横に振った。キールと交わした契約書の話は王太子の耳に入っているようだ。

「私も連名で署名させていただきましたので、勤めが終わった後はカルネル領の再建に尽力したいと思います」

「ほう、勤めが終わるならな」

（ん？）

その言葉を待っていたのか、王太子がニヤリと笑みを浮かべる。

「と言いますと？」

「たしかあの契約書には、赴任先は王国が指定する場所で良いと書かれておったな。余もギアムートから意気の良い者をよこせと言われていて困っていたのだ。剣聖と共に行ってもらうとしようではないか」

キールがクレナたちと一緒に暮らしていることも調査済みのようだ。契約書どおり、王国が戦地を指定する。

(お！　厳しい戦地に送ってくれるのか？　一番厳しいところ希望だぞ)

アレンは表情を殺して子爵の後ろに立っていたのだが、このときばかりは一瞬笑みをこぼしてしまう。

どうせ行くのであれば一番厳しい戦場がいいとアレンは思っている。

「……さ、左様でございますか」

「当然だが、共に活動しておるお前の娘も一緒に行ってもらうぞ」

「お、お待ちください！」

子爵が立ち上がる。すると、王太子の後ろに控えている騎士たちが反応する。王太子が手を上げると、騎士たちが姿勢を元に戻す。

「何を驚く。お前ら同盟派が責務を果たせば良かろう？　どうせ誰かが血を流さねばならぬ戦場はあるのだからな」

要は、王太子はこれが言いたかったようだ。５大陸同盟に協力したいなら自分の娘を差し出せばよいということだ。ドベルグ以降誕生した王国の剣聖は、ことごとく死んでいる。キールやクレナが無残に死ねば、自分に牙を剝いた者がどうなるか、同盟派に示すことができる。

その上、生まれたばかりの剣聖を厳しい戦場に出すことによって、帝国に対しても協力しているポーズが取れる。王太子にとっては良いことずくめのようだ。

(ほうほう、王太子はそれなりに頭が回ると。さて、そろそろ動かないと。子爵が何かを譲歩しかねないからな)

「これは、戦果を上げる絶好の機会でございますね」

アレンはここにきて初めて、子爵だけに聞こえるほどの小さな声で呟いた。

「な!?　アレン!!　ど、どういうことだ」

「ご安心ください、セシル様はお守りします。ですから、ご安心ください」

激しく動揺している子爵をなだめる。

「ぬ、どうしたのだ？　そういえば、黒髪のお前……」

ひそひそと会話する子爵とアレンを、王太子が訝しむ。子爵の後ろにいるのが、昨日の闘技場でクレナがよく話しかけていた黒髪の少年だと気づいた。この世界では珍しい黒髪が印象に残っていたようだ。

「はい。王太子殿下、お呼びでございましょうか」

軽く頭を下げ挨拶をする。

「お前も闘技場にいたな」

「剣聖クレナの仲間として観戦しておりました」

「仲間だと？」

「はい、クレナとは同じパーティーを組んでおります。私がそのリーダーですね。セシル様もキールも私のパーティーに入っております」

（ドゴラもいるよ）

「パーティーのリーダーか。剣聖ではなくお前が？」

「はい。力だけでリーダーは務まりませんので」

「ほう、言うではないか。では今の話を聞いてどう思ったのだ？」

アレンへの会話が続く。

「王太子殿下にお取り計らいいただき、戦果を上げる機会が増えそうだと」

「ぶっ」

子爵は思わず食事を吹き出した。一緒に魂まで抜けて卒倒しそうだ。

「おい、子爵、汚いぞ……」

子爵の粗相を王太子が注意する。このとき子爵は、1人で来た方が良かったのかもしれないと思ってしまった。

「そうだな。今の国王と違って、農奴を侯爵などにするつもりはないが、学園卒業後にしっかり戦果を上げれば、褒美も考えてやるぞ?」

このガキは何も知らないで、といった様子で王太子が笑みをこぼす。

「は!」

(よしよし、これで「剣聖の力を笠に戦果を上げようとする使用人」に見えたかな)

アレンは深々と頭を下げた。食事もほどなくして終わり、子爵とアレンは帰路についた。

こうしてそれぞれの思惑で、物語は進んでいくのであった。

第十二話　A級ダンジョン最下層ボス

あれから3か月が過ぎて1月を迎えた。

年明けの祝いをささやかに行った後は、ダンジョン攻略の日々が続いている。

学園の長期休暇は夏休みと春休みしかない。春休みは3月からで、1月は新年の1日以外は授業がある。正月の3が日はゲーム三昧が常識だったアレンにとっては、驚きのカリキュラムだ。

学園がある日は周回で最下層ボスを倒し、週2日の休みは朝からダンジョン攻略を目指すというルーティンは相変わらずだ。休みの2日間でA級ダンジョン1階層分の攻略を目指すので、1日はダンジョンで野宿をする。

ダンジョンは迷路になっており、時間がかかるものなので、学園では「ダンジョン休暇」がある。休みの日にダンジョン攻略をしていて、抜け出せずに学園を休んでしまっても、後から学園に申請すれば欠席扱いにはならない。

鳥Cで高速移動できるアレンたちも、1月までに2回ほど申請した。転移罠を2回も踏んでしまい、どうしても休みの間に戻れないことがあったのだ。罠回避のため鳥Cの召喚獣を3体先行させても、やっぱり踏むときは踏む。

冒険者ギルドで、A級ダンジョンの攻略組がどの程度最下層ボスを倒しているかも知った。この学園都市には5～10組ほどいるらしいA級ダンジョン攻略組は、週1～2回しか最下層ボスを倒さないという。今月初めてオークションに参加したが、最下層ボスの攻略報酬がオークションで高騰するのにも合点がいった。そもそもの出品数が少ないのだ。

オークション会場は多くの人でごった返していたが、どうやら王都や他の大都市からやってきた商人たちが競りに来ているようだった。魔導具による通信技術を使い、出品情報を冒険者ギルド間で交換しているので、お目当ての品があれば魔導船ですっ飛んでくる。

魔導具の通信技術は、王国と帝国間の会議などでも使われている。バウキス帝国やローゼンヘイムなど、大陸間でも連絡を取り合っているという。バウキス帝国から、ずいぶん多くの技術提供を受けているのだなと感心する。

ともあれ、今月中に2つ目のA級ダンジョンが攻略できそうだ。

ダンジョン攻略を目指す中、アレンの強化スキルはとうとうレベル7になった。効果は2つのステータスを1000増やすというものだった。召喚獣がBランクの魔獣にやられ難くなり、召喚獣隊によるA級ダンジョンの狩りが捗るようになった。

召喚罠により魔獣に囲まれたときや、アビスボックスとの戦闘でも倒されにくくなった。装備についても3か月の間に随分良くなった。やはり強くなるためにはよい装備が必要不可欠だ。

全員の武器と魔法のアイテム類

アレン

・ヒヒイロカネの剣
・体力リング（体力＋１００）
・攻撃力リング（攻撃力＋５００）

クレナ
・ヒヒイロカネの大剣
・攻撃力リング（攻撃力＋１００）
・攻撃力リング（攻撃力＋１００）

セシル
・光魔の杖
・体力リング（体力＋１００）
・知力リング（知力＋１００）

ドゴラ
・アダマンタイトの斧
・体力リング（体力＋１００）
・攻撃力リング（攻撃力＋１００）

キール
・裁きの杖
・体力リング（体力＋５００）
・体力リング（体力＋１００）

アイテムの効果が分からないときが結構ある。アイテムの効果が分からない場合は、街中の鑑定屋へ行けばよい。鑑定士が装備品、指輪など魔法具の効果について調べてくれる。１回の料金はダンジョンのランクと宝箱のランクの組み合わせで決まっており、Ａ級ダンジョンの木箱なら金貨１枚、銀箱なら３枚といった具合だ。結構詳しく調べてくれるので助かっている。鑑定スキルは大事だ。

３か月の間に必要なものはほぼそろったので、不要な物はオークションに出品しようという話になった。

＊　＊　＊

「ドラゴンだな」

ドゴラが最下層ボスの間でつぶやいた。

「ああ、そうだな」

アレンたちの目の前には、赤褐色で羽の生えた西洋風のドラゴンがいる。脚は太く、足に比べると手は小さい。２本脚で立つタイプだなと、しげしげ見てしまう。

今日は周回ボスの日。ドラゴンは少し項垂れた状態で、止まっている。これまで75回A級ダンジョンの最下層ボスを倒してきたが、ドラゴンは初めてだ。竜系統以外は全て倒している。

（とうとう出たか。ドラゴンが出るのは50から１００回に1回の確率ってとこかな）

ドラゴンは攻撃力、防御力が群を抜いているらしい。百戦錬磨の冒険者パーティーを、いくつも崩壊させてきたと言われている。

「アレン、どうするの？」

クレナが聞いてくる。初めてのことに出くわすと、皆アレンの指示を仰ぐのがお決まりだ。

「ドラゴンは最下層ボス最強だから、初撃は俺がやるよ。広範囲のブレスにはテッコウを4体待機させよう」

最下層ボスとの戦い方はいくつかパターンがあるが、アレンが先陣を切ると一番殲滅速度が上がる。しかし、効率的な戦い方を模索するため、常に同じ方法はとらないようにしている。

「デカい一撃を頼むぜ」

ドゴラが斧を握りしめ、アレンに言う。そして、アレンの言葉と共に、皆は持ち場につく。

今回は石Cの召喚獣も出し、守り優先の陣形だ。魔導書を使い、カードの編成を変えていく。3つの召喚獣隊も全て仕舞った。まずは、このドラゴンがどれだけ強いか知ることが大事だ。

「じゃあ、行くよ」

鳥Cの召喚獣たちは5体全て覚醒させる。アレンが中衛で、前衛はクレナとドゴラ、後衛がセシルとキールだ。

5人が慎重に、項垂れるドラゴンの方へ近づいていく。初撃のタイミングは大事だ。

「ゆけ、カベオ爆弾たち」

ずいぶん前に「メテオ（仮）」というのは止めた。それはセシルの大切な言葉だ。人の物を取ってはいけない。

10体の石Eの召喚獣がドラゴンを囲むように現れ、一気に爆発する。

『ぐ、何をする！』

爆炎の中、ドラゴンが叫んだ。

ドラゴンが怒りながら、上体をゆっくり起こす。10メートル近くありそうだ。石Eの召喚獣の覚醒スキル「自爆」を全身で受け、モウモウとした煙の中にいる。

「話したわね」

セシルが意外そうな表情で感想をこぼす。

ドラゴンの様子を確認するため、アレンたちは一旦前進を止め、様子を見る。煙が晴れると、睨むようにドラゴンがこちらを見つめてくる。

『ほう、たった5人の冒険者が我に戦いを挑もうとは片腹痛いわ。今まで運よく我らドラゴンと遭わず命拾いしていたことも知らぬとはな。無知とは罪なものよ。その傲慢さに敬意を表して、我が業火に焼かれて悶え苦しむ様を……』

「いけ、カベオたち、自爆するんだ」

ドラゴンが話を終える前に、再び10体の石Eの召喚獣がドラゴンを囲み、自爆する。ドラゴンがこちらに気づいたときから、アレンは追加の石Eの召喚獣を生成し始めていた。

『おのれらああああああ！　ゆ、ゆ、許さぬ!!』

話の途中で攻撃したため、ドラゴンを怒らせてしまった。

「なんか、私たちまで責められてるんだけど」

ドラゴンの怒りはパーティー全体に向けられているようだ。背中からセシルのジト目を感じる。

「まあ、連帯責任だからな」

「……」

この世界は、ターン制のゲームの世界ではない。何もしなければ一方的に攻撃を食らうし、相手のスキをつければ２回以上の連続攻撃もできる。ステータスが拮抗した状態なら一方的に攻撃することはできないが、今回のように話している間であるなら２回攻撃も可能だ。

(これで結構体力を削れたかな)

ドラゴンの強さが分からないため、体力をできるだけ削ってしまいたい。

強化レベルが７に上がったことによって、威力が上がった攻撃主体の覚醒スキルは多い。石Ｅの召喚獣の覚醒スキル「自爆」もその１つだった。

激怒したドラゴンが、牙をむき出しにしてこちらに突っ込んで来る。

「行くぞ！　陣形を崩さないように」

「うん、前に行くよ！」

クレナは物怖じせずにドゴラと共に武器を握りしめ、ドラゴンに突っ込んでいく。

クレナの渾身の一撃がドラゴンの足を襲うが、殆ど肉に食い込まない。攻撃力３０００超でも、そこまでのダメージには至らない。ドゴラの攻撃もあまり通じていないように見える。

鳥Cの召喚獣を操って、体の割に小さなドラゴンの手、牙、尻尾による素早い攻撃を必死に躱す。その間も、果敢に攻撃を続けていく。

(クッソ硬い。これは防御力だけじゃないな。絶対に物理耐性あるだろ)

敵に与えるダメージは、自分の武器やスキルレベル、攻撃力を上げる指輪などの魔法のアイテムによって加算されていく攻撃力の合計と、相手の耐久力で決まるのが基本だ。しかしこれだけではない。霊Cの召喚獣が持っているように物理耐性というものがある。ドラゴンにもこの物理耐性があるようで、元々硬いところへきて、さらにダメージを減算しているようだ。

何分も攻撃しないうちに、アレンはドラゴンの喉元が真っ赤に輝きだすのを認めた。喉の皮膚の下に輝く何かが上って行く。ドラゴンが頭を持ち上げ、上体を反らした。

「ブレスが来るぞおおおお!!」

アレンの一声で、2体の石Cの召喚獣がセシルとキールを全力で防御する。残り2体は覚醒スキル「自己犠牲」でパーティー全体の防御に回った。

このスキルは石Cの体力が尽きるまで、ダメージを肩代わりしてくれる。範囲スキルなので、ダメージを受ける仲間が複数いれば、全員のダメージを一気に引き受けることになる。なお、ダメージ計算は石Cの耐久力に依存する。

ドラゴンの口が輝き、すごい熱がアレンたちを襲う。

(くそ、ブレス長いな)

延々と続く炎によって、覚醒スキル「自己犠牲」を使っている2体が光る泡に変わってしまった。

クレナ、ドゴラ、アレンがブレスの中にいたため、3人分のダメージを2体で肩代わりしてしまったようだ。

アレンは予備の2体の石Cの召喚獣を召喚し、無くなった分の召喚獣を補うために生成を急ぐ。

ブレスが止んだところを見計らって、クレナとドゴラが攻撃を再開した。

『こざかしいいわあああ！！！！』

すると、ドラゴンの喉元がもう一度輝き始める。また来るかと思ったが、今度はこなかった。

（え？　これって）

「やばい！　力を溜めているぞ!!」

魔獣の中には一旦力を蓄積し、一気に襲ってくるものもいる。当然一旦力を溜めた方がダメージは大きい。クレナもドゴラも攻撃を続けているが、全く倒し切れない。

力を溜めたドラゴンが、輝くようなブレスを吐き散らす。さっきよりも範囲が広く、追加で出した石Cの召喚獣も、セシルやキールを守る石Cの召喚獣も一瞬にして消えてしまった。

一度ブレスを吐き切るとさらに、喉元が輝きだす。アレンたちを倒すにはブレスが有効と判断したようだ。少し間をおいて、3度目のブレスを吐いた。

石Cの召喚獣の生成が間に合わない。なんとかセシルとキールを守る分だけを召喚した。セシルとキールがこのブレスをまともに受けると、おそらく即死する。それほどの威力だ。

クレナ、ドゴラ、アレンはまともにブレスを受けてしまい、炎を纏い吹き飛ばされてしまう。3人が乗っていた鳥Cの召喚獣は皆光る泡に変わってしまった。ブレスの範囲外の上空にいた霊Cの召喚獣が、慌てて近づいてアイテムで回復する。

間を置かず、喉元が輝き始める。

（これはテッコウの召喚が間に合わないか）

「ちょ、ちょっと！　アレン、またブレスが来るわよ！　どうするの!?」

「全員一直線に下がれ！　長期戦になるぞ！！！」

アレンはセシルの言葉に答えるように新たな作戦を伝える。

「分かった。このままじゃやられそうだからな」

ドゴラも同意する。ドラゴンのブレスの範囲や威力、攻撃の速度を把握した上で、ゴリ押しはやめにした。ここから新たな作戦を導き出す。

「クレナ！　クレナもいったん下がるぞ!!」

ドゴラはアレンの言葉に返事をしたが、クレナがうつろに佇み剣を握りしめている。

「クレナ？」

（あ、あれ、これってどこかで見た……って、もしかして）

「や!!」

クレナが大きく叫んだ。そして全身が陽炎のように揺らめくと同時に、猛然とドラゴンに突っ込んでいく。

ドラゴンはクレナに照準を合わせて、巨大なブレスを吐いた。輝く炎にクレナが包まれていく。

「クレナ！」

アレンは慌てて、回復アイテムを使おうする。

『グガアアアア！！！』

しかし、アレンが次に見たのは、大剣がドラゴンの片腕を切り落とす瞬間だった。クレナはブレスをものともせず突っ切ってしまった。

それからのクレナの動きは、さっきまでとは別人のようだった。ドラゴンから鮮血が吹き上がる。悲鳴を上げながらも、小さな体と素早い動きで翻弄するクレナを仕留めようと躍起になっている。

クレナのこの力は、いつまで続くか分からない。アレンは陣形を立て直して召喚獣の生成を急いだ。

（このまま倒し切れるかな？　ステータスが大変なことになっているんだが。え？　体力も秒間で1パーセント回復してね？）

クレナのステータスは、かつてないほど上がっている。全身に浴びたブレスの火傷もまたたく間に完治していく。

【名　前】　クレナ　体力超回復
【年　齢】　13
【職　業】　剣聖
【レベル】　58
【体　力】　2360+3900
【魔　力】　922+3000
【攻撃力】　2360+3900
【耐久力】　1654+3900
【素早さ】　1594+3900
【知　力】　942+3000
【幸　運】　1155+3000
【スキル】　剣聖〈5〉、斬撃〈5〉、飛剣〈5〉、紅蓮破〈5〉、豪雷剣〈5〉、剛体〈1〉、剣術〈5〉
【エクストラ】　限界突破

『こ、こ、このくそ餓鬼があああああああああ!!』

威厳のあるように語っていたドラゴンの口がどんどん悪くなっていく。

全身から血を流し、深々と切られたドラゴンがブチ切れて、太い尾でクレナをはじき飛ばした。

しかしクレナは吹き飛ばされた先から起き上がり、すぐさまドラゴンに向けて駆けていく。

ドラゴンの喉元がこれまで以上の輝きを放った。どうやらクレナを吹き飛ばし、力を溜めるのに十分な距離をとったつもりのようだ。しかし、迫りくるクレナのスピードにブレスが間に合わない。

クレナが輝く喉元に大剣を突き立てる。

「やあああああ！！！」

『グファアア！！』

喉元から大量の炎があふれ、ドラゴンを包み込む。そのままドラゴンは力なく倒れ込んだ。

『ヘビードラゴンを1体倒しました。経験値1600000を取得しました』

（おお、クレナがドラゴンを倒し切ったぞ。160万ってことは1人で倒したら200万か。A級ダンジョンの他のボスに比べても、2～3倍は多いな）

ドラゴンがAランクの魔石に変わる。

「クレナ、大丈夫か？」

アレンたちがクレナに近寄って行く。クレナの体から出ていた陽炎のようなものは既に消えていた。

「うん、ドラゴンやっつけたよ！　やったああ!!」

（いや、エクストラスキルすごすぎるだろ）

5歳のクレナが副騎士団長をボコボコにしたのを思い出し、アレンは副騎士団長を憐れんだ。

クレナのエクストラスキル「限界突破」の効果

・体力を秒間1パーセント回復

・全ステータスを3000上昇

「お、おおお！　金箱だ！！！」

金箱が出たことに気付いたキールが叫んだ。

初めての金箱に、全員から歓声が上がる。銀箱に比べても素晴らしい輝きだ。クレナが金箱を開けると、中には1個の指輪が入っていた。

「指輪だ！　魔力回復リングかな!!」

中身が指輪であったことに、クレナが喜ぶ。

(指輪きたああ。こ、これはもう魔力回復リングしか有り得ぬ)

アレンも当然全身で喜ぶ。

「クレナ、つけてみて」

アレンは最大魔力が減ったクレナに指輪を装着させてみる。

魔導書でステータスを確認するが魔力は回復しない。

「アレン駄目だったの？」

「……魔力回復リングじゃないみたいだ。ドゴラ、装備してみて」

ガッカリしながらも効果の確認を続ける。「ああ」と言いながらドゴラが指輪を装着すると、体力が最大体力の1パーセントずつ回復し、ほどなくして満タンになった。

「こ、これは、体力回復リングだ……」

(ぐぬぬ、惜しい)

「残念だったわね。でもよかったじゃない。これで希望が持てるわ」

セシルがショックを受けているアレンを励ます。体力回復リングが手に入るなら、魔力回復リングも出現するだろう。気持ちを新たにA級ダンジョンの攻略を進めようと思うアレンだった。

＊　＊　＊

２つ目のA級ダンジョン制覇から3か月近くが過ぎ、３月の終わりになった。去年の今頃、この学園都市にやって来たと思うと、あっという間の1年だった。まもなく、２年生としての生活が始まるのだ。

アレンたちは３つ目のA級ダンジョンを攻略すべく、階層深くにいた。Bランクの魔獣が襲ってきたので狩り終わったところだ。クレナが違和感に気付く。

「あれ？　上がっちった」

「ああ、レベルが上がったな」

（そうか、クレナもとうとう到達したか。これで４人全員カンストだな）

クレナのレベルが60に達した。ステータスが上昇するが、魔導書で見るステータス欄が今までと違う。

【名　前】　ドゴラ
【年　齢】　13
【職　業】　斧使い
【レベル】　60
【体　力】　1322+600
【魔　力】　716
【攻撃力】　1741+600
【耐久力】　1145
【素早さ】　724
【知　力】　482
【幸　運】　783
【スキル】　戦斧〈6〉、渾身〈6〉、斧投〈6〉、爆裂撃〈6〉、雪崩砕〈6〉、戦意〈2〉、斧術〈5〉
【エクストラ】　全身全霊

【名　前】　クレナ
【年　齢】　13
【職　業】　剣聖
【レベル】　60
【体　力】　2440+1800
【魔　力】　954
【攻撃力】　2440+1800
【耐久力】　1712+1800
【素早さ】　1648+1800
【知　力】　974
【幸　運】　1195
【スキル】　剣聖〈6〉、斬撃〈6〉、飛剣〈6〉、紅蓮破〈6〉、豪雷剣〈6〉、剛体〈2〉、剣術〈6〉
【エクストラ】　限界突破

【名　前】　キール
【年　齢】　13
【職　業】　僧侶
【レベル】　60
【体　力】　787
【魔　力】　1499+600
【攻撃力】　598
【耐久力】　841
【素早さ】　959
【知　力】　1321+600
【幸　運】　1203
【スキル】　僧侶〈6〉、回復〈6〉、堅固〈6〉、治癒〈6〉、魔壁〈6〉、信仰〈2〉、剣術〈3〉
【エクストラ】　神の雫

【名　前】　セシル＝グランヴェル
【年　齢】　13
【職　業】　魔導士
【レベル】　60
【体　力】　1028
【魔　力】　1736+1200
【攻撃力】　659
【耐久力】　842
【素早さ】　1019+1200
【知　力】　2390+1200
【幸　運】　960
【スキル】　魔導〈6〉、火〈6〉、土〈6〉、風〈6〉、水〈6〉、叡知〈2〉、組手〈3〉
【エクストラ】　小隕石

経験値とスキル経験値欄が無くなった。ステータス欄はレベルは60、スキルレベルは6が上限なのだろう。

A級ダンジョンは広く長いため、今日は小部屋を探して野宿にする。春休みはもう少しあるので、攻略にしっかり時間が掛けられて助かる。

野宿の準備や、料理は皆で行う。家事の経験なんてほとんどない5人なので、料理は自ずとワイルドになる。

アレンが収納から薪を出して、火を起こす。肉塊を細い鉄の棒に刺し香辛料を振りかけ、火であぶるだけだ。30センチメートル幅までのものなら何でも収納に入るので、そのサイズの樽に入った飲み物も何十と入れてある。1年かけて、少しずつ野外セットも充実してきたように思う。

「……それで、やっぱりもう強くなれないってことか？」

ドゴラが肉にかぶりつきながらアレンに問う。

「強くなれないという表現は正しくないな。レベルとスキルレベルが最大値まで上がってしまって、これ以上は上がらないってことだな」

「いや一緒だろ」

ドゴラはどこが違うんだという顔で、今度は焚火で温めた硬いパンをバリバリ食べる。

（これは完全にレベルキャップに到達したな。この世界ってキャップに結構早く到達するのか）

キャップとは、レベルやスキルレベルに設けられた上限のことだ。アレンが前世でゲームをしていた頃、レベル上限のないゲームなどなかった。50までしか上がらないものもあれば、999まで上がるものもあったが、全てレベルを上限まで上げたような気がする。

1つ疑問に思うのは、何故たった1年でレベルのキャップに達したのかということだ。

（たぶん、魔王が全ての魔獣のランクを1つ上げたからなんだろうな）

アレンは幼少の頃から、魔獣の経験値が多いと感じていた。ダンジョンの魔獣も含めて全ての魔獣が1ランク強くなったのに伴い、経験値も相応に上がったのではないか。

Eランクの魔獣　一角ウサギ　経験値1↓10
Dランクの魔獣　ゴブリン　経験値20↓200
Cランクの魔獣　グレイトボア　経験値100↓1000
Bランクの魔獣　オークキング　経験値2500↓25000
Aランクの魔獣　グレイトウォリアー　経験値60000↓600000

経験値が本来の10倍なら、レベルが上がる速度も10倍だ。

「皆、スキルレベル6に上がってかなり強くなった。だけどこんなもんじゃないと思う」

「こんなもんじゃない？」

（職業レベル6でもう一度、レベル3と同じステータス増加が来たのは驚いたけどね。俺も召喚レベル6なんだけどね。増加分なら剣聖の方が1200多いと。まあ、その分スキルが俺と違って2つ少ないんだけどね）

職業のレア度によってステータスの増加量は違うようだ。

・星1の斧使いと僧侶は2つのステータスを600、合計1200増やす
・星2の魔導士は3つのステータスを1200、合計3600増やす
・星3の剣聖は4つのステータスを1800、合計7200増やす
・星8の召喚士であるアレンは、合計6000のステータスを増やす

ノーマルモードはスキルレベル3と6でステータス増加があるようだ。

2回の増加でかなり上がるようだが、同じスキルレベル6のアレンよりスキルがずいぶん少なく感じる。ステータス増加に貴重なスキル枠が使われているようで、スキルレベルが上がる度に新たなスキルを取得してきたアレンとは違うようだ。

パーティーにカンストが続出してから、アレンは今後について考えてきた。とりあえず目先の目標はこんなところだ。

・オリハルコンの武器防具を手に入れる
・金箱から出るステータス増加の指輪を手に入れる
・エクストラスキルを自在に発動する

「まずは皆エクストラスキルを自在に使えるようにしないとな」

来月から2年生になるので、授業で教えてもらうことにしよう。

その他、今から取り組むべきこともある。一部の防具や指輪については木箱から出たものを装備

しているが、銀箱は10回に1回の割合で出現するので、このままA級ダンジョンの最下層ボスの周回を続ければ、あと半年を待たずにすべて銀箱装備に置き換わるだろう。

金箱は1月に倒したドラゴン以降出ていない。そのとき手に入れた体力回復リングは、キールが装備している。Bランク以上の魔獣は知恵があり、回復役を頻繁に狙ってくる。

キールは体力がドゴラの数分の1しかないため、複数体に狙われたらあっという間に死んでしまう。ステータス及び防具の耐久力を勘案して一番死にやすい人間に着けようという話だ。

「……1つでも多くの金箱を探すということかしら？　2個目はなかなか出ないわね」

セシルが今後の計画を確認する。レベルアップではこれ以上強くなれないと分かって、皆が少なからずショックを受けたようだ。

「もちろん金箱を目指す。ただ、自分らでも出すけど、こんなに出る確率が低いならオークションで落とすことも考えた方が確実かもな」

戦場まで時間がない。木箱より銀箱の方が指輪のステータス増加は大きい。ならば金箱を目指そうという。金箱が年に数個しか出ないのであれば、オークションで誰かが金箱から出るような高価な指輪を出せば競り落とそうという話をする。

「あとはオリハルコンの武器も探すんだね」

クレナもワシャワシャとご飯を食べながら話に加わる。レベルキャップに一番ショックを受けていたのはクレナかもしれない。

「でも、クレナ。オリハルコンはオークションでも出品されねえし、冒険者ギルドでも入手経路はさっぱりだって話だ。ダンジョンなら出現するかもしれないって言ってたけどな」

「うん。そうだね」

キールも会話に参加し、クレナの言葉に答える。金箱産の指輪と違って、オリハルコンの武器の入手方法は見当もつかない。もしかしたらA級ダンジョンの金箱で出るかも、という話だったが信憑性はいま一つだ。金箱自体の入手頻度が少ないためか、何しろ情報が足りない。もしかしたらS級ダンジョンまで行かないといけないのだろうか。

「そうだな。強くなるためには全ての可能性を探らないといけない。噂みたいなはっきりしない情報についても調べる必要がある。オリハルコンや指輪以外にも、すごいアイテムに出合うかもしれないからな」

「そうね。でも魔王が出たから、皆が血眼になって強くなる方法を探したんじゃないのかしら」

魔王が現れて世界に多大な犠牲をもたらした。そんな魔王に対抗するため、強くなる情報は、あらかた調べつくされているのではと、セシルは言う。

「いや、必ずまだある。S級ダンジョンもそうだけど、何も知らない富豪がすごいものを持っているかもしれない。幅広く調べる必要があるかな」

情報収集と調査は、強くなる道を探る上での醍醐味でもある。真実がいつしか、伝承や噂に形を変えている可能性もある。どんな情報でも、自分たちを強くする可能性があるのなら、真偽がはっきりするまで調べよう。伝承を学園の図書館で調べてみるのもいいかもしれない。

（パーティーを強くする方法を本気で考えないとな。そのために転生したんだから）

どうやったら強くなれるか、アレンは前世の経験を踏まえて考える。たった1年でキャップに達したパーティーは、今後の対応を模索するのであった。

第十三話　転入生がやってくる

4月になりアレンたちは2年生になった。今日から新学年だ。1年生の課題をクリアした2600人強の生徒が、2年生として新たな校舎で学ぶ。

この学園は学年ごとに校舎が異なり、それぞれが離れているので、魔導列車の降車駅も1つずつ先になる。

アレンたちは新たな校舎の、同じ番号の教室に入った。

既に教室にいるのは見知った生徒たち。学年が変わってもクラス替えは行われず、同じ番号の教室で同じ生徒たちが学び、卒業したらそのまま戦場に行く。

「おはよう、アレン」

「ああ、おはよ。そして、おひさ、リフォル」

いつもの席位置に座ろうとすると、1年生の時と同様に前の席に座るリフォルから声が掛かる。

アレンはそう答えながら、教室を見渡す。教室には席が30あるが、生徒は27人だ。夏休みの課題をクリアできず進学できなかった生徒は3人だった。

「誰が来るんだろうね?」

「どうだろうね」

新しい教室には3人分の席が空いている。

（転入生は3人かな）

転入生が数名やってくるらしいことは、春休みの前に情報通のリフォルから聞いていた。転入生を迎えるのにも理由があったりする。

2年の夏休み明けには、とうとう魔王史についての授業が始まる。なぜ2年生の夏休み明けなのか。その理由は、卒業できない脱落者が一番多いのは2年生の夏休みだからだ。むやみに魔王の情報を伝える必要はない。

この王国では魔王についての情報を封鎖している。絶対王政の世界で、自分たちでは抑えられない魔王の存在を民に伝えるなど、百害あって一利もないというのが権力者側の考えなのだろう。魔王の存在は経済不安にも、権力者側への不満にも繋がりかねないのかなとアレンは考えている。

魔王史を教わるまでのカリキュラムは以下の通りだ。

・1年生の夏休み前　王国内の歴史や地理
・1年生の夏休み後　中央大陸の各国の歴史や地理
・2年生の夏休み前　世界の地理
・2年生の夏休み後　魔王史

この世界は前世ほど情報技術が発達していない。魔導具による通信設備はあるが、利用できるのはほんの一部の人間だけだ。ここには辺境から出てきた農奴も、ただの平民の生まれの者もいる。

このような生徒に魔王史を教えても、どれだけ信じられるだろうか。少なくとも生徒の親はそんなことを教えていないだろう。

人は信じることができるものしか信じない。だが、今後の学園活動のためにも、その後の戦いのためにも、世界や魔王について信じてもらう必要がある。そのために、確実な方法がある。

「おうおう、席につけつけ」

1サイズ小さい服を着た、ムキムキパッパツの担任が教室に入ってくる。

続いて転入生が3人、担任の後ろから入ってきた。男女2人のエルフと、1人の女の子のドワーフが教壇の前に並ぶ。

「「「おおおお！！！」」」

その瞬間に生徒たちから歓声が上がる。「本当にいたんだ」という声や「何だ？　耳が長いぞ」など生徒たちの反応は様々だ。転入生の情報を知らなかった生徒もそれ以上に種族の違いに驚く。

「静まれ静まれ。紹介ができねえだろうが！」

前の方の席で餌を与えられた鯉のように騒いでいた生徒に、担任がアイアンクローを食らわせている。アレンもたまにセシルから食らうが、見た目に反して結構痛い。

生徒たちが落ち着いたのを見計らって、担任が3人について話を始める。2人は中央大陸の北東にあるエルフの国から、もう1人は中央大陸の北西にあるドワーフの国からやって来たとのことだ。エルフの国とドワーフの国については今後授業で習うらしい。

（さすがにエルフやドワーフを見たことない生徒たちの反応は違うな。まあ、信じさせるだけがエルフやドワーフを転入させる理由じゃないだろうけど。というか学長もハイエルフなんだが影がう

すすぎるな）

　アレンは転入させる理由は他にもあると考えている。

「じゃあ、自己紹介をしてくれ」

　担任が促すと、エルフの女性が頷き最初に挨拶をする。

「皆さま初めまして。わたくしはソフィアローネと申しますわ。エルフの国ローゼンヘイムから参りました。わたくしのことはソフィーとお呼びください。よろしくお願いします」

　透き通るような白い肌、銀の長い髪に金色の瞳を持つエルフが自己紹介をした。生徒たちがその声に魅了され息を呑む。なぜだか隣のエルフが不満そうな顔をしていた。

（お、なんかめっちゃ見られているんだけど。むむ、負けてられぬ）

　挨拶を終えたソフィーは、ずっとアレンをガン見してくるので、アレンはメンチを切る。アレンとソフィーの攻防などなかったかのように、次は男性のエルフが挨拶をする。

「私はフォルマールだ。ハイエルフにして王女であり、次期女王になられるソフィアローネ様の護衛のため、一緒に学園にやってきた」

　エルフなのかと思っていたがソフィーはハイエルフだった。王女様と聞いた生徒たちの視線が、再びソフィーに向けられる。ソフィーは皆に微笑みを返した。

　銀髪のソフィアローネがハイエルフで、灰色の髪をしたフォルマールはエルフなのかと思った。フォルマールは、自らの護衛対象が好奇の目で見られることにムッとしていたようだ。担任は困った顔で頭を掻きながら、最後のドワーフの女性に自己紹介を促す。

「僕はバウキス帝国からやって来たメルルっていうんだ。よろしくね！」

（僕っ子だ。そうか、この世界には僕っ子がいたのか）

たれ目で褐色の肌、おかっぱ頭に薄緑の髪で、背はアレンより頭1つ分くらい小さい。僕と名乗ったので一瞬性別を間違えたかと思ったが、見た目からしても女の子だ。

ひととおり自己紹介が終わると、生徒たちから担任に「それで？」と問いかけるように視線が集まる。

「ああ、アレン」

「はい？」

いきなり呼ばれたので、思わず声が裏返る。

「3人はお前が面倒見てやれ。どうせ今5人なんだろ」

アレンはこの教室でかなり中心的な立場になっている。ウスターやリフォルといった、同じく中心的な生徒とも仲がいいので、担任はアレンに任せれば問題ないと考えたのかもしれない。

（お世話くらい別にいいけど、校舎を案内したらいいのか？　俺もこの校舎は今日が初なんだが？

それに「5人」と言っていたのはどういうことだ？）

面倒ってどこまでが面倒なんだろうと思う。魔王軍との戦いまで面倒見るのか、その前にダンジョンをどうするのかなどと考えていると、後ろからセシルが声を掛けてきた。

「アレン、どうするの？」

アレンは何か頼まれても、自分が嫌だと思ったら断ることをセシルは知っている。横でクレナもどうするんだろうと見つめている。

「まあ、別にいいんじゃないのかな。とりあえずお昼にでも、皆で話をしてみようか。転入生がどうしたいのか聞きたいし」

　そんなやり取りをしている間も、エルフの少女が金色の瞳でアレンを見つめている。エルフに知り合いなんていたかなと考えるが、学長以外に異世界に来てエルフなど見たことがない。

「そう、分かったわ」

　アレンが断らなかったので、担任は「後でアイツから何でも聞いてくれ」と言って３人を席に座らせる。

（ダンジョンに同行しろって話だとしても、８人なら貰える経験値は今と変わらないしな。そもそも俺以外、レベルもスキルもカンストしているし）

　経験値の配分については、１年の夏休み後の授業で習った。


　人数による経験値配分（１人を１００％とした場合）
・２人～８人は80％
・９人～16人は60％
・17人～48人は40％
・49人～２５２人は20％
・２５３人以降以上は10％

　授業で聞いて、経験値配分は甘めなんだなと思った。

　経験値をもらえる条件は戦闘に参加することだけで、戦闘中どんなに役に立たなくても権利が得られる。回復役が回復魔法を掛けようと待機して、結局一度も回復魔法を掛けなかった場合でも、経験値配分の対象になる。

武器の補給などの支援組や、前線が崩れた場合の後方待機組のように、魔獣に攻撃をしない場合でも経験値は入るが、見学しているだけだと同じ結果でも経験値は入らない。これを聞いたときは、気持ちの問題かよと呆れてしまった。

「ああ、ついでに今年の課題も伝えておくぞ。できなかったら退学だからな、真剣にやれよ」

担任はそのままホームルームを始めた。今年の課題は4月から教えてくれるようだ。課題は2つだと、担任が説明を続ける。

・夏休み期間までの課題は、B級ダンジョンを1つ攻略すること。攻略のパーティーは16人まで
・春休み期間までの課題は、スキルの発動ができるようになること

スキルについては今後習うことになるので、しっかり授業を受けるよう言われた。

昼休み、アレンは3人を誘って、校舎の近くにある2年生用の食堂に向かった。他のクラスの生徒が、転入生のエルフやドワーフを囲むように話をしている。どうやら親睦会を兼ねて食堂に来たようで、やることは皆同じだなと思う。

改めて自己紹介をし、アレンたちがダンジョンに毎日通っていることを話した。面倒を見るように言われているので、何かやりたいことがあるか聞いてみた。

するとソフィーが、「わたくしも一緒にダンジョンに通います」と即答する。食い気味に言われ

たので、思わず若干引いてしまった。フォルマールというエルフは、護衛対象であるソフィーの意向を尊重するようで何も言わなかった。

「僕も、ダンジョンに行きたい。家族に仕送りがしたいし」

メルルにも何かしたいことがあるか尋ねると、ダンジョンに行きたいと言う。

才能について3人に聞くと、ソフィーは精霊魔法使いで、フォルマールは弓使いだった。回復も補助もこなせるソフィーと遠距離攻撃メインのフォルマールは戦術の幅を広げてくれそうだ。

メルルの才能は「魔岩将」という聞いたこともない才能だった。何でも1千万人に1人の才能だとか。どう活躍するのか聞くと驚愕する。ぜひ、『廃ゲーマー』のパーティーにと入れてしまうことにする。

住まいはどうするのかも聞いた。

アレンたちの拠点には、5人全員とキールの家族が住んでいる。部屋がまだ余っていることを話すと、またソフィーが「一緒に暮らします」と食い気味に言ってきた。エルフは食い気味に話すという新説を発見したかもしれない。ソフィーたちが暮らすならとメルルも一緒に暮らすことにする。

ソフィーにはエルフの使用人が2人いるらしいが、居住スペースは問題ない。たしか使用人を学園の宿舎に入れることは基本的に禁止されていたと記憶しているが、そんなことは大国ローゼンヘイムの王族には関係のないことなのかもしれない。では休みの日にでも皆で引っ越しましょうということで話がまとまった。

午後の授業も終わり、担任を通じて学長から呼び出しを受けた。話は転入生の3人についてだ。

ソフィーは王族の学長より立場がはるかに上らしく、重ね重ね「王女をよろしく頼む」と言われた。エルフの国は精霊王を信仰しており、実質的な統治は女王が行っている。

ソフィーは王位継承権を持つハイエルフだという。同じハイエルフでも、学長は王位継承権を持っていないらしい。

「王族に生まれたのに、継承権がなければ小国の学長が関の山だ」

自嘲的に、そんなことを言っていた。やはりエルフの国は女王が統治するのだなと、アレンは感心した。


それから4日が過ぎ、学園の休日を迎えた。

学園の宿舎に住んでいた3人の荷物を皆で協力して運び、拠点に引っ越しをする。宿舎の部屋には備え付けの家具があるようで、荷物は少なかった。お陰で、馬車で1往復するだけで済む。クレナとセシルには、夕方に控えている歓迎会の買い出しのため、先に魔導列車で拠点へ向かってもらった。

宿舎からの道中、「魔導列車じゃないと結構かかるな」などと考えていると、やがて馬車は拠点の庭先に到着した。先に帰っていたクレナとセシルが出てくる。霊Cの召喚獣も庭先までやって来た。

『おかえりなさいデス』

「ああ、ただいま」

アレンにとっては毎度のことだが、いつも人形が平然と壁から抜けてくるので、近所からはお化け屋敷だと思われているかもしれない。

「こ、これはなんですの？」

ソフィーが浮かぶ人形を見て目を丸くする。追い追い説明すると言って、まずは拠点の中に荷物を運ぶよう促した。アレンたちも手伝って、荷物をそれぞれの部屋に降ろす。

カルネル家の使用人たちは初めて見るエルフとドワーフに驚いたようだが、アレンのお陰で適応力が付いたのか、あっさりとその存在を受け入れてしまう。エルフもドワーフも、空飛ぶ人形に比べたら大したインパクトでもないのだろう。

（ずいぶん人が増えたな。20人住める拠点にしておいて良かったな）

アレン、クレナ、セシル、ドゴラ、キールの5人に加え、キールの妹ニーナと、カルネル家の使用人が6人、ソフィー、フォルマール、メルル、そしてソフィーの使用人が2人。グランヴェル子爵が寄こした侍女が1人。拠点の住人は全部で18人になった。

グランヴェル子爵がセシル付きの侍女を寄越したのは、去年の10月のことだ。カルネル家の使用人の世話になりっぱなしなのも良くないという考えからだった。貴族には貴族のバランス関係があるらしい。給金は子爵が払っている。

新たな住人たちが荷解きをしている間に、アレンたちは歓迎会のための料理を作る。カルネル家の使用人たちのおかげで、キールの歓迎会よりもかなり豪華だ。大きなテーブルには、皆で頑張って作った料理が並べられた。クレナの目が一段と輝いている。

「ん？　ソフィーの使用人さんも座って」

２人のエルフにアレンが声を掛けた。まだそういえば名前を聞いていていない。

「いいえ、結構です」

(声がハモってる。見た目がそっくりだと思っていたけど、双子なのかな)

「いえいえ、ここは学園のしきたりで貴族も王族も女王もないのです。せっかくの歓迎会です。皆で楽しみましょう」

遠慮がちに着席を辞退する使用人の2人のエルフたちに、やさしく話しかける。そういうアレンもそこまで学園のしきたりを守る方ではない。要は一緒にご飯を食べようということだ。

「アレン様もそのようにおっしゃっています。席に着きなさい」

ソフィーが2人を諭した。またしても食い気味だ。

「「は、はい」」

なぜか、ソフィーはアレンのことをアレン様と呼ぶ。2人が着席したのを見計らい、アレンが簡単な挨拶をして歓迎会をスタートする。

「拠点に住む仲間が、新たに5名やって来ました。皆さん仲良くしていきましょう」

「よろしくね!」

メルルはかなり元気がいい方だ。明るくよろしくと挨拶をする。クレナが「よし!」と言われた飼い犬のように素早く料理に手を伸ばす中、4人のエルフは両手をテーブルの上で握り、何かブツブツ言っている。

「精霊王様へのお祈りですか?」

その様子を眺めていたアレンは、頃合いを見てソフィーに聞いてみる。

「はい、わたくしたちがあるのは精霊王様のおかげでございますので」

精霊王ローゼンはエルフの女王との契約により、エルフたちに精霊魔法という力を与えている。

それが無ければ、もしかしたら魔王軍に滅ぼされ、エルフの国ローゼンヘイムは無かったかもしれない。国や種族が違うと、文化も違うんだな、とアレンは思う。

ふとメルルを見ると、祈りをせず食事に手を付けている。

「メルルの国には祈りとかないんだね」

「うん。ディグラグニ様は、そういうのはいいって言うよ」

「ディグラグニ様？」

初めて聞く名前だ。バウキス帝国の有名人なのだろうか。

「ああ、ディグラグニ様は僕たちドワーフが信仰しているダンジョンマスターだよ。もうすぐ亜神になれるって喜んでいるらしいよ」

「ダンジョンマスター？　亜神？」

メルルによれば、ディグラグニは全てのダンジョンを支配している「ダンジョンマスター」であり、全ての魔導具のもととなる装置を作った存在でもあるという。便利な魔導船や魔導列車、灯りの魔導具などは、これを模倣や改良することで生まれたそうだ。だからドワーフたちの多くはディグラグニを信仰しているらしい。

(ああ、ダンジョンに出てくるキューブ状の物体も魔導具の一種なのか。どこかシステマチックだもんな)

エルフとドワーフが来てくれたおかげで、これからも新しいことをたくさん知ることができそうだ。世界が広がるなと思う。

「で、メルル。亜神になれるっていうのは、どういうことなの？」

セシルも話に加わる。

「それは、えっと、う～ん……」

「それは、人々の祈りが神を生むからです」

メルルが言葉に詰まっているとおもむろにソフィーが口を開く。精霊王も最初はただの精霊だったが、エルフたちが頼り、祈り続けた結果「精霊王」、つまり亜神に至った。さらにこのまま祈り続けると、亜神は神になれる。精霊王を神にすることがエルフの共通の願いだと言う。

ディグラグニも同じで、ドワーフの祈りが続いているので、亜神になれる日が近いと目されているのだ。

「なんか、それぞれの国で色々あるんだな」

ソフィーの話を聞いたキールが、ぽつりとつぶやく。アレンと同じで、世界が広がるような気分になったのかもしれない。

「ダンジョンマスターもいいけど、目先のダンジョン攻略はどうするんだ？　まだ話を聞いていないんだけどな。B級ダンジョンからやり直すのか？」

ドゴラが片手に肉塊を持ちながらアレンに問いかけた。3人が『廃ゲーマー』のパーティーに入るというところまではまとまっていたが、確かに具体的な話はしていない。ソフィー、フォルマール、メルルにダンジョン攻略の状況を聞いたところ、C級ダンジョンの制覇は終えたが、B級ダンジョンは1つも制覇していないことが分かった。

アレンたちは現在、4つ目のA級ダンジョンの攻略を進めている途中だ。A級ダンジョンをもう1つ制覇すれば、S級ダンジョンへの招待券を手に入れることができる。

一度B級ダンジョンからやり直すのか。皆の視線がアレンに集まる。

「A級ダンジョンの攻略はこのまま継続する。同時にソフィーたちのダンジョン攻略も進めようと思う」

「あ？　どういうことだ？」

「それってパーティーを割るってことかしら？」

「それだ、セシル」

セシルはアレンの言っている意味を理解した。アレンとドゴラはソフィーたちのパーティーとともにB級ダンジョンの攻略を手伝う。クレナ、セシル、キールは、3人で4つ目のA級ダンジョン攻略を目指す。

アレンとドゴラは、休みの2日に1日半かけてB級ダンジョンを攻略する
アレンは仲間が途中で加入する可能性についても予想していた。アレンたちのパーティーは足りないと思う職業も多い。仲間が増えれば今回のようなことが起きる。途中参加組を追いつかせるため、これまで攻略したダンジョンの道順は魔導書のメモに記録して消していない。想定内の対応だ。

召喚獣隊、2パーティー分の召喚獣と、アレンの召喚獣は多方面でフル稼働することになる。これに拠点と、グランヴェルの館にも護衛の召喚獣がいる。

アレンたちは歓迎会の翌日に冒険者ギルドへ向かい、正式に3人を『廃ゲーマー』に登録した。

その翌週、学園が休みを迎え、アレンたちはB級ダンジョンへ赴いた。エルフとドワーフの3人は、街中ではフードを被っていた。好奇の目にさらされるのが気になるようで、自ら被っているようだ。

学園が2年生からエルフやドワーフを受け入れ、優績者に面倒を見させるのは、毎年の恒例行事のようだ。エルフやドワーフを転入させることには、中央大陸の外に他種族が暮らす大陸があることを目で見て信じさせる目的があるようだ。だが、もちろんほかにも理由はあるだろう。きっと、戦場でドワーフやエルフと一緒に戦ってもらうために、一緒に学園生活をさせて連帯感を持たせようという考えなのだと思う。

「メルル、ダンジョンはバウキス帝国と同じ感じかな?」

「うんうん」

メルルは見た目の印象どおり、人懐っこい性格のようだった。人見知りすることもなく、パーティーに馴染んでくれて助かる。

「うちのパーティーでは、これに乗ってもらうよ。フランたち出てこい」

『『『キュウウウイ!!!』』』

「な!? でっかい鳥だ!!」

巨大なヒクイドリの形をした鳥Cの召喚獣に小さなメルルが全身を使って驚愕する。大型の鳥でダンジョンを攻略するとは伝えていたが、それでも目の前に一瞬で現れたので驚いたようだ。

「まあ、アレン様! これに乗るのですね」

フォルマールの後ろからソフィーが出てくる。

「は、はい。ちょっと見本を見せますね」

アレンはソフィーの食い気味の反応に若干引きながらも、足を畳み、腹を地面につけた状態の鳥Cに乗る。メルルがそれを見てワクワクしながら、短い手足を使ってアレンに続いた。ソフィーが跨るのをフォルマールがサポートし、その後にフォルマールも鳥Cに乗った。

全員の準備が整ったのを確認し、アレンが合図を出す。

「じゃあ、攻略を進めよう！　お昼までに2階層攻略だ!!」

「はい！　アレン様!!」

ソフィーもメルルのように元気よく答え、B級ダンジョンの攻略が始まった。

それから数時間が経ち、3階層のスタート地点で昼食の準備を始める。パンや干し肉、干し芋、果物などの簡単な食事だ。

「ごめんよ。僕、役に立たなくて」

メルルが申し訳なさそうにアレンに声を掛ける。彼女は槍と盾を持って戦っているが、正直ほとんど役に立っていない。

「え？　いや、いいんじゃないのかな。ここにはゴーレムがいないし」

メルルはドゴラと一緒に前線の壁役になってもらっているが、ドゴラもカンストしていて自分との差がはっきり分かってしまうようだ。ドゴラは壁役もこなしつつ魔獣を狩りまくっている。

メルルには「魔岩将」なる才能がある。魔導具のゴーレムに乗り、操縦する才能のようだ。貴重なゴーレムを学園に持ち出すことはできなかったようで、メルルは戦力になれず申し訳ないと謝ってきた。

（ゴーレムに乗ったら、ドラゴンも撲殺するらしいからな）

アレンは戦場に詳しい魔導士を知っている。セシルに魔法を教えていた講師だ。教え子がいなくなったので隠居状態に入っている講師に、アレンはゴーレムについて聞いていた。ゴーレムの強さについて調べていくと、メルルの才能の本当の恐ろしさが分かった。

ゴーレムを動かすには才能がいる。ブロンズ級のゴーレムを動かすには「魔岩兵」、アイアン級には「魔岩士」、ミスリル級には「魔岩将」の才能が必要だ。

ミスリル級のゴーレムになると、ドラゴンすら撲殺してしまうらしい。ゴーレムを操るには操縦者の魔力が必要なようで、稼働時間に制限があるが局地戦では最高の戦果を上げる。バウキス帝国はゴーレム部隊のお陰で魔王軍の侵攻を許していないそうだ。

それと引き換えといったところか、メルルにはゴーレムを動かす以外のスキルがない。何も持っていないと戦闘への参加意志が示せず、経験値が入らないため、アダマンタイト製の槍と盾を持たせている。

メルルがうつむいているので、話題を変える。

「前にも話したけど、俺たちちょっと王太子に睨まれていて迷惑かけるかもしれない」

以前拠点で話をしたことを改めて説明する。グランヴェル家の件で王太子に睨まれていること、このままだと激戦地に赴くことになるであろうことは、すでに話している。3人の面倒は見るとは言ったものの、却って迷惑になるかもしれないという話だ。

「アレン様、気にされることはありませんわ。テオドシールを通じて、女王陛下にお伝えしておりますから」

「テオドシール？」

アレンの知り合いにテオドシールという者などいない。

「ああ、この学園の学長でございますわ」

　このときアレンは初めて学長の名前を知った。どうやらソフィーにとって、学長は呼び捨てでも良い相手のようだ。それにしても、王太子の件を「気にされることはありません」のひと言で片付けてしまうとは、大国の王族はスケールが大きい。

　やはり未来の覇権を握る者は心強い。５大陸同盟の中で覇権を握る者が３人いる。中央大陸のギアムート帝国の皇帝、ドワーフの国であるバウキス帝国の皇帝、そしてエルフの国であるローゼンヘイムの女王だ。中央大陸の南の２大陸の盟主は、この３人ほどの権威を持たない。そして、もっと力がないのがラターシュ王国など、大陸の盟主ですらない中小国家だ。中小国家の元首ですらない王太子の睨みなど、歯牙にも掛けていないということだろう。

「ただ、戦場は別々になるかもしれないね」

　アレンはソフィーと話を続ける。

「たしかに。国民をどの戦場に送るかは各国に任せられている専権事項でございますからね」

　新入生の３人も、魔王について十分知っているようだ。さすがに国も違う国家へはるばる留学に行くのだから、その目的を伝えないで混乱させるようなことはしないのだろう。

　各国の国家元首は、自国民を送る戦場を指定できる。５大陸同盟からの指示は要請に留まるらしい。だから、王太子が戦場を決められるのは、王国民であるアレン、クレナ、セシル、ドゴラ、キールの５人までだ。ソフィーとメルルは卒業したら別の戦場になるかもしれない。

「それにしても、『アレン様』ってどうにかなんないかな、ソフィー」

　話のついでに、呼び名についても触れてみる。

「まあ、お気に召しませんか？」

「召すか、召さないかで言うと召さないかな。『様』付けで呼ばれるようなことしたっけ?」

(まあ呼び方なんて、どうでもいいと言えばどうでもいいけど)

「それは……話していませんでしたわ。精霊王様がアレン様のことをよく予言されるのです」

「え? 予言? 俺のことなんて言っていたの?」

さすがに気になる話だ。

「えっと、いつも断片的でよく聞き取れないのですが……」

ソフィーが精霊王ローゼンについて話をしてくれる。

何でも、精霊王は女王の住まう城の祭壇でずっと寝ているのだという。そして10年以上前から「黒髪の少年が生まれる」「真ん中の大陸の大きな国の下」「全ての才能が最低」などと、寝言混じりに呟くようになったのだと言う。

精霊王に仕えるエルフたちは、必死に精霊王の寝言をメモしているそうだ。

(まじで? エルフは精霊王の寝言を信じているのか)

入学試験のときの学長の態度を振り返るに、アレンが学園に入学するのも、精霊王の寝言で織り込み済みだったのかもしれない。

「へ～、他に何か言っていた?」

「もちろんです!!」

アレンの言葉にソフィーが笑顔になる。雰囲気から察するに「待っていました」といった感じであろうか。「精霊王のこの寝言で、エルフたちが騒然としましたわ」と言って、その言葉を教えてくれた。

『光を遮るほどの天に舞う物に立つ黒髪の男は、世界から闇を振り払うだろう』

「アレン様。わたくしは本日、その未来が真実であることを確信しましたわ！」

アレンが召喚獣を駆使する戦いを見て、ソフィーは予言が正しいと確信したらしい。

彼女は目を輝かせながら、話を続けるのであった。

第十四話　ロダン村の開拓

4月の中旬になった。

パーティーを2つに分け、ソフィーたちと共に、B級ダンジョンを1つ攻略した。4月中には2つ目のダンジョンも攻略できそうだ。

学園でアレンとセシルは、担任から新たな授業を受けるように言われた。指揮官になるための、座学による戦術に関する基礎的な教養の授業とのことだった。どうやら家柄や1年間の学園生活を見て判断をしているようで、集まった生徒を見ると貴族の子供や、ダンジョン攻略パーティーのリーダーが多い。リフォルやウスターも同じ授業を受けている。

アレンは、戦場での指揮は貴族がすればいいのではという考えだ。平民や農奴に指揮されたいか、貴族に指揮されたいか。平民や農奴に聞いたならば貴族に指揮されたいと答えるだろう。貴族は使用人に対して指示をする生活に慣れているが、平民の使用人から指示を受けることは慣れていない。わざわざ現在の国家体制を無視するような指揮系統を組む必要はないだろう。

ほかにも、今年に入って始まったことがある。教室の皆の育成だ。

この教室の生徒はアレンから刺激を受けており、ダンジョン攻略が他よりも進んでいる。だが、B級ダンジョンまで攻略が進むと、出現する魔獣のランクがDからCに上がり、魔獣召喚などの罠もある。アレンは皆にアドバイスをしてきたが、無理をしてほしくない。

そこで、構成上攻略が厳しいなら、召喚獣を使い手を貸すことにしている。他の教室の生徒とダンジョンに行っても問題はないので、狩りを手伝う約束もしている。

ただし、召喚獣には限りがあるので、そんなにたくさんは協力できないことも皆には伝えてある。

エクストラスキルの訓練も始まった。

午後の授業でクレナは担任にエクストラスキルの発動方法について教えてほしいと頼んだ。本来、エクストラスキルは3年生になってから教わるようだが、レベルがカンストしたと話すと、仕方ないと教えてくれることになった。セシル、ドゴラ、キールもそれぞれの講師にお願いしている。

1日も早くエクストラスキルの発動を自在にできるようになってほしい。暗殺者のダグラハも自在に使えていたようなので、時間をかけたらできるようになるのだろうとアレンは考えている。

『やっと着いたか』

川沿いの殺風景な場所にたどり着いた鳥Fの召喚獣が、アレンの声で独りごとを言った。

視線の先にはうっそうとした林があり、林を突っ切るように大きな川が流れている。

「お、おう。アレン……だよな？」

アレンの父ロダンが、おっかなびっくり鳥Fの召喚獣に声を掛ける。アレンは今回、新しい村の開拓のために合計7体の召喚獣を向かわせた。鳥Fとロダンが会話するのを、農奴たち100人ほどが見ている。召喚獣たちを見て、かなりビビっているようだ。

「アレンなのか？　鳥が喋っているぜ」

『お久しぶりです。ゲルダさん』

クレナの父ゲルダとも会話する。ドゴラの親もロダン村への移住を決めているが、平民の移住は来年以降になるらしく、まだここへは来ていない。

「おお！　ボアだ!!　父さんやっつけるの!?」

鳥Fの召喚獣を頭に載せた、大きな獣Cの召喚獣を見て、長い槍を握りしめたマッシュが反応する。

「いや、こいつらは一緒に村を作る仲間だ。だから攻撃しちゃだめだぞ」

「へ～そうなんだ～。は～い」

（ふむふむ、マッシュは元気に育っているな。よしよし）

泣き虫であったアレンの弟のマッシュが獣Cの召喚獣を見ても怯えないことに感激する。

『ああ、父さん、そしてゲルダさん、ちょっとこのボアの背中にある荷物を受け取って』

「荷物？　この縛っている袋か、これは槍か？」

「何だこれ？　赤いな？　錆びているのか？　その割にはツルツルしているぞ」

ゲルダが獣Cから降ろした荷物の中から、初めて見る槍を手に取る。槍先だけでなく、柄も含めて全て赤い金属でできている。

『それはヒヒイロカネだよ。２本はヒヒイロカネの槍にしたんだ』

「ヒヒイロカネってなんだ？　鋼鉄よりすごいのか？」

ロダンからも質問が飛ぶ。ヒヒイロカネという言葉自体、耳にしたことがないのかもしれない。

『えっと、ミスリルの槍も10本持ってきたから』

とりあえず、ヒヒイロカネの槍の凄さについては後で説明することにする。

「「な!?　ミスリルの槍があるぞ！！！」」

「マジかよ！」と農奴たちがわらわらと荷物に群がる。それでも反応した者は半分くらい。きっと騎士か誰かから見せてもらったことがあるのだろう。

今回アレンが荷物として持ってきたのは以下の通りだ。

・ヒヒイロカネの槍２本
・ヒヒイロカネの盾２枚
・ミスリルの槍10本
・ミスリルの鎧12着
・金貨３００枚
・鍬やのこぎりなど数十個

これらを3体の獣Cの召喚獣に分けて括り付けて、学園都市から向かわせた。

アレンの説明を聞いたロダンとゲルダが「ミスリルよりすごい武器があったのか……」と、赤色に輝くヒヒイロカネの槍を手にとって感心する。この武器は、魔獣討伐用だ。秋にはボア狩りも始まる予定だ。ヒヒイロカネの槍はロダンとゲルダが装備することになった。

今回の物資の調達には全部で金貨１５００枚ほど掛かったが、皆で話し合ってアレンが5割、ドゴラとクレナが2割ずつ、セシルが1割負担し、キールは出さなくてよいことになった。これはそもそも、アレンとクレナ、ドゴラの故郷に関わる物資だ。３人でお金を出すつもりだったが、セシルも出すと言って聞かなかったので1割出してもらうことにした。

キールも出すと言ってくれたが、守るべき家族や今後の御家再興のためにもお金を貯めるべきと説得し、辞退してもらった。

アレンの強化レベルが7になったことにより、A級ダンジョンに放っている召喚獣隊の狩りの効率は劇的に上がった。アレンは召喚獣隊だけで月に金貨2千枚以上稼ぐ。

当然魔力回復リングやオリハルコンの武器防具がオークションで出たときのために取ってあるのだが、冒険者ギルドに行ってもなかなか出品されない。今は王国全土の出品情報を調べてもらっている。

獣Cの召喚獣は、さっそく若い農奴たちと共に開墾の手伝いを始める。開墾するのは、林の前に広がる木々がまばらに生えた草原だ。

グランヴェル領の草原には、どこもまばらに木々が生えている。この木々を取り除き、畑や居住地にする。このとき取り除いた木々は建材や柵などに使われる。

「ぶひーぶひー」

『ブヒヒン!!』

(ふむふむ、ミュラもマッシュも、魔獣に怯えない感じか。これはちょっと父さんに相談するか。飯にもありつけて一石二鳥か)

ミュラは獣Cの召喚獣の周りで遊んでいる。魔獣を怖がらない性格に、アレンは一計を案じる。

メキメキッ
「「な!?」」

突然、農奴たちが驚きの声を上げる。10メートルはある木の根元を獣Cの召喚獣が咥え、力任せに引っこ抜いた。そのまま地響きを立てながら、咥えた木々を1箇所に集めていく。3体はそれぞれ次々に木々を引っこ抜いていく。

獣Cの攻撃力は強化により1500あるので、マーダーガルシュもかみ殺すことができる。食事も睡眠もいらず、休まず開墾を進めていく。

夕方になる少し前。農奴たちが集まってくる。開拓は始まったばかりで、建物は完全な掘立小屋だ。

今日もお疲れさまと、テレシアやミチルダなど奥様方が夕食の準備をする。アレンにとって懐かしい麦粥や芋や豆を煮たわびしい料理だ。

(やはり、肉不足か。開拓には精力つけないとな！　探すのに苦労したぜ!!)

「ボアだ！　はぐれボアが出たぞ!!」

冬になっても白竜山脈に戻らなかったグレイトボアを、ここでははぐれボアと呼んでいる。このボアは、共有した鳥Eの召喚獣を使って、アレンが頑張って集落まで連れてきたものだった。事情を知らない人々が震え上がり、大声で叫ぶ。

「男たちは武器だ、武器を持て。女性や子供を守れ!!」

村長のロダンが皆に指示を始める。

『大丈夫デス。夕飯をアレン様の召喚獣たちを使って連れてきたのデス』

「「夕飯？」」

ボアがとうとう集落の中心までやって来た。ここから先は私の役目と言わんばかりに霊Cの召喚獣がフワフワと浮きながら、農奴たちの先頭に躍り出る。

『ブヒイン！！！』

グレイトボアは足で土を蹴りながら、霊Cの召喚獣を威嚇し、勢いをつけて突っ込んできた。ロダンやゲルダが皆にもっと下がるように伝えようとしたその時。

『死ぬデス！』

霊Cの召喚獣が一言つぶやくとバレーボール大の灰色の玉が、ものすごい勢いでグレイトボア目掛けて飛んでいく。硬い頭の外皮にぶつかると、一瞬で頭が爆散した。

「「「は!?」」」

頭を失ったグレイトボアが数歩よろめいて、そのまま横に倒れる。小さな人形がCランクの魔獣を瞬殺したのを見て、ロダンもゲルダも農奴たちも固まってしまう。

（これでミュラにも、魔獣の怖さを知ってもらえたかな）

ミュラを確認すると、ビビりまくってマッシュにしがみついていた。怖い思いをしてかわいそうな気もするが、まだ柵も作られていないこの村で、わんぱくが過ぎて村の外に出て貰っても困る。

『領主に納めなくてもいいお肉が手に入りましたデス』

霊Cの召喚獣は笑顔で言う。開拓村では2年間、納税が免除される。次の3年間は徴税率が3割に、6年目以降は6割になるのを知っているようだ。

こうして、召喚獣の協力による常識破りな開墾が始まったのであった。

＊　＊　＊

7月の終わり、クレナは教養の試験になんとか合格できた。アレンが椅子に縛り付けるようにしてクレナに勉強させる様をさんざん見てきたパーティー一同は、皆「これでようやく試験が終わった」という気分だった。クレナはどうも、自分から勉強する気がないようだ。

この間に転入生の3人は、Bランクのダンジョンを攻略し、A級ダンジョンを1つ攻略した。B級ダンジョンは魔導書に記したマップがあるので攻略が早い。転入生たちは王国に来て、こんなに早くB級ダンジョンを攻略できるとは思っていなかったようだ。

アレン、クレナ、セシル、ドゴラ、キールの5人はとうとう4つ目のA級ダンジョンの攻略が終わり、あと1つというところまできた。あとは来月の夏休みの間に、学園都市以外の街で5つ目のダンジョンを攻略する。どこに行くかは既に話し合っている。

エクストラスキルについては現在も特訓中だ。発動は心と魔力の扱いの問題であるらしい。これぱかりは手伝うことができないので、各自でしっかり体得してほしいと思う。

ロダン村長による開拓村もかなり順調だった。すでに村として開墾する土地の木を全て引っこ抜くところまで終わった。秋になるとグレイトボアが大挙してやってくるので、今は村を取り囲む柵の製作中だ。今も猪の姿をした獣Cの召喚獣が、木材を咥えて運んだり、鼻先を使って土を掘り起こしたりと、開墾を手伝っている。2年間の非課税期間を有効活用するため、目標は来年からさっそく畑作に集中できる環境づくりだ。

今日は担任から、授業が終わったら学長室に行くよう言われた。呼ばれたのはアレンとクレナだ。去年も同じようなことがあったので、この2人の組み合わせは嫌な予感しかしない。パーティーメンバーも来ていいということなので、８人全員で担任と一緒に学長室に向かう。

「入ります」

「うむ」

担任がノックをすると、すぐに返事があった。扉を開けると、学長の横には見覚えのある青年がいる。

「やあ、アレン君。元気にしていた？」

勇者ヘルミオスだった。

「これはヘルミオス様。お久しぶりでございます」

アレンは恭しく挨拶をする。

「もう。僕らの仲じゃないか。ヘルミオスでいいよ？」

「いえいえ、勇者様にそのような口の利き方はいたしかねます」

慣れ慣れしく勇者ヘルミオスが話しかけてくるのを、アレンは突っぱねる。

アレンたち８人に学長、担任、ヘルミオスで計11人。ソファーには全員が座りきれないので、全員で円卓を囲む。着席したヘルミオスは、アレンを見てニコニコしている。

「学長、それで何か御用でしょうか？」

ヘルミオスに視線を合わせることもなく、アレンは学長に用件を聞いた。

（今日の日課のボス周回に間に合わないから、手短に話してくれ。……多分断ることになるだろうけど）

「ああ、10月に行われる学園武術大会への推薦で今日は呼んだ。対象はアレンとクレナだ」

（やっぱりか。前回は大会直前に呼ばれたけど、今年は夏休み前に声かけるんだね。去年は夏休み中にA級ダンジョンを攻略したから、その後に呼んだってことか？）

「クレナは大会に参加させていただきます。私は辞退したいと思います」

アレンがそっけなく答える。ソフィーが、にべもなく断ったアレンを興味深そうに見ている。

「理由を聞いても？」

「そうですね。力を示す理由がないからでしょうか？」

「ふむ。ソフィアローネ様から、精霊王様の話は聞いたか？」

（その話を聞かせるためにソフィーをパーティーに入れさせたのか？　いや、学長にそんな権限はないかも。じゃあ、逆か？）

「はい、よく寝言を言う方だと伺っております」

「ぶっ！」

ヘルミオスがアレンの言葉で噴きだす。同感だと思っているようだ。学長とソフィーは苦笑いをしている。

「『あの言葉』の真意は分からないが、アレン君の力が魔王から世界を救う鍵になるかもしれない。だから、我々はどうしても召喚士の力を知っておきたい。ここで君の力を知ることは、世界のためになる。だから参加してほしいと言ったら？」

（お？　学長が切り口を変えてきたな。というか、もう魔王のことはハッキリ言うのね。去年は魔王の話をしていなかったんだが）

「いえ。私はそのように思いません」

「何？」

アレンは説明をする。召喚獣の力の強弱は一朝一夕には測れない。世界のためにと召喚士の力を知るには、その力の全てを詳《つまび》らかに公開する必要があると。

公にすることに対する不利益は大きい。

「不利益だと？」

「はい。敵側に情報が伝わる恐れもあります」

（俺はまだ成長の途中だしな。「こいつは危ない。しかし今なら殺せる」なんて思われたらどうするんだよっと。そんなリスクは背負えないな）

尤もな理由を前面に出して大会を辞退する。そもそも、魔王軍側がどんな情報網を持っているのかなんて知らない。

「むう、確かにそうだが。全く力を見せないでいることも難しいのでは？」

「いえいえ、戦場では遺憾なく力を発揮させていただきます」

無用だと思えば力は出さない。シンプルな話だ。

「どうしても辞退すると？」

「はい。申し訳ございません」

「利益がないからと去年も言っていたな」

「まあ……そうですね」

学長がため息をつく。そして、ヘルミオスに視線を送る。

どうやら何かの合図だったのだろう。ヘルミオスが右手の指についている何かをいじり始める。

そして、それがポロッとテーブルに転がる。アレンが目で追うと、それは指輪だった。

「わあ！　貴重な魔力回復リングを落としてしまった!!」

わざとらしくそう言うと、ヘルミオスは慌てたような仕草で指輪を拾って指に嵌める。

「……」

「良かった良かった。エルフの部隊を救ったお礼に、精霊王に作ってもらった指輪を壊してしまうところだったよ。もっと大事にしなきゃね」

アレンはヘルミオスの小芝居を無表情で見ている。学長が小さな声で「精霊王様だ」と訂正する。

「アレン君。何でもダンジョンに通っているらしいね？　探し物があるとか？　先輩が相談に乗るよ？」

「いえ、結構です」

（こんなパイセンを持った覚えはないぞ）

「そっか。ちなみに探しものが何なのかは知らないけど、魔力回復リングはA級ダンジョンはもちろんのこと、S級ダンジョンにも出ないよ」

「え？　なぜそう言い切れるんですか？」

「ひみつ。君は何も教えてくれないのに、何で僕だけ教えないといけないんだよ」

ヘルミオスは大人げなく口を尖らせる。

（まあ、そう言われる気がした。この勇者許すまじ。その指輪を自慢しに来たのか？　違う気がするけど）

「そう睨まないでよ。僕は優しいから教えてあげるよ。相性の問題で、ディグラグニは魔力回復リングが作れないんだって」

「だって？」

「本人に聞いたんだよ。亜神になれたらできるかもしれないけど、今は無理だってさ。残念だったね。ああ、オリハルコンの武器なら頑張れば手に入るかもしれないよ。やめた方がいいけど」

ダンジョンマスターのディグラグニに直接確認した。その言葉にメルルが目を丸くした。そんなに驚くほど、簡単に会えない存在なのか。

（冒険者ギルドから情報が漏れているな。相変わらずプライバシーのない世界だな。それにしても……）

「やめた方がいいとは？」

「この8人で行くんでしょ？　今のパーティーでS級ダンジョンに入ったら、全滅しないにしても、何人かは死んで引き返すことになるよ」

ヘルミオスは断言する。アレンたちの鑑定は、ここまでの会話の最中に済ませていたようだ。

「それで何が言いたいのですか？」

「学長と話し合って、今年の大会の優勝者は、僕と戦うことにしたんだよ。もし君が僕に勝ったら、この魔力回復リングは君にあげるよ？」

（なるほど。この自称勇者の話が本当だと仮定すると、魔力回復リングを手に入れるには、勇者を倒すか、エルフに恩を着せて精霊王に頼み込む必要があると。どっちが確実かな？　いや違うな、こういう時は両取りだろ）

どういう方法なら一番確実に魔力回復リングを手に入れられるか考える。考え込むアレンは珍しいなと皆が見ている中、アレンが口を開いた。

「私が参加するとして、２つ条件をつけていいですか？」

「ん？　何だい？」

「クレナがドベルグ様と戦えることを楽しみにしているのです、ぜひお手合わせを願いたいと思います。剣聖ドベルグ様は、今年は来ないのでしょうか？」

「ああ、ドベルグも来るよ。準優勝の生徒と戦う予定だけど？　もう1つの条件は？」

どうやら元々ドベルグが例年通りやってくるところに、ヘルミオスが割り込んだようだ。

「その指輪が本物か調べたいです」

「いいよ。はい」

ヘルミオスはあっさりと魔力回復リングを貸してくれた。スキルを使い、魔力を一気に減らしてから装着してみる。

(うは、最大魔力に対して、毎秒1パーセントずつ回復しているぞ。これはほしい。スキル経験値も稼げるし、戦闘時に魔力を気にしなくてよくなるぞ)

「へ～、アレン君は自分の魔力量を知ることができるんだね」

ヘルミオスにはアレンが何をしているか分かったようだ。

(む……まあ、これくらい、いいか。ずいぶん貴重な情報を貰ったしな)

「さて、何のことでしょうか。どうも本物みたいですね」

すっとぼけながら、指輪をヘルミオスに返す。

「それで、これはアレン君が大会に参加するだけの理由になったかい？」

「はい、今年の大会には参加させていただきます。ちなみに、武器もアイテムも持ち込み自由ですか?」

「もちろん、何でも準備しておくといいよ。2か月あるからせいぜい頑張るといいよ」

(戦闘時の回復薬使用も可能と)

「では、そのように準備します」

こうして、アレンは今年の学園武術大会に参加することになったのであった。

第十五話　学園武術大会②

アレンは学園武術大会への参加を決めた。

優勝した後、勇者ヘルミオスと戦い、魔力回復リングを手に入れるためだ。

アレンは理由もなく力をひけらかすことはしないが、目的のためなら手段を選ばない。王族や来賓を前に、あらゆる手段で勇者をボコボコにして指輪を頂くことにしよう。

「というわけで、俺は2か月後の学園武術大会に出ることになったわけだけど」

いつもどおり、拠点での話し合いにアレンが口火を切った。

「というわけね。まあ、アレンらしいけど。どうするの？　勇者に勝てるの？」

指輪が手に入るから大会に出る。そんなアレンの現金なところに、セシルは納得しているようだ。

しかし相手は世界最強、人類の希望と言われる勇者ヘルミオスだ。

勇者が現れたことが、敗戦続きであった魔王軍との戦況を変えた。

さすがにそんなのに勝つなんて無理なんじゃや、という目でアレンを見る。

「多分今のままだと無理だな。そこで来月からの夏休みは単独行動しようと思う」

「え？　ちょっと、どういうことよ」

またよく分からないことを言ってきたとセシルは思う。アレンは確実に勇者を倒して、魔力回復リングを手に入れたいと考えている。大会まで2か月と少ししかない。

「だから、この学園都市だけじゃなくて、王国全土で魔石を回収しようと思う。そして、王国中で取引されている貴重なアイテムも探そうと思っている」

夏休みの間に召喚レベルを7にするには、大量の魔石が必要だ。スキル経験値を稼ぐために必要な魔力の種の生成には、Dランクの魔石がいる。学園都市で取引の限界までDランクの魔石を集めているが、このペースだと召喚レベルを7にするには来年までかかるだろう。

しかし幸いにも、王国には学園都市並みの大きさの街が複数ある。それらを魔導船で周回して、各街の冒険者ギルドで取引を依頼すれば話は別だ。1つのギルドで魔石を集めてもらっている間に、また次の街のギルドで同じ依頼をする。その依頼を終えたら、また次の街で同じ依頼だ。こうして王国中をぐるぐる魔導船で回りながら、回収できる限界まで魔石を回収する。

アレンには金貨28000枚の大金がある。

(ついでにEとCの魔石を購入しておこうか。こんなこと、次はいつするか分からんし。目指すは魔石100万個だな)

今は資金が潤沢にあるので、魔石の買取を考えている。戦場にはBランク以上の魔獣しかいないと言われているので、EとCランクの魔石も今のうちに蓄えたほうがいいだろう。

当然、街を回っている間に貴重なアイテムがあれば手に入れる。オリハルコンの武器も王国全土を回って見つけたいが、果たして手に入るだろうか。少なくとも、ステータス上昇500超の効果がある指輪は、この機会に手にするつもりだ。

「それでアレン様、わたくしたちはどうすればよいでしょうか?」

アレンが王国行脚をする間のことについてソフィーが尋ねる。

「2つの選択肢があると思っている。どっちがいいか、皆で決めてほしい」

1つ目は、予定通りアレン以外の仲間たちと共に学園都市以外に行く。新しくパーティーに入った3人はA級ダンジョンをまだ1つしか攻略していないので、2つ目は学園都市以外のA級ダンジョンを一緒に攻略する。2つ目は、新しく入った3人が学園都市の残り3つのA級ダンジョンを攻略できるようにみんなで手伝う。

選択肢のどちらを選んでも、召喚獣による応援はできる。魔導船の便と便の間を狙って、召喚獣の補充もするので、安心してほしいと伝えた。いなくなるのはアレンだけだ。

「なるほど。初めに言ってたプランでいいんじゃないのか？　どうせ夏休みが終わったら学園都市以外のA級ダンジョンは攻略できないだろうし」

ドゴラはこれまでの予定通り、学園都市以外のA級ダンジョンの攻略を推す。皆もそれに同意した。学園都市以外の土地への遠征は、授業がない夏休みにしかできない。

「皆さまにとって最後になる、5個目のダンジョンを攻略するということですね。ただ、アレン様。あの勇者ヘルミオスが言っていたことはどう思いますか？　S級ダンジョンも攻略されるのですか？」

ヘルミオスは、このパーティーでS級に臨めば、死人が出て諦めることになるだろうと言っていた。皆どうしたらいいのか分からないので、不安そうにアレンを見る。

（たぶん、勇者がこのタイミングで声を掛けてきたのは偶然じゃないんだろうな。今のペースなら5つ目が終わって、いつS級ダンジョンを攻略するか分からない状況になるからな。まあ、そもそ

もS級ダンジョンがどこにあるか知らんけど）

ヘルミオスはアレンの力見たさに学園までやって来たと思っていたが、うかつにパーティーがS級ダンジョンに入らないよう、釘を刺す意味でも現れたのかもしれない。

「とりあえず、5つ目のA級ダンジョンを攻略する。その時考えればいいんじゃないのかな？」

まだ時間はある。今決めなくていいだろう。その頃にはアレンの召喚レベルも上がっているはずだ。

「そうね。それがいいかしら。でもアレンはどうするの？　アレンだけ攻略できないけど？」

セシルも同感のようで、S級ダンジョンの扱いはそれでいいと言う。

「ああ、それも問題ない。合間を見て後を追って行くよ」

皆と同行する召喚獣を使えばダンジョンのマップが作成できる。マップを見ながら鳥Cの召喚獣の覚醒スキル韋駄天を使えば、さくさく追いつくだろう。

「そっか。場所は要塞都市フェルドラでいいんだよな？」

キールが目的地について、以前話し合って決めたときから変更がないか確認する。

要塞都市フェルドラは対帝国用に作られた王国北の要所で、いくつかのダンジョンの中にはA級も存在する。学園都市ほどではないが人もそれなりにいて栄えている。冒険者ギルドもあるから、魔石の回収のときに皆と合流できるだろう。

「ああ、そこは変更する必要ないだろう。ニーナたちも連れて行くんだっけ？」

「ん～、できれば連れて行ってやりたいんだけど」

「じゃあ、連れて行こう。それくらいの金はあるからな。俺も拠点を分けられるより召喚獣で守りやすいし」

移動だけで1人あたり金貨1枚掛かるうえ、ここ以外にも拠点を確保するには、それ以上のお金が必要だ。皆の生活費や給金として貯めたお金を確認すると、金貨2000枚近くあった。パーティーが8人になったので、生活費の割当は全体の6分の1から9分の1に減ったが、全員がA級ダンジョンに入ったことで、額面はむしろ増えた。

メルルは実家の両親にたっぷり仕送りできると感動していた。彼女の実家はあまり裕福ではないようだ。

「さて、今日の話はこんなもんかな」

「まだあるよ！　はいはい！」

（ん？）

クレナが教室にいるときのように手を挙げる。クレナのノリに付き合うようにしているので、アレンは担任のマネをして指名する。

「では、クレナ君。なんだね？」

「アレン先生！　私が勇者を倒して指輪を先生に渡すってことですね!!」

決め顔でクレナはそう言った。

（お！　そうかそうか、ようやく気付いたか）

アレンは大会に優勝し、その後ヘルミオスと戦う。そういう筋書きの話をしていた。この筋書きでは、クレナはアレンに負けて準優勝し、準優勝者として、剣聖ドベルグと戦うことになる。そこにクレナは気付いたようだ。

「まあ、それはクレナ君が先生に勝てたらの話だな！」

「もちろん勝つよ。村で別れてから勝ててないからね！」

「絶対本気を出さないと駄目だよ」

アレンは8歳のときに村を出たため、それ以降キチンとした形でクレナと戦っていない。村での騎士ごっこで負けを喫したままになっているクレナが宣戦布告をする。

ここに、もう1つの戦いがあったのだ。

＊　＊　＊

夏休みに入りアレンが単独行動を始めると、パーティーは拠点を要塞都市フェルドラに移し、A級ダンジョンの攻略を進めた。アレンはいないがパーティーの人数が増えたこともあり、2か月しないうちに攻略を終えることができた。転入生3人のレベルは、この間にすごい勢いで上がっていく。


アレンも数日遅れで5つ目のA級ダンジョンを攻略した。最下層ボスを倒した後にダンジョン統括システムは現れなかったが、これは恐らく新たに3人をパーティーに加えたからだろう。5つ目の攻略証明書を得るには、パーティーから3人を抜く必要があるのだと思う。5つ全てのダンジョンは8人全員、横並びで攻略しようと話をした。

9月の終わりを迎えると、アレンは学園都市に戻り、転入生3人に合わせて3つ目のA級ダンジョンの攻略を手伝うことにした。

アレンはこの2か月の間に、各都市で買取りができる限界まで魔石を収集した。EとDランクの魔石は100万個近く募集した。Cランクの魔石は値段が張るので10万個に抑えている。10月になったら、魔石の募集は学園都市のみの予定だ。

アレンの召喚レベルは7に上げることができた。強化など各スキルに加え、Bランクの召喚獣を召喚できるようになり、既に分析も済んでいる。

10月に入りアレンは14歳になった。

アレンの目の前には、一回りデカい男が大剣を握りしめて立っている。2人の間にいるのは、これから始まる戦いの審判だ。

今日は学園武術大会。既に100人の生徒による予選を終え、今は予選を勝ち抜いた16人による本戦の準決勝だ。

審判が注意事項を説明している。相手が降参をしたら、攻撃を止めないといけない。同時に降参のポーズも教えてくれた。昨日から何度も聞いている話だが、試合前には必ず説明しなければいけないらしい。審判は説明の最後に、これまで試合に熱くなって何人もの生徒が命を落としていることを付け加えた。

ミスリルの大剣を構えたムキムキな男が、アレンを睨みつけている。相手は3年生だそうだ。

もう試合が始まる。

「では、構え」

審判の号令で、アレンもアダマンタイトの剣を構える。

「はじめ！」

その合図とともに、一気に対戦相手が迫ってくる。

その剣をアレンは全て寸前で躱していく。相手がガンガン大剣を振るう度に、ものすごい風圧を感じる。

（たしか俺とクレナ以外予選に参加した人全員が星２つなんだっけ）

アレンは大剣を躱しながら考える。

考え事をすることは別に相手を馬鹿にしているからではない。アレンはどんな危機が迫っても、たとえ殺されそうになっても、それが理由で頭がいっぱいになって思考が止まるということがない。それはマーダーガルシュに食われそうになったときも同じだった。４桁に達した知力が、思考を停止させないのだ。

才能のある人のうち、およそ10人に１人が２つ星だ。５０００人強の中から１００人が選ばれるのであれば、自ずとほぼ全員が２つ星になるのは頷ける。実際１つ星では予選にすら参加できない決まりになっているらしいが、これも能力値の差、職業スキルによるステータスの増加を考えれば仕方ない。

アレンが余裕で躱すので、低学年に馬鹿にされたと思って頭に来たのか、対戦相手が明らかに大振りになる。

（まだ学生だな。カッとなったら戦場で危ないいんだけど）

アレンはその動きに生じたスキを見逃さない。一気に距離を詰め対戦相手の懐に迫る。両手で握っていた剣を片手に握り直し、ミスリルの鎧に拳を叩きこんだ。

ドゴッ！

衝撃音が闘技台に響く。

対戦相手は痙攣しながら、何も言わずにうずくまる。仕留めるには十分過ぎる一撃だったようだ。

審判が対戦相手のもとへ駆け寄ると、何やら様子を確かめ、審判席に向かって頷いて右手を垂直に掲げた。試合終了の合図だ。

『おおっと！　学長推薦のアレン選手が勝利です。相変わらずの余裕の戦いぶりでした。このまま優勝してしまうのか。次はいよいよ、アレン選手とクレナ選手との決勝戦です！』

魔導具によるアナウンスにより、アレンの勝利が闘技場全体に伝えられる。

なぜかアレンの紹介には「学長推薦」という枕言葉が付く。通常は担任が推薦するのだが、アレンは学長推薦枠だから、そこを押した方が実況も盛り上がるのかもしれない。

アレンは勝利に喜ぶこともなく、鳥Eの召喚獣で上空から闘技場全体を見回した。

(王太子も来ていると)

今年も自らの派閥の大臣や貴族を連れてきて、自分の権威をひけらかしているようだ。

当然今年も、武術大会には各国の来賓が招かれている。各大陸の学園が生徒をしっかり育てているかチェックすることが、この大会の大きな目的だ。試合の内容が各国の沽券に関わるらしく、つまらない試合が行われた日には、５大陸同盟の会議の場でネチネチ言われるらしい。

客席で観戦するセシルの隣には、グランヴェル子爵の姿もあった。今年も王太子が来ると聞きつけ、心配でやってきたのかもしれない。あるいは、夏休みに実家へ帰らなかったセシルに会いたかっただけだろうか。今年は騎士団長と一緒に、世話役として執事も連れてきている。去年のお付きはアレンだったが、子爵から不評だったのだろうか。

「今年の決勝は2年生同士か。1人は去年優勝したクレナという名前の剣聖か」

「もう1人は誰だ？　学園から配られた資料には『召喚士』とあるが」

アレンの勝利に、各国の来賓は評価を決めかねているようだった。

アレンの勝利から数十分後、いよいよ決勝の時間がやってきた。よっぽど大怪我をした場合は、治療を受けたり、次の試合への参加意思の確認などで時間を食うが、アレンもクレナもほぼ圧勝だったため、殆ど無傷だ。

「久しぶりだね！」

クレナが興奮気味に話しかけてくる。鼻息も荒く、頬が紅潮し、とても嬉しそうだ。

クレナと試合をするのもグランヴェル家の従僕になる前に別れた時以来だ。6年ぶりくらいだろうか。

「クレナ、もう一度聞くけど本気を出せって、召喚スキルも使うことになるけどいいの？」

昨晩も確認したが、ここにきてもう一度確認する。

「もちろん！　手加減したら駄目だよ！」

アレンとクレナは決勝戦の前に、お互いの間で2つのルールを決めていた。回復薬は使わないことと、スキルは全力で使うことだ。

クレナと対峙すると、「剣だけでは私が有利過ぎる。アレンには本気を出してほしい」と言われた。どうやら、この2か月試合の方法についてクレナなりに考えていたようだ。

アレンは「そうか」と言い剣を構える。

その動きに合わせるように、クレナも剣を構えた。

こうすると今でも「我が名は騎士アレン」と言いだしそうになるのは不思議に思う。

「では、始め！」

審判の合図と同時に、アダマンタイトの大剣を握りしめたクレナが突っ込んでくる。

アレンがクレナの攻撃を受けとめる。全身をずんと重い衝撃が襲う。クレナの攻撃は矢継ぎ早に続く。

（やはり、スキルレベルが上がると威力も剣捌きも変わってくるな。クレナはカンストしているから、スキルレベルが3も違うし）

アレンの剣術スキルレベルは今も3のままだが、クレナは6まで上げ切ってしまった。ここまで違うと、剣捌きに歴然とした差が生まれる。

（だが、素早さも攻撃力も俺の方が上なんだよね）

アレンは各種ステータスに召喚獣の加護を振っている。スキルレベルでは負けているが、動きでは主要なステータスの値が最大４０００を超えるクレナの動きに引けを取らない。

今年の決勝戦はすごいぞと、観客席がざわつき始めた。

「うりゃあああ！！！」

掛け声とともに、さらなる一撃を振るうクレナ。剣を振るいあげる力みだけで、闘技台の床石を粉砕してしまう。大振りだったので余裕をもって躱すと、その瞬間にクレナの剣が真っ赤に燃え始める。

（お！　紅蓮破か）

ドゴッ

避け切れずに剣聖のスキルをもろに食らってしまう。

観客席から悲鳴が聞こえる。アレンが死んでしまったと思い、息を呑む者もいる。

一瞬クレナは勝利を確信して笑みをこぼす。

しかし、そんな一撃を受けてもアレンは持ちこたえる。

「駄目だよ、笑ってちゃ。まだ試合は終わっていないぞ」

「え？」

一瞬気がゆるんだクレナの脇腹に、アダマンタイトの剣を叩きこむ。

「ほら」

「……う、うそ！　何で？」

アレンはクレナの一撃でもダメージを受けていなかった。

（ふふ、驚いたか。スキルレベル7にしておいてよかった）

今度はクレナが防戦に回る。脇腹にダメージを受けたため、呼吸が十分に整っていないようだ。

それからは一方的な試合となり、数太刀でアレンはクレナの喉元に剣をそえる。

誰から見ても勝負有りというところでクレナが降参した。

「負けちゃった」

クレナが残念がる中、審判はアレンの勝利を宣言する。

『何ということでしょう！　剣聖クレナに、学長推薦のアレンが勝利してしまいました。それではここで、しばし休憩の時間をとらせていただきましょう。次は剣聖ドベルグ様と、剣聖クレナの試合を行いたいと思います!!』

観戦者のどよめきが収まらない中、学園武術大会はアレンの優勝で終わったのであった。

＊＊＊

アレンはクレナに勝利した。

スキルレベルはクレナの方が高かったが、召喚スキル使い放題であれば負ける気はしなかった。

アレンに比べると、クレナは戦闘経験が少なすぎる。皆が皆、正面から正々堂々と戦うわけではない。これから戦う魔王軍の中には、搦め手や卑怯な手を使ってくる魔獣もいるだろう。クレナにネタばらしはしていない。対抗策は自ら編み出してほしいからだ。

クレナはそこまでダメージを負っていなかったため、速やかに剣聖ドベルグとの対戦が行われることになった。闘技台に上がった2人の両手にはアダマンタイトの大剣がある。

（武器は同じ。ドベルグがノーマルモードならレベルも同じか）

アレンはこの世界にヘルモードはほとんどいないと認識している。そして、エクストラモードという、レベルとスキルレベルの必要経験値が、ノーマルモードの10倍かかるモードもある。エクストラモードである者とは会ったことはないが、もしかしたらいるかもしれない。ドベルグがエクストラモードなのかスキルもレベルもカンストしたクレナと戦えば分かるような気がする。

「クレナ、勝てるかしら？」

セシルがアレンに、心配そうな表情で問いかける。

「うむ、どうだろうな。去年あれだけやられたからな。難しいのではないのか？」

「……」

セシルはアレンに質問したつもりだったが、自分が話しかけられたと勘違いをしたのか、隣に座っていたグランヴェル子爵が答えてしまう。「家族あるある」ってやつかもしれない。

ここは貴族の来賓席だが、子爵の計らいで今年もアレンの仲間たち7人全員が通してもらえた。もっとも、パーティーに王族のソフィーがいることが大きな要因かもしれない。

（ふむ、勇者は学長と話をしているな）

王太子の監視をしていた鳥Eの召喚獣が、学長と話す勇者を捉える。ドベルグとクレナを見ながら、これからの試合について話をしているのだろうか。

アレンは意識を自らに戻す。セシルの問いかけに、遅ればせながら返事をした。

「まあ、いくつか競り落とした装備も持たせたし、いけるんじゃないのかな？」

「そうね」

セシルが、やっと反応したアレンに安心したのか、ちょっぴり微笑んだ。

実際アレンの言葉には、それなりの裏付けがあった。

クレナには、夏休みの2か月の間にアレンがオークションで競り落とした素早さを1000増加する指輪を2つ渡してある。

対人戦の基本は素早さであるというのがアレンの持論だ。ドベルグがノーマルモードであるならば、リングの効果で相手を翻弄できるだろう。

「我は魔獣を狩る者。魔族を屠る者。魔神を滅ぼす者」

「……」

クレナに相対するドベルグが大剣を握りしめ、去年と同じ何かをつぶやく。クレナは一瞬ドベルグの言葉に気を取られるが、戦いに意識を集中させる。

「1年でここまで来たか」

「うん。皆と強くなったんだ！」

既に審判による試合開始の合図は行われていたが、今年も戦いは2人のペースで進んでいく。アダマンタイトの大剣を上段に構えたドベルグが叫んだ。

「仲間か……。こい！　1年間の成果を見せよ！」

「うん。いくよ！」

その言葉と共に、一気に距離を詰める。カンストしたレベルに指輪の効果が合わさり、とんでもない速度に達したクレナの大剣は容易にドベルグの間合いに入る。

圧倒的なステータスを持つ2人の剣聖が大剣を振るうと、力と力がぶつかり合う衝撃音が闘技台に響き渡った。今までの戦いが何だったのかと思うほどの激しい戦いが繰り広げられる。大剣がぶつかる音だけで、心臓を摑まれたかのような衝撃を受ける来賓たちも多くいた。

例年であれば、大会の参加者が今後どの程度まで強くなるのか、各国の来賓たちにも予想がつく。しかし、去年と違ってカンストしたクレナの強さは、もはや彼らの理解を超えていた。

「割と接戦だな。だが、ややクレナが押されている。装備の性能差でやや劣勢といった感じだな。やはりオークションで手に入るアイテム以上の装備があるんだな」

アレンが珍しく声に出して2人の戦いについて分析する。仲間たちにクレナの状況を理解してもらうためだ。

素早さ1000上昇リングはオークションで1つあたり金貨3000枚近くかけて競り落とした。それを2つもつけているにもかかわらず、ドベルグの方が素早く動いているように見える。きっとドベルグは、オークションでも手に入らないような装備を揃えているのだろう。

「はあ！　どうした剣聖クレナよ！　その程度か!!」

「がふ!!」

戦いが始まって10分もしないうちに、明らかにドベルグが押し始める。

ドベルグも本気で戦術を駆使しているようだ。圧で押し、フェイントをかけ、クレナを翻弄する。戦闘経験の差が如実に現れ始めた。

「……なんか押されているわよ」

セシルが心配そうにつぶやく。ドゴラはじっと2人の戦いを見つめている。

「ドベルグに攻撃を読まれ始めているな。その上、ドベルグの動きが読めなくて攻撃を食らっている感じだ」

（やばい、プレイヤースキルに差がありすぎるな。これは）

プレイヤースキルとは、一言でいうと「戦いのうまさ」だ。戦いでは、状況に合わせたスキルの選択、相手の攻撃への読みなどを瞬時に行い、同時に自らの動きや狙いを読まれない位置取りや立ち回りをしなければいけない。クレナも担任に立ち回りを含めた指導を受けているが、実際のプレイヤースキルは、一朝一夕で身につくものではない。

ここまで差があるのかと思うほどの劣勢が繰り広げられている。正直負けそうだ。

クレナはドベルグの大剣で吹き飛ばされ、闘技台の硬い床板に体中を打ち付ける。

「どうした！　立て！　それまでか!!」

ドベルグの言葉に反応するように、クレナの体から陽炎のような何かが立ち上る。

「や!!」

「ん？　こ、これはエクストラスキルか？」

(お！　成功したか!!　いけいけ!!)

どうやらクレナのエクストラスキル「限界突破」が発動したようだ。

エクストラスキルについては、かれこれ半年以上担任に指導を受けているが、成功率は低くまだ完全には成功していない。

何でもエクストラスキルは「心」を大切にするそうで、未熟であったり、動揺が激しかったりすると、心がスキルに呑まれてしまうという。その場合スキルが暴走し、戦いに対する衝動が激しくなる。

(今回は大丈夫かな？)

クレナがA級ダンジョンの最下層ボス戦で何度か暴走したことを思い出す。アレンの頭に不安がよぎったその時、とんでもない勢いでクレナがドベルグに迫った。横薙ぎに振られた剣によって、ドベルグが初めて吹き飛ばされる。

「ぐは、何だこの力は。これが貴様の！」

「や！」

クレナは何も答えず、掛け声と共に大剣を振るう。

(やばい、意識が完全に呑まれたか)

クレナの「限界突破」発動から向こう、今度はドベルグが防戦一方になってしまった。プレイヤースキルなどどうでも良くなるほどのステータス差が生まれ、クレナの大剣を受けるたびに吹き飛ばされる。

観客もこんな戦いになるとは思ってもおらず、騒然としている。

今やドベルグは、剣を握る力すら奪われていた。

そこへクレナの剣が上段から叩きつけられる。ドベルグは何とか大剣で防いだものの、衝撃に耐えかねた足下の闘技台が粉砕される。

「ふぐ!?」

クレナの攻撃はこれでは済まなかった。防御する余裕のないドベルグの腹を、遠慮なく蹴り上げる。攻撃力７０００を超える強烈な攻撃で、ドベルグの体がバウンドしながら、闘技台の端まで吹き飛ばされる。ドベルグは、そのまま完全に沈黙してしまった。

「勝ったの？」

アレンが疑問の声を上げた。絶対勝てると思っていなかったが、喜びもつかの間のことだ。

ドベルグがゆっくり体を起こし、立ち上がった。低く小さな声で、何やらブツブツつぶやいている。

（え？　何か言っているな？　降参か？）

鳥Eの召喚獣の鷹の目が、鬼気迫る形相のドベルグを捉える。

「我は負けるのか？　いやクラシスよ。安心せよ。我は絶対に負けぬ。そうだ、誰にも負けるわけにはいかぬ！　我は魔神なんぞに負けたりはせぬぞ!!」

ふいにドベルグの体が陽炎のように揺らぎ始めた。

（え？　ドベルグも使っちゃうの？）

「いけない、クレナ！　ドベルグがエクストラスキルを発動するぞ!!」

（まだクレナのエクストラスキルは切れていないぞ。いけるか？）

機が熟したのか、ドベルグが全力でクレナに向かって走ってくる。

「はあああ！　ガードブレイク!!」

勢いそのままに、掛け声とともに剣を大きく振り落とす。ドベルグのアダマンタイトの大剣は、これまでにない光を放ちながら輝いている。クレナは攻撃を防ぐためにアダマンタイトの大剣で迎え撃つが、ドベルグはそれをバターのように切ってしまった。

「え？」

剣が切られたことへの驚き。そして、そのまま振りおろされるドベルグの大剣。

死を予感したクレナは固まってしまった。

ガキイイイン

水色の髪の青年が、金色の剣でドベルグの攻撃をやすやすと受け止めた。

（え？　勇者？）

観客席にいたはずの勇者ヘルミオスが、ドベルグの異状を察して割って入ったようだ。

「もう、ドベルグ……。あと少しで、彼女を殺すところだったよ？」

「ぬ……わ、我は？」

ドベルグの瞳から狂気の色が抜けていく。

「スキルに呑まれるなんて君らしくないよ」

「わ、我は呑まれたのか？　このような少女を相手に……」

大剣を手から落とし、膝からドベルグが崩れ落ちた。

あまりのショックで手を見ながらワナワナしている。

「ドベルグさん、大丈夫？」

クレナが心配そうに顔を覗き込む。その屈託のない表情にさらにショックを受けている。

「……クレナよ、お前の勝ちだ。剣を斬ってしまったか」

少しずつ落ち着きを取り戻し、ドベルグはようやく状況を理解し始めた。

「すまなかった。これを持って行け」

「え？」

クレナに押し付けるように大剣を渡したドベルグは、そのまま勇者の肩を借りて闘技台をあとにする。

こうして、クレナとドベルグの戦いは終わった。ドベルグの大剣を握りしめたクレナは、ドベルグの背中をじっと見つめていたのであった。

第十六話　勇者ヘルミオスとの戦い

クレナとドベルグの剣聖同士による戦いは、ドベルグが敗北を宣言し、クレナの勝利で終わった。剣聖クラスの極限のぶつかり合いを目の当たりにした観客席の各国の来賓、王国の王太子や貴族、観戦している生徒たち。それまで固まったように戦いの状況を見つめていた彼らが、ドベルグの敗北宣言と同時にざわついたのは言うまでもない。

勇者との戦いに向けて闘技台に立ったアレンは、観客席に戻ったクレナの様子を見る。まだ元気がなさそうだ。

「友達が心配かな？」

アレンは目の前にいるのは、対戦する勇者ヘルミオスだ。初めて会った時から、いつもニコニコしている。

「そうですね。さっきは友人を救って頂いてありがとうございました」

アレンは素直に頭を下げた。ヘルミオスがドベルグを止めなかったら、今ごろクレナはどうなっていたか分からない。

「いいよ、別に。ドベルグは負けず嫌いだからね。万が一に備えていたんだ」

クレナの善戦とドベルグの暴走、そこまで予期して闘技場に入る準備をしていたようだ。

『それでは、本日最後の試合を行いたいと思います。御来賓の皆様もご存じのとおり、本来であれば最後に剣聖と大会優勝者が試合を行うのですが、本日は勇者ヘルミオス様たってのご希望で、勇者様自らが生徒と剣を交えます』

アレンとヘルミオスが闘技台の中央で相対する中、アナウンスが闘技場全体に響く。

『事前に配布した資料の、経歴の欄をご覧ください。今大会に優勝したアレン選手は、自ら「廃ゲーマー」なる冒険者パーティーを立ち上げ、わずか8名でA級ダンジョンを既に5つクリアしております』

(3人はまだ2つしか攻略していないけどね)

来賓たちは「確かに強いけどそんなに凄いのか?」と、改めてアレンを見る。アレンは確かに強いが、今の説明だけだと、何故勇者がわざわざ少年の相手をするのかわからない。皆の困惑が闘技台の上に伝わってくる。

「はは、みんな君に興味津々だね!」

「ああ、面倒な限りですよ。誰のせいでしょうね」

「まあ、すぐに慣れるよ。僕もそうだった。ああ、そうそう。スキルは遠慮なく使っちゃって構わないよ。この試合で起きたことの責任は、すべて学長とローゼンヘイムが持つから」

(さっき学長と話していたが、そんなことを確認していたのか。まあ遠慮はしないが)

「そうですか。ただ、無駄な戦いは好きじゃないです。このまま降参して魔力回復リングを渡せば痛い目を見ずに済みますけど?」

試合開始のタイミングを窺っていた審判がギョッと目を見開く。彼もまた学園の教師の1人であり、魔王の存在も当然知っている。

何しろ勇者は、剣聖とも立場がはるかに違う特別な存在だ。魔王の存在を知る者からすれば、既に数千万人を屠った魔王軍に立ち向かい、滅びの道を歩む人々を救う、いわば神から遣わされた使徒なのだ。そんな勇者に対して学園の生徒が降伏勧告をするなんて、天地がひっくり返ってもありえない。

「面白い冗談だね。無駄な努力をどれだけしたか知らないけど、僕には勝てないよ？」

「無駄な努力なんてあるわけないでしょ」

「ふ～ん……。無駄な努力はないか」

ヘルミオスはやっぱりニコニコしていた。入学試験の際に鑑定結果を見せてもらっている。ノーマルモードであることは確定だ。

不穏なやり取りを気にしながら、審判が規則通りに降参のポーズなどの事前説明を行う。

(絶対に降参のポーズ取らせてくれる)

アレンが息巻く中、審判の話を聞いていた勇者がにわかに剣を引き抜いた。黄金に輝くこの剣こそ、アレンが探したが見つけることすらできなかったオリハルコンの剣だ。

「はじめ！」

「……」

ヘルミオスは構えを崩さず、仕掛けてくることもない。

(向かってこないか。ふむふむ)

そこでアレンは、大胆にもヘルミオスから一旦視線を外し、ステータスとカードの状況について確認し始めた。

【名　前】　アレン
【年　齢】　14
【職　業】　召喚士
【レベル】　55
【体　力】　1390+550
【魔　力】　2180
【攻撃力】　766+4900
【耐久力】　766+750
【素早さ】　1429+4920+2000（指輪）
【知　力】　2190+220
【幸　運】　1429
【スキル】　召喚〈7〉、生成〈7〉、合成〈7〉、強化〈7〉、覚醒〈7〉、拡張〈6〉、収納、共有、高速召喚、指揮化〈封〉、削除、剣術〈3〉、投擲〈3〉
【経験値】　489,264,755/10億

この間もアレンは、決して油断していない。常に鳥Eの召喚獣が2体、上空から鷹の目でヘルミオスを捉えている。鷹の目はただ上空から敵を観測するスキルではなく、より細かな相手の動きを捉えることができる。

「どうしたの？　来ないの？」
「いやいや、こっちが隙を見せているんですから、そこは突っ込んで来てくれないと。先輩」
「あ～なるほど。じゃあ行くよ！」

ヘルミオスはアレンの挑発に乗るわけでもなく、心底納得したような表情を見せる。

その刹那、地面を踏み込んだ。

闘技台にヒビが入る。エクストラスキルを発動したクレナに匹敵する素早さで、一直線に突っ込んできた。

(は？　やっぱりクソ速いんだが？　ドベルグからクレナを救ってくれたときにも薄々気づいていたけど)

アレンを捉えると、大振りでオリハルコンの剣を振るう。アレンがアダマンタイトの剣で受け止めると、武器と武器がぶつかる金属音が闘技場全体に鋭く響き渡る。

「おいおい、勇者の一撃を止めたぞ」

「生徒にも花を持たせようとして、手加減をしたのではないか？」

「そうだぞ。勇者の剣はドラゴンすら、やすやすと屠ると聞いたぞ？」

来賓たちも生徒たちも、初めて見る勇者の戦いに早くも興奮している。この一撃だけで、各国来賓が試合の論評を始めた。

(うは、試しに受けてみたが、これは受けちゃいけないやつだ。スキル使用せずにこの威力か。こっちは耐久力捨てているんですけど)

ヘルミオスの攻撃力を肌で感じて、内心焦ってしまう。自身が攻撃力５０００を超えた今だから分かるが、ヘルミオスの一撃を剣以外で受ければ、それだけで致命的だ。戦い方を防御から回避に変更する。

アレンが地面をひと蹴りして後退するが、ヘルミオスは追って来ない。

「あれれ？　おっかしいな～。アレン君の攻撃力だと、今の一撃は受けきれないはずなんだけど」

剣をぶつけ合ったときの体勢で、ヘルミオスが疑問の声を上げる。その場で先ほどの手応えを確かめているようだ。

「さあ、何のことでしょうね？」

（鑑定スキルでは、スキルによるステータス増加は見えても、召喚獣の加護による増加は見えないからな。俺のステータス変化は、勇者からは見破られないのも確定か）

学園を受験したときから気付いていた。ヘルミオスの鑑定結果には、加護のステータス増加が反映されていなかった。

「ふ～ん。じゃあ、行っくよ～」

まあいいかとでも言うように、再びヘルミオスの凶悪な剣戟が襲ってくる。

アレンはヘルミオスの攻撃を完全に避け続けることはできなかった。

「ぐっ」

躱しきれずに剣で受けると、大きな衝撃が体の芯まで響く。思わず声が出てしまった。

耐えかねて体勢を崩すと、そのまま勇者の猛攻によって防戦一方になった。

「あらら、もう終わりかな」

勇者がどこかガッカリしている。

（素早さは勇者と同じくらいか。剣のスキルレベルで負けているから、普通に攻撃しても当たらんな。ここは手数を増やさせてもらうぞ！）

アレンが手持ちの召喚獣に呼びかけた。

「ドラドラ、行くぞ」

『おう！　出番だな。我が主よ!!』

10メートルを超えるドラゴン。竜Bの召喚獣が、ヘルミオスの死角から襲いかかる。竜系統は召喚レベル7になって召喚できるようになった。

「え？」

驚くヘルミオスに構わず、大きな口が向かってくる。隙を突かれたが、ヘルミオスは剣で防御した。その瞬間にアレンが横薙ぎの一撃をヘルミオスに加える。

急に闘技場にドラゴンが現れたので、観客席はたちまち混乱に陥った。

「ドラゴンだあああ！！！」

「闘技場にドラゴンが出たぞ！」

慌てふためき、逃げ惑う観客。すぐに学長がアナウンスに何かを指示しているようだが、アレンにはもっと気にすべきことがある。それはヘルミオスに初めて一撃を与えた感触だ。

（クソ硬いんだが？）

ドラゴンに切りつけたときとは比較にならないほどの衝撃だった。ヘルミオスの耐久力はいかほどのものか、想像もつかない。

（まだまだスキルを使っていないな）

しかし、まったく油断ができない状況であることは変わらない。アレンは召喚スキルを使って状況を打開したが、ヘルミオスは未だに通常攻撃しかしていないのだ。

「ドラドラ、怒りの業火だ」

『おう！』

アレンが勇者を攻撃している横で、竜Bの召喚獣の口が真っ赤に燃え盛る。それを見て後退しようとしたヘルミオスを追撃する。

「逃がすか!!」

アレンがヘルミオスを追い込んで自由を奪い、共有を使いながら竜Bの召喚獣が攻撃のタイミングを見計らう。

アレンが一瞬後ろに下がりフェイントを掛けた瞬間、竜Bが覚醒スキル「怒りの業火」をヘルミオスにぶちまける。

まばゆい光とともに業火をまともに受け、ヘルミオスが巨大な炎の中に包まれた。たまらず後方に飛んだヘルミオスは、そのまま空中で静止した。

(空も飛べるのか。これで持っているスキル３つ目だな。ん？　回復魔法を使っているな)

ヘルミオスは回復魔法を使い、これまでのダメージを完全に回復した。

ドラゴンが客席に危害を加えないと分かり落ち着きを取り戻した観客たちが、空中に浮かぶ勇者を見つめ称賛する。

「素晴らしい、これが勇者の戦いか」

「ドラゴン相手に一切引けを取っていないぞ」

金色の鎧を身に纏い、宙に浮いているヘルミオスの神々しさに、心から感激しているようだ。

(鎧にダメージは一切見えないが、回復魔法を使ったってことは、本人にはダメージが少しは通ったってことかな)

オリハルコンの剣と鎧を装備したヘルミオスは、宙を移動できるスキルまで持っていた。

観客たちは神話の世界を目の当たりにしたかのように、宙に浮く金色の鎧を身に纏う勇者に見とれている。魔王によって滅ぼされそうなこの世界において、ヘルミオスこそが人類最強、人類の希望そのものだ。

(さっきはどの程度まで体力を削れたのかな。それにしても、これで大体勇者のステータスが分かってきたぞ)

アレンは自身の経験則から、ヘルミオスのステータス分析を概ね終わらせていた。

武器や防具などの装備には、攻撃力や耐久力を上乗せする効果がある。

ヘルミオスのステータスは、おそらくこんなところだ。

・ヘルミオスのステータスの合計(ステータス、職業スキルによる増加分、装備)
攻撃力　10400(2400、3000、5000)
耐久力　10400(2400、3000、5000)
素早さ　8400(2400、3000、3000)

(素早さは同じくらいで、あとは圧倒的に負けているだろうな。勇者も素早さ増加系の装備を着けているとか。そんなに俺に勝ちたいのか?)

「もうっ、危ないなあ……」

アレンの立つ闘技台の床石よりかなり高い位置からヘルミオスが不満の声を上げる。

「え？　まだ試合は終わっていません。まだまだ行きますよ」

「はは。何言っているの？　もう攻撃は当たらないよ。僕は結構速く飛べるよ？」

ヘルミオスは竜Bの召喚獣より高い位置にいる。

「何を言っているんですか？　上空に飛んでくれてありがたいくらいですが」

「え？」

すると、アレンが笑顔で片手を前に出す。

「カベオたち、自爆しろ」

アレンの言葉と共に10体の石Eの召喚獣が現れ、一斉に勇者の周りを囲むように宙に浮く。一気に真っ赤になり大爆発を起こす。闘技場の規模から、観客席には被害が出ないことを計算した上での起爆だが、そんなことを知る由もない観客席からは、爆音と共に絶叫が聞こえてくる。レベルの上がった2年生と3年生は少々の爆風など全く影響がないし、ドラゴンが出た時点で騎士たちが王侯貴族や来賓の護衛に回っている。

『観覧の皆さま、落ち着いてください！』

学長が問題ないとスピーカーを通して安全を必死に伝える。

そして、煙が吹き去ると、ヘルミオスが姿を現す。

「ふう、かなり痛いんだけど？」

「だから言ったでしょ？　痛い目にあうと」

（よしよし、また回復魔法を使ったな。この攻撃も効くとみて良いだろう。それにしても高速召喚は有用だな）

アレンはさらに10体の石Eの召喚獣を、強化した状態で召喚する。

ヘルミオスがまた現れたと思った瞬間に、真っ赤に輝いて爆散する。

ノーマルモードだと、スキルレベル6がキャップなので6個しかスキルを手に入れることはできない。しかしアレンは召喚レベル7になり、2つのスキルを手に入れた。

そのうちの1つが、今ヘルミオスを攻撃するために使った高速召喚だ。

今まで、生成にも合成にも強化にも、アレンの体感では0・5秒ほどかかっていた。1秒を切る速度での生成は、とても速いのだが、召喚レベルが上がり高ランクから実装された召喚獣を召喚すると、多くの生成と合成を繰り返すので、時間はとても長くなっていた。

この高速召喚は、召喚、生成、合成、強化、覚醒などあらゆる召喚士のスキルを、高速化する。

霊系統など、召喚獣を生成から強化覚醒まで済ませた状態にして召喚するには10秒ほどかかっていたが、これがほぼ0秒になった。

10体、20体召喚してもほぼ0秒だ。一切体感を感じる時間はかかっていない。

何体をどの状態で召喚するかイメージするだけで召喚できる。ホルダーに納めたいなら、何枚でも一瞬にカードの状態でホルダーに格納される。召喚する際の時間ロスから解放された気分だ。

1つ注意点があるとすれば、魔力の消費量も魔石の消費数も変わらないので、魔力や魔石が無ければ発動しないということくらいだ。

(これはもう、ノーマルモードの域を脱したということかな)

あまりに有能なスキルなので、そう確信する。

もう1つの新スキルは指揮化だが、これは初のレベル制限付きスキルのようで、レベル55のアレンが使おうとすると魔導書にメッセージが表示される。

『指揮化スキルを使うのに必要なレベルが足りません』

レベルがいくつになれば使えるのかは、今のところ分からない。

(指揮化の封印も早く解きたいぜ)

アレンがスキルについてあれこれ考えていると、ヘルミオスが爆炎の中から迫ってきた。距離を取っていても的になるだけと判断したようだ。自身の言葉どおり、空中をかなりの速度で自在に移動してくる。

(一定の距離を取ることが大事だな)

アレンはヘルミオスの剣撃を躱しながら、一定の距離を取る。石Eの召喚獣のスキルが効くと分かれば、近距離で戦う必要はない。

「出てこいケロリン！　勇者をかく乱させろ」

『は！　仰せのままに』

アレンが召喚獣の名前を呼ぶと、ドラゴンにも引けを取らない、3つの頭を持った巨大な狼が出てきた。

「ドラゴンの次はケルベルスが出てきたぞ!!」

観客の誰かが大きな声で叫んだ。獣Bの召喚獣が3頭の凶悪な牙を使い、ヘルミオスに迫る。

(俺とケロリン、どっちを狙ってもいいんだぞ)

Bランクの召喚獣は、ヘルミオスに比べたら3分の1程度のステータスしかない。しかし召喚獣を先行して狙うと、アレンが逃げから一転し、ヘルミオスを追撃する。

ヘルミオスが距離を取れば、石Eの召喚獣の自爆が待っている。

竜Bや獣Bの召喚獣を倒しても、高速召喚で次の召喚獣がすぐに召喚できる。

ヘルミオスもアレンも体力が削られれば、回復魔法や回復薬で回復する。

そんな戦いを繰り返していると、ふいにヘルミオスが口を開いた。

「これは埒が明かないね」

「え？　降参するんですか？　お疲れさまでした」

ナイスファイトがしたいわけではないので、ここで降参してくれても構わない。

「はは、まさか。勝負を決めさせてもらうってことだよ。アレン君も降参するなら今しかないよ。もしかしたら死んじゃうかもだけど？」

「御冗談を」

アレンは敗北宣言などしない。手を振り振りして、さらに挑発をする。

（これは4つ目のスキルは攻撃系で確定かな。よし、全力でこい。勇者の倒し方を教えてやろう）

ヘルミオスは既に、鑑定、回復、飛行の3つのスキルを見せている。ならば残り1つは、確実に攻撃スキルだと踏んでいた。

「しょうがないね。これは手加減できないんだけど」

勇者は笑顔を崩さない。そして、笑顔のまま剣に力を込めていく。

黄金に輝くオリハルコンの剣が、さらに強く輝き始める。何かとてつもないものが剣に込められていくようだ。アレンは2体の召喚獣を両サイドに待機させ、剣を構える。

「へ～、受けるんだ」

ヘルミオスは、さも意外といった声を上げる。

「鳳凰剣！」

瞬間、その場から一気に加速しアレンに迫る。

「よし、今だ！　ドラドラ！　ケロリン！」

『おう！』

『は！』

アレンは素早く後退し、そして両端に立たせていた竜Bと獣Bの召喚獣を向かわせる。

「はは、もうそんな事だろうと思ったよ。騙されないよ？」

輝きを増したヘルミオスの剣が一閃し、竜Bの召喚獣が光る泡に変わる。

その隙に攻撃を加えようとした獣Bの召喚獣も、簡単に倒されてしまう。

新たな召喚獣を出させまいと、ヘルミオスは勢いそのままに後退したアレンに迫る。

オリハルコンの剣はスキルによって輝きをさらに増していく。ヘルミオスが全力の一撃を放つようだ。

闘技台の端から端までは50メートルしかない。ヘルミオスにとっては一瞬で迫れる距離だ。事実、クレナを一瞬で救って見せたのを、この闘技場の全員が目撃している。

(馬鹿め。俺の召喚速度を見誤ったな)

アレンの高速召喚は時間が掛からない。それは、クレナから攻撃を加えられそうになってから、クレナの後方に石Cの召喚獣を召喚し、特技「みがわり」を使わせることができるほどの速さだ。

ヘルミオスとの距離がさらに縮まった瞬間、アレンは両者の間に1体の召喚獣を出現させた。全身に光沢のあるフルプレートを身に纏った、10メートルほどの巨人。

石Bの召喚獣だ。

石の召喚獣は円形の盾を前に掲げ、ヘルミオスのスキルを正面から受ける。ヘルミオスは石Bをひと目見て、守りに長けた召喚獣だと判断した。押し切ろうとして、そのまま全力で剣にスキルを籠める。

ヘルミオスの攻撃を受け、石Bの体の半分もある巨大な盾からは火花があがり、音を立てヒビが入る。ヒビは盾のみならず、石Bの全身にも及んでいく。今にもバラバラに砕けてしまいそうだ。

ヘルミオスが、このまま召喚獣が消滅すると思ったその時だった。

剣に籠められたスキルの光が消え、同じ光が盾に宿っていく。

「よく耐えた、ミラー！　反射しろ!!」

『……』

ドオオオオン！

丸い盾から逆噴射するかのように、ミラーと名付けられた石Bの召喚獣が受けたダメージを弾き返す。ヘルミオスは盾から発せられる光と衝撃に呑み込まれ、闘技場の床石を捲り上げるほどの衝撃で吹き飛ばされた。

人類最強と言われたステータスに、オリハルコンでできた最強の剣、そして勇者が使用するスキルによる慈悲無き一撃。

アレンは全ての条件が満たされることを待っていた。

アレンは剣のスキルを持っていない。そして攻撃主体の竜Bの召喚獣の覚醒スキルをもろに受けても、ヘルミオスはダメージをあまり受けていなかった。しかし、それらは石Bの特技を使う環境作りのための作戦であった。

（やはり、勇者を倒すには勇者の攻撃か。ミラーよくやった）

『……』

石Bの召喚獣は言葉を発さないが、どこか誇らしげだ。

石Bの召喚獣の特技「反射」は、受けた物理攻撃のダメージを、そのまま攻撃してきた相手に撥ね返す能力だ。特技発動中は耐久力が倍になるが、それでもダメージは受けてしまう。敵のダメージに耐えきれず倒されてしまったら特技の効果は発動しない。

よく体力が持ってくれたと、回復薬で石Bの召喚獣の体力を全快にする。砕けた盾と鎧がミチミチと音を立てながら繋がっていく。

（さて、やったかな？）

大きく吹き飛ばされたヘルミオスが大の字になって、仰向けに倒れている。

よく見ると、まるで日向ぼっこするように空を眺めていた。

「すごいな。ずっとこの機会を待っていたんだ……」

自分がスキルを使うように誘導されたことを悟ったヘルミオスは、アレンの一撃を受けとても嬉しそうに、ニコニコと笑っていた。

「どうしますか？　降参しないと、攻撃は全て弾き返すこともできるんですけど？　今なら魔力回復リングで勘弁しますけど？」

アレンの召喚速度はヘルミオスの移動速度を圧倒している。そして弾き返せるのはスキルだけではない。ヘルミオスは攻撃魔法が使えないことが分かった以上、今後は全ての攻撃を弾き返すつもりだ。

「それは怖いな。ははは、そうかそうか。良かった。本当に良かった」

「何がです?」

この状況なのにあまりに嬉しそうだから、思わず尋ねてしまう。

「そっか、精霊王の言葉は本物だったのか。人類には希望があったんだなってね」

(勇者が希望を語るのか)

人類の希望と呼ばれた勇者が、人類に希望があったと言うことに不思議な感じを受ける。

仰向けのヘルミオスの体から、回復魔法の光が溢れていく。体力を全快にしているようだ。そしてゆっくり立ち上がり、アレンに向き合う。

「え? まだ戦うんですか?」

「もちろんだよ。アレン君には、上には上がいることを教えるのも先輩の仕事だと思うんだ」

「いえいえ、御高説は既に身に染みております よ? わ~勇者ってすごいんだ~」

(だからもういいから指輪寄こせ。お互い体力も魔力も回復できるんだから、これ以上戦うと魔石が減るだろ。ただでさえ結構使っているのに)

「はは、アレン君は相変わらずだね。そう言わずに見るといい。これが人類最強の一撃だからさ」

その言葉と共にヘルミオスの体が陽炎のように屈折していく。

(はあ? 何でだよ。ドベルグといい、あれか? 負けず嫌いなのか? 勇者のエクストラスキルが来るのか。ミラーは回復させたけど、テッコウ2体じゃ足りないか。これは5体、いや10体いれば防げるか？）

アレンが高速でホルダーのカードを変更していると、ヘルミオスが剣を構えた。

そして、そのままアレンに向かって走り出す。

「食らうがいいよ！　神切剣!!」

（や、やばい。今回は「降参か」とか、前振りがないのね）

アレンとヘルミオスの間に再度出現した石Bの召喚獣は、今度は盾が粉砕され、特技「反射」は発動できずに泡になって消えてしまう。勇者のエクストラスキルは反射できなかった。

「くっ！」

10体の石Cの召喚獣がみがわりを発動する。

そのまま迫りくるヘルミオスの一撃に、アレンは剣で反撃するが、エクストラスキルを発動したオリハルコンの剣が、アレンの剣を両腕もろとも吹き飛ばす。石Cの召喚獣の「みがわり」ではダメージを肩代わりできず全て泡となり消えてしまった。闘技台の床石も粉砕され、そこには大きな窪みが残った。

「げふ……」

「どう？　勇者の一撃は？　生きているかな？」

「……生きていますよ」

（はい、長期戦決定です。勇者の亡骸の横に落ちている指輪を拾うことにしよう。慈悲を望むことなかれ）

アレンは上空に魔導書を出した。果実のような物が収納から落ちてアレンの体に触れる。

するとアレンの腕がメリメリと再生した。防具も武器もズタボロに吹き飛んでしまったが仕方ない。ヘルミオスを睨み、ゆっくりと立ち上がる。

「何それ？　一瞬で回復したけどエルフの霊薬かな？」

「まあ、そうですね」

本当は草の召喚獣による回復薬だが、適当に返事をする。草Eの回復薬では四肢の欠損は修復できないが、この回復薬ならそれも可能だ。

収納から予備のアダマンタイトの剣を取り出す。

アレンの戦意が一切衰えていないことを悟ると、ヘルミオスが目を見開いた。

「え？　アレン君はなぜ向かってくるの？」

「それは……指輪が欲しいからでしょうか」

（エクストラスキルで攻撃しておいて何言ってやがる。あ？　今更約束を反故にするのか？）

「いや、そうじゃなくて。今すごい力の差を見せたつもりなんだけど。諦めないの？」

「相手が強いからって、諦めていたら終わりじゃないですか。敵が強いなんて、当たり前ですよね」

前世の頃からずっとそうだった。敵は強く自分は弱い。そして自らを強くするには、長い時間を要してきた。

「力を手に入れ、超えた先が絶望だったら？」

何の問答だよとアレンはヘルミオスを見る。笑顔もヘラヘラした態度もいつの間にか消えていた。何かの答えを求めているようだ。

（そうか。何年も絶望を見てきたんだな）

人類の希望が笑顔でいなかったら、絶望に打ちひしがれていたら人々はどう思うだろうか。自らの絶望を隠すために、ヘルミオスはずっと笑顔の仮面を被っていたのだ。

「ヘルミオスさん。もちろん、その絶望をも超えて見せますよ」

「絶望の先か。そんなのものがあるのかな。君は一体何者なんだい？」

アレンの言葉を聞いて、ヘルミオスは思わず尋ねてしまった。

「私が何者か知りたいですか？」

「もちろん。ぜひ聞かせてよ」

勇者が少年に戻ったような瞳でアレンを見つめる。

「魔王は『終わりの魔王』と名乗っているそうですね」

「そうだね。じゃあ君は？」

「それなら……私は『始まりの召喚士』ですね」

（今考えたけど）

「始まりの召喚士……アレンか」

アレンは自らがこの世界で最初の召喚士であること。そして、それは魔王に相対するものであることを示した。

アレンの名乗りを復唱したヘルミオスは、おもむろにアレンのもとへ歩み寄る。腰に着けた袋から取り出した何かをアレンに渡す。

それは魔力回復リングだった。

「え？　いいんですか？」

（うは、魔力回復リング貰ったぞ。あれ？　取得条件はエクストラスキルに耐えることだっけ？　それとも善戦したからサービスか？）

アレンは学長室でヘルミオスから告げられた魔力回復リングの取得条件を、勘違いしていたのかと思ってしまった。魔導書を見ながらそのときのメモを確認すると「勇者を倒すこと」とあり、やはりアレンは誤解していない。

「もちろんさ。これは精霊王に『始まりの召喚士』に渡してほしいと言われていたものだ」

（おい、取得条件は「始まりの召喚士と名乗ること」じゃねえか）

ヘルミオスの言葉から察するに、精霊王ローゼンは寝言でアレンの名乗りを予言していたようだ。

「でもいいんですか？　戦場では厳しい戦いが待っているんですよね？」

アレンが魔力回復リングを貰ったせいで、ヘルミオスに死なれても困る。

するとヘルミオスは、いつもの笑顔で自分の指を見せた。

「ほら、お揃いだね。これは『勇者ヘルミオス』に、だって。精霊王は気前がいいんだ」

どうやら精霊王ローゼンが渡した魔力回復リングは1つではなかったようだ。

（ほう、なら遠慮なく頂くとしよう。じゃあ、やることは1つだな）

アレンは決め顔で片手を上げた。

ヘルミオスは思わぬ行動に虚を突かれ、「えっ？」と驚く。

闘技場では、今なお多くの人が2人の様子を見ている。当然アレンの仲間たちも、勇者とアレンの戦いをずっと見守っていた。

王太子も貴族たちと共に、観覧席で固まっていた。本当はこの状況から一刻も早く逃げ出したかったが、各国の来賓にそんなみっともない姿を見せるわけにはいかない。騎士たちが護衛する中、観客席では見栄のチキンレースが行われ、結局ほとんどの者が最後まで闘技場にとどまっていた。

ヘルミオスのエクストラスキルで闘技台は丸く凹んでしまったが、観客席からは２人の様子がよく見える。これまでのできごとに理解が追いつかなかった観客たちは、ようやくここが闘技場で、今は学園武術大会の最中であることを思い出す。

観客たちは黒髪の少年がふいに片手を上げたのを見て、次の展開を固唾を呑んで見守る。

「もう降参です。いや～流石勇者は強いな～。もう力を使い果たしてしまいました。悔しい～」

（戦う理由は今無くなりました。本当にお疲れさまでした）

アレンが棒読みのセリフを言いながら降参のポーズをとる。

ヘルミオスは一瞬何だか分からなかったが、「なんか、アレン君らしいね」と呆れ顔でつぶやいた。

こうしてアレンとヘルミオスの試合は、ヘルミオスの勝利という形で終わった。

観客席で見守っていた生徒も、他国の来賓も、王太子や貴族も、もはやこの状況についていけない。大破した闘技台の上に立っている２人のやり取りを、ただただ見つめるほかないのであった。

第十七話　大会セレモニー

勇者ヘルミオスがアレンに勝利して1週間が過ぎた。

アレンは学園武術大会を終え、いつも通り学園に通っている。大会以降、生徒たちの接し方が変わった。ビビって声をかけてこなくなった生徒もいるが、それ以上に声をかけてくる生徒が増えた。力が正義の世界で、勇者相手に大いに健闘したことが大きかったようだ。

学園武術大会で気になったことがある。大会後のセレモニーがなかったことだ。

このセレモニーは、王国の王族や貴族が参加し、大会の優勝者を称えるというもので、優勝者のほかに、本戦に勝ち進んだ15人や、他国の来賓たちも参加する。この時、貴族たちから戦場での勧めを終えたら、私の配下にならないかという、スカウトまがいの話もあるようだ。実際、クレナも去年は多くの貴族に声を掛けられたようだが、拠点で食事があるから帰らないといけないと言って断っていた。

なぜ今年はセレモニーがなかったか。

これはどうやら、アレンがヘルミオスとの試合でやり過ぎてしまったからのようだった。試合の終了後、学園はアレンの戦いを見た各国の来賓から説明を求められたらしい。

いわく「彼はいったい何者だ」「なぜ王国はこれまで彼を秘匿していたのか」「剣聖以上の存在が

生まれたら、各国で共有することが5大陸同盟の条約にも謳われているはずだ」云々。各国の来賓は国の代表であり、国家元首の代行でもある。彼らの質問を無下にはできなかった。どのように対応するかで王城は混乱しており、セレモニーどころではなかったのだ。

そんな王城の混乱ぶりをリフォルから教えてもらった。どのタイミングで王城の情報を手に入れているのだろうか。とにかく、各国がラターシュ王国の動向を見ている手前、セレモニーは近日中に行うことになったそうだ。

一通り王城の状況について聞いた後、「そうなのか」とあまり興味なさそうにアレンは答えた。目的の指輪を手に入れたので、アレンにとっては既に終わった話だ。

＊＊＊

延びに延びたそのセレモニーが、学園都市にある高級宿で行われる日になった。

授業を早退してクレナと共にホテルに向かう。そこは去年、王太子に夕食に誘われた宿だ。

(やっぱり、王太子に会った宿だ。ここは王太子御用達なのか?)

エントランスに入ると、こちらへと言われ待合室に通される。中に入ると本戦に出場した生徒たちが既にいて、セレモニーが始まるのを待っている。高学年の制服を着た生徒から挨拶をされた。こちらも丁寧に挨拶をする。

しばらくするとセレモニー担当の役人が入ってきて、生徒たちの顔を見回し「全員揃ったな」と、式次について説明を始める。王太子は直接見ないように、大声で返事しないようになど、注意事項についても話す。

セレモニーに参加する際は、絶対に武器を持っていてはならないということで、全員が武器を隠し持っていないか身体検査をされる。アレンは何故か、２人がかりで確認されてしまった。その後も懇々と説明と注意事項が続くので、ビビってしまう生徒もいる。

「まもなくセレモニーが始まるが、各国の来賓も来ているので失礼のないように」

最後に役人はこう言って、説明を結んだ。非礼は処罰の対象にもなり得る。

さらに時間が過ぎ、セレモニー会場までの誘導が始まった。優勝したアレンを先頭に、ぞろぞろと生徒の列が進む。観音開きの扉が開き、セレモニーの会場に入ると、そこはアレンも見知った場所だった。

（ここは、王太子が飯を食っていたところだな。テーブル片付けて会場にしたのか？）

まずは、王太子から一言あるらしいので、部屋の両端に貴族や各国の来賓が並ぶ中、16人は前に進んでいく。周囲を見渡すことは許されていないが、来賓は１００人以上いるだろう。

「確かに黒髪で珍しいが、近くで見るとただの少年ではないか？」

「本当にドラゴンを出して戦わせたのか？」

「そうだ。あまり大きな声で聞かないでくれ」

（まったくだ。もう少し小さな声で話してくれ。聞こえているぞ）

セレモニーに招かれた貴族たちが、物珍しそうにアレンを見て、口々に噂する。

扉から真っ直ぐ、部屋の最奥に王太子が座っている。セレモニーの前に、本戦出場者16人は跪き、王太子の「お言葉を賜る」という流れらしい。視界の端で、子爵が目に留まった。

（お？　グランヴェル子爵も来ているな）

そんな事を考えながら、役人から言われた通り王太子の5メートルほど前まで進もうとすると、突然王太子がそれを制止した。

「そ、そこで止まれ！　近いぞ!!」

5メートル手前の絨毯に丸い模様があるので、そこで跪けと説明を受けたはずだったが、どうも勝手が違ったらしい。そうですかと、その場で立ち止まって跪く。

「王太子殿下、あまり刺激を与えないでください。ここは守りが万全ではありません」

「わ、分かっておる」

護衛の騎士が後ろから、王太子に話しかける。小声のつもりのようだが、先頭のアレンには丸聞こえだ。どうやら先日の戦いを見た王太子は、アレンにかなりビビっているようだ。そう思って見ると、去年王太子と会ったときよりも護衛の騎士が多いような気がする。

（早めに頼むよ。召喚レベルが上がったから、ドラゴンにどれだけ通じるか確認したいんだ）

アレンは召喚レベル7になり、加護の増加によるステータスアップもあったし、新たな召喚獣も手に入れた。今年の1月以来お目にかかっていない、A級ダンジョンの最下層ボスのドラゴンともう一度、今度はクレナのエクストラスキルなしで戦ってみたいと思っている。

司会進行役の「それでは、王太子から一言」という言葉を受けて、アレンたち16人は手順通り、さらに深く頭を下げる。

「皆見事な試合であった。ラターシュ王国も、そなた等のような強者が出てきてうれしい限りであるぞ。今後も王国のために弛まず鍛錬をするがよい」

「「「は！」」」

（よし終わった。帰っていいよね。中学生の頃の校長と違って話が短くて助かる）

前世における校長先生のお話と違い、王族は下々の者に対して長々と話をしない。

しかしアレンの期待に反して退場の号令はかからず、会場には沈黙が生まれる。

（ん、何待ちだ？　この時間は）

早く帰りたいという気持ちが大きくなる。各国の来賓も貴族たちも、王太子が次の言葉を発するのを待っているのが伝わってくる。

「その、アレンよ。見事な戦いであったな」

王太子は周りから急かされるように次の言葉を発する。優勝者であるアレンに対して各国が、王国がどのように対応するのか見ている。

「ありがたき幸せにございます。王太子殿下の御前につき、少し張り切り過ぎてしまいました」

（とりあえず、闘技台を壊した言い訳を言っておこうっと）

そう思ったアレンは「王太子の御前」「張り切り過ぎ」を強調した。

「そ、そうか。それにしてもグランヴェルの配下の者が、あのような実力を秘めていたとはな。子爵からの報告がなかったので、まったく知らなかったぞ」

王太子はわざわざ来賓に聞こえる大きな声で言った。アレンが去年、この部屋で子爵の後ろについていたことを覚えていたのだろう。これ幸いと、王国がアレンのことを把握していなかったのを、グランヴェル子爵のせいにしたのだ。

「は、配下でございますか？」

突然名指しにされたので、広間に並び立っていた子爵は思わず声を上げた。

「ん？　配下ではないのか？」

「はい。アレンはグランヴェル家の客人にてございます」

「客人だと。真か？　アレンよ」

ではなぜ使用人の格好をしていたのか。思わずアレンに問いただしてしまう。

「はい。客人としてグランヴェル家に身を置いております。子爵には格別の待遇を受けておりますので、少しばかり、お仕事を手伝うこともございます」

「「仕事？」」

王太子と子爵の声が被ってしまう。子爵はアレンに何か仕事を頼んだか思い出そうとしたが、まったく思い当たらない。

「どのような仕事をしておるのだ？」

「はい、用心棒でございます。子爵の周囲ではここ数年、色々な動きがありましたので」

「ぶっ！　ア、アレンよ!?」

子爵が大きく噴き出してしまう。前回の夕食会の時は王太子が咎めたが、今回はそんな様子には目もくれない。場内は「用心棒」という言葉に、王侯貴族たちがざわつき始めた。王侯貴族の間では、グランヴェル子爵はミスリル利権にものを言わせ、対立する貴族や王家の使いをまとめて処分したと認識されている。その一連の騒動はいつしか、彼らの間で「グランヴェル家の変」と呼ばれるようになった。

こんな状況でアレンが「用心棒」という言葉を使えば、子爵が自らを守り、邪魔者を力で排除するためにアレンを客人として雇ったと受け取られてしまう。

王太子が大きくつばを飲み込んだ。去年の夕食会のときに、用心棒のアレンは使用人の格好《フリ》をしてやってきたことになる。後ろに立っていた騎士の数人が、守るべき王太子がいるにもかかわらず後ずさりしてしまう。去年、この部屋で行われた会食、もしあのとき何かの間違いが起これば、用心棒アレンの手にかかって死んでいたかもしれないと思うと、鎧の中で震えが止まらない。

「そ、そうか。我が国を支える大事な貴族を守るとは大儀であるな」

「は。恩義に報いるべく、今後も何人たりとも寄せ付けず、守り抜く所存でございます」

王太子は「何人」という言葉に一瞬眩暈がしたが、何とか体面を取り繕う。

こうして学園武術大会のセレモニーは、アレンが王太子に自らの立ち位置を示すという形で終わった。

＊＊＊

12月の上旬になった。

ロダン村長による開拓は順調に進んでいる。既に柵も作り終え、ボア狩りも1年目から始めることができた。

白竜山脈は南北に長く、すそ野は広い。いつでも十分な数のボアがいるのだが、ここ数年はさらに大量繁殖している。アレンが、ボアを狩っていたゴブリンやオークを一掃してしまい、周辺の生態系が変化したためだ。

アレンたちがお金を出し合って贈ったヒヒイロカネとミスリルの槍のお陰で、グレイトボアを20体ほど狩ることができた。冬はボア肉で栄養を摂って英気を養い、来年の春には力いっぱい畑を耕せるだろう。

今アレンたちがいるのは、学園都市にあるA級ダンジョン。最下層ボスの広間だった。

「ようやく倒したわね」

『……』

目の前には最下層ボスのドラゴンが横たわり、今にも息を引き取ろうとしている。クレナのエクストラスキルなしで、A級ダンジョンの最下層ボスを倒すことができた。

「あ、僕レベルが上がった！」

「おめでとう、メルル。これでレベル58になったな」

アレンは割と前世に使っていた用語を多用する。そのためアレンのパーティーは、アレンの言葉を使うことが多くなる。メルルもレベルという表現に慣れてくれたなと思う。

【名　前】　メルル
【年　齢】　14
【職　業】　魔岩将
【レベル】　58
【体　力】　1621
【魔　力】　2340
【攻撃力】　756
【耐久力】　1274
【素早さ】　756
【知　力】　2340
【幸　運】　1453
【スキル】　魔岩将〈1〉、飛腕〈1〉、槍術〈3〉、盾術〈3〉
【エクストラ】　合体（右腕）
【経験値】　80240/4千万
・スキルレベル
【飛　腕】　1
・スキル経験値
【飛　腕】　0/10

（なんかメルルだけ別のゲームをやっているみたいなステータスだけど、気のせいか？）

アレンは前世で見た特撮の番組のことを思い出していた。合体ロボなら頭役が一番カッコいいと思う。メルルがスキルを使うためには「ゴーレム」に乗らなくてはいけない。ゴーレムのない学園都市では魔力消費によるスキル経験値を稼ぐことができず、メルルのスキルレベルは一切上がっていなかった。

エルフのソフィーとフォルマールと同じく、メルルは5大陸同盟の約定により学園都市にやって来ている。

中央大陸の北部にはエルフ部隊のほかに、バウキス帝国が貸し出したゴーレムもいる。数はエルフ部隊よりも少ないが、個々がAランクの魔獣を屠るのに十分な力を発揮している。

「おお、金箱が出たぞ！　やっぱりドラゴン相手だと、出現率が高いのか!!」

ドラゴンを倒して直ぐに討伐報酬が現れる。キールが1年ぶりの金箱に飛びついた。

中身を見ると、指輪が入っている。

（ふむ、オリハルコンの武器が良かったんだが。それも大剣か斧）

アレンは勇者との戦いで、念願の魔力回復リングを手に入れた。そのため、指輪の優先度はずいぶん下がっている。次にほしいのは仲間を強化するオリハルコンの武器だ。しかも、クレナかドゴラの得物を優先して手に入れたい。

現在、アレン独自の攻撃力換算で割り出した武器の威力は、次のようになっている。

各武器における攻撃力予想

・鋼鉄の剣　100
・ミスリルの剣　500
・ヒヒイロカネの剣　1000
・アダマンタイトの剣　3000
・オリハルコンの剣　5000以上

実際に与えるダメージは急所や素早さ、スキルレベルによってかなりの幅が出るので、これは武器のみを数値にしたものだ。

「装備したけど、どのステータスが増えたかな？」

「お！　魔力が１０００増えているな」

キールがさっそく金の指輪を装備したので、その効果を確認すると魔力が上がっていた。

（これはいいかもな。魔力増加と魔力回復リングのコンボで、少しでも早くスキルレベル８に持って行きたいぞ）

ブン
こうしてパーティー全員で５つ目のＡ級ダンジョンの攻略を終え、後で誰が装備するか考えようとキールと話していると、耳慣れた音がした。

『私はダンジョン統括システムです。おめでとうございます、廃ゲーマーの皆様。Ａ級ダンジョン攻略証明書の発行に参りました』

「……現れたわね」

セシルは急に現れたキューブ状の物体にはもう驚かない。

アレンが黒いカードに示された印を確認すると、既に５つになっている。

『廃ゲーマー様の攻略証明書が条件を満たしましたので、Ｓ級ダンジョンの招待券に変えさせていただきます』

皆がアレンの持っているカードを覗き込むように見る中、黒いカードに示された５つの印が大きな１つの印に変わる。

「これで、Ｓ級ダンジョンに行けるということですか？」

『そうです』

「どこにS級ダンジョンがあるか分かりますか？」

『ヤンパーニにございます試練の塔です』

(どこだよ？)

学園で地理も習っているが、そんな地名は聞いた覚えがない。メルルがヤンパーニという言葉に反応し、キューブに問いかけた。

「それって、ヤンパーニにある巨大な塔のこと？」

『はい。そのとおりでございます。そのヤンパーニにある神殿でございます』

「え？　メルル、知っているの？」

一同が驚いてメルルに注目する。

「うん。ディグラグニ様がいる巨大な神殿だよ。たしか帝都の北東あたりにあったような……」

メルルが視線を宙に泳がせながらヤンパーニの場所を思い出そうとする。どうやら場所は知っているが、実際に行ったことは無いようだ。

「帝都って、もちろんバウキス帝国のだよね」

「うんうん。そうだよ。ヤンパーニっていうのは帝都から北東にある領名だったかな」

(何だ、S級ダンジョンってバウキス帝国にあるのか)

「え？　じゃあ、直ぐにはS級ダンジョンには行けないの？」

クレナが残念がる。アレンが召喚レベル7に達したので、早くS級ダンジョンに行ってみようという話になっていたからだった。

（A級ダンジョンの最下層にS級ダンジョンに繋がるワープゾーンがあるとか、そういうのを期待していたんだけど）

レベルがキャップに達した今、仲間たちの強化にはオリハルコンの武器が必要だ。勇者がオリハルコンの武器はダンジョンで手に入ると言っていたので、S級ダンジョンへの挑戦は避けられない。

「じゃあ、直ぐには難しそうね」

セシルもため息をつく。

「ん～例えば、3年生になったら留学という形で俺ら全員がバウキス帝国に行くことはできないかな。そしたらメルルのゴーレムも手に入るかもしれないし」

アレンが皆に提案する。

「そんなことできんのか？」

アレンの発想にドゴラがついて行けない。

「どうだろう。学長にお願いするとか？」

「そうですわね。テオドシールに融通するようお願いしてみますわ」

会話を聞いていたソフィーが話を引き取る。まだ12月なので、4月からの編入には間に合うだろう。バウキス帝国への留学をお願いしてみることになった。

こうして、オリハルコンの武器を目標に、バウキス帝国にあるS級ダンジョンに挑戦しようという話がまとまった。ヤンパーニにあるS級ダンジョンの神殿に一刻も早く近づきたいというのは、皆同じのようだ。

『お話中のところ申し訳ございません。まだ説明が残っております』

アレンたちの会話の様子を窺っていたキューブ状の物体が語り掛けてくる。

「え？　はい、何でしょうか？」

（まだ何かあるの？）

『ヤンパーニにございますS級ダンジョンを無事攻略しますと、そちらの招待券はダンジョンマスターへの挑戦券に替えさせていただきます』

「おおおお！　隠しボスだ！　ディグラグニ分かっているじゃないか!!」

皆が驚く中、アレンだけが両手を握りしめ絶叫する。

「それは、ダンジョンマスターと戦うってこと？」

興奮するアレンに代わりセシルが会話を進める。

『そうです』

「勝ったら何かあるの？」

何のために戦うのか。セシルの中に疑問が生じているようだ。

『それは勝者にのみ、ダンジョンマスターが教えることになっております』

（おお！　何があるか教えない！　完璧だ！　パーフェクトだ!!）

「これは、絶対S級ダンジョン攻略を目指すしかないな！」

アレンは皆を見ながら呼びかける。クレナはやろうと意気込み、セシルはまた始まったわねと、深いため息をつくのであった。

＊　＊　＊

今年の新年は厳かに幕を開けた。昨年の終わり、容体の芳しくなかった国王が崩御した。王国を挙げて喪に服し、あらゆる行事が中止になり、自粛ムードで経済活動も滞った。人々のライフラインを支える飲食店等を除く店はすべて閉店し、ダンジョンも閉鎖された。

喪が明けると、王太子が予想通り国王に就任した。リフォルは、国王の即位式は盛大に行われる予定だと言っていた。アレンとしては、誰が国王になるかなどあまり興味がないことだった。

S級ダンジョンがバウキス帝国にあることが分かってから、およそ1か月。学長には、既にバウキス帝国への編入手続きを依頼している。バウキス帝国を通じて学園には話をするが、受け入れてもらえるかは分からない。今は学長からの連絡待ちだ。

学園は喪に服することなく、通常通り運営されている。

今は午前中の授業を聞きながら、魔石を命の葉や魔力の種に加工している最中だ。

スキルレベル7になり高速召喚が可能になったおかげで、複数のアイテムを同時に、ホルダー限界まで召喚できるようになった。もの凄い速さで作業が進んでいく。

魔力回復リングは秒間で最大魔力の1パーセントを回復するので、すぐに魔力が満タンになる。もったいないので起きている間は常に魔力消費に努めているが、高速召喚によって短時間で大量に魔力消費できなければ、流石に心が折れていたかもしれない。

召喚を続けていると、廊下からバタバタと何者かが走っている音がする。

バアン!!

蹴破られたのかと思うほどの勢いで、教室の引き戸が開けられる。教官も生徒と一緒になって固まってしまった。

（担任だ）

アレンが視線を扉に向けると、担任と目が合う。息を切らせた担任が、授業を無視して言葉を発する。

「アレン、パーティー全員で学長室に来てくれ！」

（何焦ってんだ？　パーティーって俺のパーティーのことだよね？）

「呼ばれたわね」

セシルがすっと立ち上がる。アレンはパーティー全員で、担任と学長室に向かう。

「連れてきたぞ！　早く状況を説明しろ!!」

学長室の前で荒々しく言葉を放ち、許可を求めることもなく中に入る。

（完全に冒険者に戻っているな）

アレンたちも後ろから担任について中に入る。

「おお、来てくれたか！」

学長室のテーブルには世界地図が広げられていた。１０００年も生きているからか、いつも落ち着いた物腰の学長も、慌ただしく感じる。

「はい、いかがしましたか？」

用事があって呼ばれたから来たはずなのに、何故か話を切り出さない。言葉に詰まったのか、言葉を選んでいるのか。一瞬、学長がソフィーの方を見た気がした。

「……」

(何の間ですか?)

「実は、アレン君たちに出動の要請が掛かっている」

「それは戦場にということでしょうか?」

アレンは出動と聞いて、一瞬バウキス帝国の学園への転入が決まったかと思った。

しかし、それなら出動なんて言葉は使わない。学園設立の目的を鑑みれば、出動する場所といったら、魔王軍がいる戦場しかないような気がする。

「そうだ。5大陸同盟の約定により、ローゼンヘイムが魔王軍との戦いのためアレン君を派遣するよう緊急の要請をし、ラターシュ王国がそれに応えたのだ」

学長が、アレン、クレナ、セシル、ドゴラ、キールの名前が書かれた命令書をテーブルに置く。

(命令書だ。学長は要請と言っているが、同じことなのか?)

ギアムート帝国の北部や、旧ラストゥーリ王国など、中央大陸北部にある戦場に行くものだと、学園に入る前からずっと思っていた。

「ローゼンヘイム?　ローゼンヘイムに行けということですか?」

「そうだ。現在ローゼンヘイムは国家存亡の危機なのだ」

学長がそう言いながら、テーブルに広げられた大きな世界地図に視線を移す。

「え?」

ソフィーが驚愕するが、学長はそのまま話を続ける。

「諜報からの情報によれば、現在魔王軍により、3大陸は侵攻を受けている。魔王軍の数は総勢1000万にも上るという」

「1000万！！！」

（3大陸って中央大陸、バウキス帝国、ローゼンヘイムだよね。1000万か）

ソフィーがあまりの数に驚愕しすぎて卒倒しそうだ。中央大陸の南にある2大陸は、まだ魔王軍との戦場になっていない。

「それは……例年の5倍から10倍に達しますね」

これまでも魔王軍は3大陸を同時に攻めていたが、授業で習った限り、その数は毎年計100万から200万という話であった。その割合は中央大陸に2、残りの大陸にそれぞれ1ずつだったはずだ。

「そうだ。魔王軍がどれだけの期間、力を温存していたかはわからないが、ローゼンヘイムを滅ぼすために軍を増やしていたようだ」

（ここ数年の巻き返しは、勇者の力によるものだけではなかったのか。魔王軍はローゼンヘイム攻略のために、わざと何年も戦力を温存してきたと）

勇者ヘルミオスが現れて戦局は変わった。ヘルミオスは50年以上敗北してきた人類が見出した希望だった。

勇者が戦場に現れてから8年ほどになる。その間ずっと魔王軍は敗北を喫していたが、その要因は勇者の力だけではなかったようだ。

「テオドシール、それで、ローゼンヘイム存亡の危機とはどういうことですか？　緊急依頼って、ま、まさか！」

ずっとアレンとの会話を聞いていたソフィーが、堰を切ったように話しだす。

「……」

　しかし、学長は返答することができない。喉から言葉が出てこないように見える。

「テオドシール、答えなさい!!　女王陛下はご無事なのでしょうね！！！」

（女王陛下か）

　ソフィーは実の母を「女王陛下」と呼ぶ。エルフたちは精霊王ローゼンを信仰しているが、それと同じくらい女王陛下を敬愛している。エルフたちは女王陛下のために戦っていると言える。

「……女王陛下の身は定かではない」

　常に落ち着いているソフィーが取り乱す様子に圧《お》され、学長はやっと言葉を絞り出した。

「ば、馬鹿な!?　フォルテニアはどうなったのですか！　全て答えなさい!!」

　聞かれたことにしか答えない学長に対して、ソフィーが苛立ち、怒りをあらわにする。フォルテニアはローゼンヘイムの首都、女王の住まう都のことだ。

「……3日前の情報でございますが、フォルテニアは300万の魔王軍により既に陥落したようです。女王陛下の安否は、今のところ分かりません」

「……そんな」

「ソフィアローネ様！」

　ソフィーが膝から崩れ落ちるのを、フォルマールが支える。

　学長はアレンに向き直った。

「既にローゼンヘイムの7割は魔王軍の手に落ちてしまった。今はローゼンヘイム南部で最終決戦に備えているそうだ」

いくら大軍による侵攻だとしても、短期間で戦況が進み過ぎている印象だ。

「私にそこへ向かってほしいと？」

「そうだ。要請に応じてほしい」

「ちなみに、中央大陸の戦況はどうなっていますか？」

中央大陸北部の戦況を確認する。ローゼンヘイムが国家存亡の危機なら、ギアムート帝国はどうなったのかという話だ。

「……」

しかし学長は即答できなかった。

「え？　前線は崩壊しているってことですか？」

「い、いや。まだ戦闘は開始していない。魔王軍は要塞から馬で10日ほどの位置に200万ほどが待機している」

それを聞いてアレンの仲間たちは「200万」とつぶやき、息を呑んだ。

（え？　待機だと？　一気に攻めればって。ん？　エルフの部隊は）

「すみません。エルフの部隊に、ローゼンヘイムの状況は伝わっているのですか？　さっき最終決戦に備えると言っていましたよね」

どうやら核心を突いたようだ。ソフィーが畳み掛ける。

「テオドシール。答えなさい。中央大陸のエルフの部隊は今どのような状況ですか？」

「エルフの部隊は現在、ローゼンヘイムを守るために中央大陸からの帰還を進めている」

通常、回復役の少ない戦場ではエルフが回復役を担っている。そのエルフたちが自国の存続のために撤退を始めた。

「エルフの部隊のいない状況で２００万の軍勢と戦うなんて無理じゃない!!」

セシルが思わず叫んだ。アレンが中央大陸の戦況を分析し、端的に言葉にする。

「中央大陸の魔王軍は、連合軍から回復役がいなくなったところを大軍で一気に攻めようとしている。だから今はじっと待機しているといったところかな」

「……恐らくそういうことになる。だが、すまないが要請に応じ、ローゼンヘイムと、我らの女王陛下を救ってほしい」

学長は中央大陸がどうなるか分かった上で、なおもアレンに要請に応じてほしいようだ。

王族の学長が、アレンに初めて頭を下げた。

「ちょ、ちょっと。アレンどうするの？」

アレンの学園生活2年目の終わりに、魔王軍は大軍を繰り出し、世界を滅ぼそうとしていた。アレンの仲間たち、学長、担任。その場にいる全員が、固唾を呑んでアレンの答えを待つ。

「ローゼンヘイムに行こう」

アレンはこの状況で、ローゼンヘイムの救援を決断する。

こうして、アレンたちは魔王軍の大軍に今にも滅ぼされそうなローゼンヘイムへと向かうのであった。

特別書き下ろしエピソード① ヘルミオス回想編

ヘルミオスは戦場にいた。

場所は中央大陸北部の5大陸同盟軍の要塞より遥か北にある敵本拠地だ。


『我が、魔神である我が人間ごときに……』


ヘルミオスのオリハルコンの剣が相対する敵の胸の奥深くに突き刺さっている。

敵軍の魔獣たちを指揮していた敵将を倒すことに成功したのだ。

ヘルミオスに剣を突き立てられた敵将はそのまま背中から地面に倒れ絶命する。

「や、やった。あたしたち倒したんだ。作戦がうまくいったんだ……」

大剣を握りしめた赤髪の女性が喜びを口にする。

「はぁはぁ。そうだね。アニッサ。ああ、皆もありがとう」

この赤髪の女性——アニッサは剣聖でヘルミオスの仲間だ。

ヘルミオスは息を切らしながら、アニッサやその他の仲間たちにお礼を言う。

彼らは幾度となく戦場で魔王軍と戦っており、今回のように10人前後で構成された仲間たちと、あらゆる作戦で行動を共にしている。

勇者ヘルミオスをリーダーに、剣聖や聖女などで構成された選りすぐりの人類最強部隊だ。

「リクティナ、すまねぇが回復頼むよ」

アニッサがひと仕事終えた顔で聖女リクティナに言う。

「はい。今、回復しますね」

敵将との戦いは激戦であったのか、体の至る所から血を流すヘルミオスたちだったが、リクティナの回復魔法を受けると傷が瞬く間に癒えていった。

「何とかうまくいったね」

ヘルミオスは魔王軍の敵将を倒したことにつかの間の安堵感を覚える。

しかし、その喜びもすぐに失われ、表情はすぐに曇ってしまう。

「なんだよ。ヘルミオス！　そんな顔をするな。前線もきっと持っているさ」

アニッサはヘルミオスの背中を手の平でバンバン叩きながら問題ないと励ます。

アニッサとリクティナはギアムート帝国の学園の頃からの仲間だ。

「そうだね。アニッサ。要塞はきっと大丈夫だ。早く戻ろう」

今回の作戦は5大陸同盟主導の作戦会議で決まった。

今まではヘルミオスたちを含む大部隊が要塞で魔王軍を迎え撃つ形だったが、今回は少数精鋭で敵軍本拠地にいる敵将を叩くという作戦だった。

魔王軍の敵将は魔族や魔神と呼ばれる者たちだ。

魔族の強さは魔獣でいうところのAランク、魔神ならSランクに達する。

魔神は圧倒的な力を持ち、勇者ヘルミオスですら苦戦を強いられる。

そんなヘルミオスには創造神エルメアから与えられた特別なエクストラスキルがある。

ヘルミオスのエクストラスキル「神切剣」は神聖属性を持ち、邪気を纏いし魔王軍の魔族や魔神たちに抜群の効果を発揮する。

その効果は敵将がSランク相当の魔獣に匹敵する魔神であっても同じことだ。

攻撃を当てることが出来れば、致命傷となる圧倒的な一撃を与えることができる。

それほどの威力がこのエクストラスキルには込められている。

このエクストラスキルこそが、ヘルミオスが人類の希望と言われる所以《ゆえん》の1つだ。


魔神との戦いに勝利したはずのヘルミオスが顔を曇らせた理由は、今回別働隊として自分たちが抜けた要塞のことだ。

魔王軍からの侵攻を守る要塞では今もなお多くの兵が戦っている。

最強戦力である自分たちが抜けた要塞は大きな苦戦を強いられていることだろう。ヘルミオスたちは休むことなく急いで要塞に戻った。

数日かけて、ヘルミオスたちが戻った時には、既に要塞の1つが魔王軍によって陥落していた。

魔王軍は要塞を落としても、捕虜など取らず1人残らず全ての兵を皆殺しにする。要塞内は死体を食い荒らす魔獣以外、動いているものは1つとして存在していなかった。

「……いつまでこんなことを続けないといけないんだろう」

「そりゃあ、魔王を倒すまでだろ」

要塞にいた魔獣たちを皆殺しにして、呆然とするヘルミオスにアニッサが声を掛ける。

ヘルミオスの目の前には、必死の形相のまま死んだ大勢の兵たちがいる。

兵士の多くは20歳にも満たない若者たちだ。未来ある若人の命がどれだけ失われたのだろうか。

彼らの死に際の表情から、怨念のようなものが自分の体に纏わりついてくるような錯覚に陥る。

どれだけ要塞を守っても、魔王軍の侵攻は止まらない。

かといって別動隊を作り、魔王軍の敵将を狙えば、要塞が落ちて多くの兵が死んでしまう。

いくつ要塞が落ちても、大勢の兵が死んでも、ヘルミオスの仲間たちが血を流しても、各国の代表は5大陸同盟の作戦は上手くいったと世界に伝えるだろう。

勇者ヘルミオスがまた1体、敵将を倒したと報告されるだけだ。

魔王軍から何十年も攻められ、多くを失い続ける人々には希望が必要だ。

希望を伝えなければ、震える若い兵たちは戦えない。

自分の役目は希望の象徴であることだと、自分の中で矛盾を飲み込む。


それからほどなくして、ヘルミオスに次の作戦が言い渡された。

今回も仲間たちと別動隊を結成し、敵将を倒すというものだ。

5大陸同盟の会議において、前回の作戦が上手くいったため、今回も同じ作戦をとろうと判断されたようだ。

既に魔獣たちは前線へと進軍を始めている。戦場となるであろう要塞の将軍には、1日も早く敵将を倒すので、自分たちが戻るまで持ちこたえてほしいと伝えた。

＊　＊　＊

ヘルミオスたちは足場の悪い森の中をひたすら進んでいた。

斥候担当が命懸けで発見してくれた、敵将の根城へと向かう近道だ。

しかし、その道中で、まるで待ち合わせでもするように佇む影があった。

「遅かったね。もう待ったんだから」

仮面を被り、道化師のような姿をした男は、こちらを嘲るように言う。

「今回の魔王軍を指揮している敵将か？」

「うん。そうだよ。ヘルミオス君。僕の名前はキュベルって言うんだ。覚えておいてね」

キュベルと名乗る男は、まるで友人と話をするような軽い口調で返す。

「何だこいつは。道化師か？　変な格好をしやがって」

本当に敵将なのかとアニッサは訝しむ。

「油断しないで。こいつは魔神だ」

「油断なんてしねえよ。って、魔神なのか。またかよ」

先程ヘルミオスはキュベルを鑑定したが、何も映らなかった。ヘルミオスの鑑定スキルでは魔神は鑑定できない。つまり、このキュベルという男は魔神だということだ。

キュベルはその間もヘラヘラと笑いながら隙だらけに立っている。

「皆行くぞ」

ヘルミオスの言葉と同時に仲間たちは陣形を組んでいく。

たった1体でも魔神がどれだけ強敵か分かっているので、皆に油断はなかった。

「おら！　死ねや!!」

一気に距離を詰めた剣聖アニッサは大剣を上段からキュベルに叩きこむ。

しかし、キュベルはスキルを発動させた渾身のアニッサの一撃を無造作に片手で受け止めた。

魔神はこれくらいの力があることは分かっているので仲間たちは狼狽えない。

全てはヘルミオスがエクストラスキルを放つための隙を作ることが目的の作戦だ。

大振りのアニッサの攻撃を受け止める動作に合わせるようにヘルミオスが迫る。

「神切剣」

小さく呟いて発動させたヘルミオスのエクストラスキル「神切剣」はオリハルコンの剣に光の輝きをもたらす。

剣を前に突き出し、キュベルと名乗る道化師の格好をした敵将の心臓を狙う。

吸い込まれるように剣は心臓に向かっていく。

トン。

「ふむ。これがエルメアの与えた力か。これじゃあ、魔神たちがやられるはずだ。結構な大盤振る舞いしたんだね」

「な!?」

ヘルミオスは驚愕する。

アニッサの大剣のように手で受け止められたからではない。

心臓目掛けて突き立てたヘルミオスの剣は、突き刺さることなく胸の前で止まっていた。

キュベルは面白そうにオリハルコンの剣を片手でペタペタ触っている。

「ごめんね。僕にこのスキルは効かないようだ。あと僕は魔神じゃなくて上位魔神だよ?」

軽い口調で、魔神ではなく上位魔神だと訂正すると、拳を握りしめオリハルコンの鎧を装備したヘルミオスの腹を殴った。

「がは!?」

「へ、ヘルミオス! き、貴様。この剣を離しやがれ!!」

殴り飛ばされたヘルミオスに驚愕しながらも、仲間たちはキュベルへと果敢に向かっていく。

「逃げろ」と仲間に伝えることも出来ないまま、ヘルミオスはたった一撃で気を失ってしまった。


それから1日が経過する。

ヘルミオスは簡易ベッドの上で目覚めた。

「お、おお、ヘルミオス様! お気付きになりましたか?」

目の前には見覚えのある人物が立っている。要塞を守っているはずの将軍だ。

「……こ、ここは? み、皆は!!」

「……ここは、要塞の中です」

ヘルミオスが気を失っているところを斥候が発見し、ここまで運んだと将軍は説明した。

「仲間たちは、僕の仲間たちは!!」

ヘルミオスは仲間の姿が見えないことに気付き、最悪の想像をする。

「気付かれたばかりです。まだ仲間の御遺体と会われない方が」

「遺体？　全員か？」

「はい。残念ながら」

斥候担当の兵が発見したときには、キュベルという上位魔神は姿を消し、仲間の死体とヘルミオスだけが残されていたらしい。

ヘルミオスの仲間たちを皆殺しにしたキュベルは、ヘルミオスにとどめを刺さずに消えてしまったようだ。

「……そうですか」

状況を理解したヘルミオスはまた項垂れてしまった。

きっと1か月もすれば新たな仲間が自分のところにやってくるだろう。

剣聖や聖女はこのギアムート帝国にそれなりにいる。

人類の希望である自分の仲間になることを夢見て、学園に通っている者も多い。

改めて周囲を見渡す。どうやら、まだ要塞の被害は少ないようだ。

作戦は失敗し、仲間も失った。せめてこの要塞だけでも守らねばと思う。

壁際に置かれたオリハルコンの剣と鎧を見る。

そして、自らの手の平を見つめる。

もう神の試練を超えられぬ所まで来てしまった。

武器も防具もこれ以上のものはないだろう。

それでもどうすればいいのか、自問自答しても答えは出ない。

コンコン。

扉がノックされる。

「ん？　はい。何でしょう？　入っても大丈夫ですよ」

将軍が何か言い忘れたのかと思ったが、入ってきたのは見知らぬエルフだった。

「失礼します。勇者ヘルミオス様が戻られたと伺いましたので……」

「私に何かご用でしょうか？」

「はい。精霊王ローゼン様が是非、ローゼンへイムに来てほしいとおっしゃっています」

「……以前、エルフの部隊を救った礼はいらないとお断りしたはずですが」

以前、回復役の補充のためにやってきたエルフの部隊が魔王軍に狙われたことがある。

彼らを救った件で精霊王ローゼンから直接お礼がしたいと言われたが、丁重にお断りをしていた。

「いえ、これはローゼン様からの託《たく》ですが、『人類の希望の光が間もなくやってくる。それは勇者ヘルミオスの希望にもなる』とのことです。是非、ローゼンへイムにお越しください」

「……希望？」

そんなもの、本当にあるのだろうか。

虚飾にまみれた、はりぼての希望ではなく、本物の希望が。

希望を失いかけた勇者ヘルミオスは、その後、ラターシュ王国の学園で新たな「希望」と出会うことになるのであった。

特別書き下ろしエピソード② 商人ペロムスの奮闘

アレンたちが学園に通い始めて、初めての夏休みのとある日。

ダンジョンから拠点に帰ると、使用人から客人が来ていると伝えられた。

何でもアレンの知り合いで、ペロムスという男だという。

(ペロムスが俺に会いにわざわざ来たのか?)

アレンが客間に顔を出すと、ソファーに座っていたペロムスがバネのように立ち上がって向かってきた。

「やった。やっと帰って来た! 待っていたよ!! っていうか、すごい探した!!」

「ああ、久しぶりだな」

どうやらアレンに用事があって来たらしいが、とりあえず一緒に夕食を食べながら詳しい話を聞くことにした。

ペロムスはアレンたちと同じクレナ村の出身で、商人の才能があり、今は王都にある商業学校に通っている。

商業学校も学園と同じく今は夏休みの期間だそうで、それを利用してアレンを訪ねて来たようだ。

セシルやキールはペロムスのことを知らないため、簡単に紹介をする。

「へぇ。まだアレンの幼馴染っていたの。ふ～ん、何か普通ね」

（失礼な！）

クレナやドゴラに比べたら、ペロムスはかなり普通だとセシルは感じたらしい。

一方クレナとドゴラは、ペロムスそっちのけで、鬼のような勢いで使用人が作った料理に食らいついている。

「それにしても、よく俺がここにいるのが分かったな」

「学園とか冒険者ギルドとか、あっちこっち聞いて回ったよ」

どうやらここにたどり着くまでにかなり苦労したらしい。

「それで、俺になんの用事があったんだ？」

「そ、それは……」

アレンが目的を聞くと、ペロムスが赤面してもじもじとし始めた。

「何よ。はっきりと言いなさいよ」

初対面のセシルがたまらず、ペロムスに横槍を入れる。

「じ、実は、チェスターさんにフィオナさんとお付き合いしたいとお願いしたら……」

ペロムスがここにやって来た理由を語り始めた。

グランヴェルの街の有力者の1人であり、街の中央に貴人用の高級宿を構える支配人チェスター。

彼に、ペロムスはあるお願いをしたと言う。

ペロムスがひとめぼれをしていた、チェスターの娘フィオナと結婚を前提にお付き合いをさせてほしい、と。

すると、フィオナの父親のチェスターは、ペロムスに「お前の価値を示して見せろ。価値があると判断したら、娘と付き合っても良い」と言ったそうだ。

猶予は商業学校に通っている3年しかなく、学校では必死に勉強したが、不安になってアレンに助けを求めにやって来たという。

何も成果がないまま、半年が過ぎてしまったとペロムスは嘆く。

（フィオナさんって、あのフィオナさんだよね。ペロムスとも接点があったのか）

アレンはフィオナという女性を知っている。

以前マーダーガルシュに襲われていた馬車の中にいた娘さんだ。

さすが富豪の娘ということもあり、助けたお礼に金貨をもらったので、ミスリルの剣が買えたのを懐かしく思う。

「や、やっぱり、アレンと同じ村の出身だわ！」

セシルが絶句している。

チェスター家はグランヴェル家にも多額の融資や援助をしており、王都や各都市にも高級宿など幅広く手掛けているかなりの富豪だ。

つまり、今の話をまとめると、小さな村の村長の子供が、大富豪の娘に求婚したことになる。

「お前の知り合いってこういうのしかいないのか」

キールも呆れている。

「それって、私も入っているのかしら？　キール」

「いや、そんなこと言ってねえよ」

セシルがキールの言葉に素早く反応する。

その様子を見て、セシルとキールはずいぶん打ち解けたなとアレンは思う。

「それで、アレン。どうするの？　助けてあげるんでしょ」

「助けるって。セシル、なんか目が輝いていないか？」

「もちろんよ。だって面白そうじゃない！」

セシルが目をキラキラさせて、アレンにペロムスの件を手伝うように言う。

（これは、あれか。フィオナさんがペロムスとくっつくのを楽しんでいないか）

フィオナは度々グランヴェル家の館を訪れていた。

特に、マーダーガルシュから命を救った一件の後は月1くらいの頻度でやって来ていた。

そんなフィオナとセシルはかなり仲が悪いとアレンは認識している。

フィオナとセシルは平民と貴族、富豪と貧民貴族という立場が相まって、あらゆる面でマウントを取り合う姿を従僕をしながら見つめ続けてきた。

アレンは認めさせるためにはどうすればいいのか考えて、商人らしい解決策を伝えることにする。

これ以上ない方法だなとアレンは思う。

「ん、じゃあ、そうだな。ペロムスが店を開いて、チェスターさんの店を買収したらいいんじゃないのかな」

「え？　ば、買収？」

王国でも有数の富豪の店を買収しろというとんでもない内容に、ペロムスは困惑した顔をする。

確かに12歳になれば、商業ギルドに申請すればお店を開くことができる。しかし猶予が3年しかないし、そもそも何十年あっても可能なのだろうかとペロムスは訝しむ。

「そうね。商人なんだしお店を開くのはいいんじゃない？　でも、お店ならお店の名前が必要よね。ペロムス店は何か締まらないわ」

セシルがペロムスの名前を全否定して、店名を考え始める。

「じゃあ、ペロムス肉屋にしよう！」

「いや、ペロムス武器屋にしよう」

（おい、なんで、肉屋と武器屋専門店なんだよ）

後からペロムスの会話に参加したクレナとドゴラが好き勝手にお店の名前を考え始めた。

「ちょ、ちょっと。僕はフィオナさんのこと本気なんだぞ!!」

誰も真面目に聞いてくれないと悟ったペロムスが立ち上がり大きな声で叫んだ。

（何か、青春しているな。前世でいうところの中1の夏ってやつか。って、ん？）

青春真っ盛りのペロムスを微笑ましく眺めていると、不意にペロムスの体が陽炎のように揺らぎ始めたことにアレンは気付く。

ペロムスがエクストラスキルを発動したのだ。

「え？　おい、なんでお前がそれ使えるんだよ！」

スキルをようやく使えるようになったドゴラが、ペロムスの癖にと言いたげな表情をする。

「ご、ごめん。なんか、最近使えるようになって、す、すぐに落ち着くから」

そう言って、立ったペロムスが座り、深呼吸をしながらエクストラスキルを落ち着かせようとする。

落ち着き始めたペロムスは、最近になってエクストラスキルに目覚めたのだと話す。

何でも、フィオナのことを考えるとエクストラスキルが発動してしまうようだ。

「いや、待って。ちなみにどんなことができるんだ」

商人のエクストラスキルに興味を持ったアレンはスキルを引っ込めようとするペロムスに待ったをかける。

「え？　えっと。『天秤』って能力で物の価値を計ることができるんだ」

商業学校で能力を調べて貰ったところ、物の価値を比べたり、通貨に直すといくらになるのか知ることができるという。

「物の価値、か。ならこのパンはいくらだ？」

「銀貨1枚と銅貨20枚だね」

ペロムスは即答する。

その値段は、近くのパン屋で買った値段と完全に一致していた。

そのあと、モルモの実など食卓に並ぶものをいくつか指し示したが、ペロムスは迷うことなく答えていった。

「じゃあ、これとこれは？」

アレンは魔導書の収納から瓶に入ったものと真っ赤な木の実を取り出す。

初めてアレンの収納スキルを見たペロムスは驚いたが、すぐに落ち着いて、瓶は銀貨2枚、果物は銅貨1枚と答える。

「その瓶ってあれよね。赤い実で作ったソースよね」

「ああ、そうだ」

この瓶にはグランヴェル家の料理長と試行錯誤して作った特製ソースが入っている。

セシルを肩車して摑んだ赤い実を干して、その後料理長の手によってソースにしたものだ。

さっぱりとした味わいでボアの肉によく合う。

それがどうかしたのかとアレンの仲間たちがアレンを見る。

ペロムスは心配そうだ。

「ああ、これならいけるんじゃないのか」

このエクストラスキルがあれば、チェスターにペロムスの価値を示すには十分だとアレンは言う。

「え？　本当？」

ペロムスの表情も明るくなる。

「ちょっと、アレン。どういうことよ。説明しなさいよ」

話が飲み込めないセシルがアレンに説明を求める。

「ペロムスは、市場調査を必要とせずに新商品を作る力があるようだ」

そう言ってアレンはペロムスのエクストラスキル「天秤」の有用性について語る。

物を売るためには、アイデアを出し、商品化し、最後に市場調査によって適正な値段を設定する必要がある。

どれだけの需要があるのか、いくらで売れるのかを知ることはとても大事なことなのだが、ペロムスのエクストラスキル「天秤」は市場調査の作業を省くことができる。

「それって、良い商品案があればすぐにお金儲けができるってことね」

「そうだ。しかも普通の市場調査よりも確実だ。本来は適正な値段を誤ることもあれば、正解が見つからないこともあるからな」

市場調査には時間やコストがかかり、誤った判断をするリスクがある。

しかしペロムスのスキルはそのコストも時間もリスクも無くしてしまう。とんでもない力だ。

「そ、それで？」

何となくすごいことが分かったが、それがペロムスの価値を示すことに繋がる気がしない。

「ほい」

アレンは小袋をテーブルの上に置く。

「え？　金貨１００枚!?」

まだエクストラスキル「天秤」が発動しているペロムスは、袋に入った金貨の枚数を即答する。

「これで、ペロムスは店を開けばいい。そのための軍資金だ。ああ、ついでにこのソースの販売権を譲渡できないかグランヴェル子爵にお願いしてみるよ」

お店を開くための軍資金として金貨１００枚を渡すと言う。

そして、アレンが料理長と開発した特製ソースの販売権をペロムスに譲渡できないかグランヴェル子爵にもかけあってくれると言う。

「え？　僕が」

「これは軍資金だ。まずは人を雇い販路を広げ、店を大きくしていかないといけない」

そう言って、これからの話をする。

アレンが開発したものやこれから思いつくものを商品化して売り始めるには初期投資のお金がいる。

このお金を使って、ペロムスは人を雇い会社を興すようにとアレンは言う。

さらに、この世界は自由競争なんてものは期待できないほどの不自由な社会だ。

何をするにも王侯貴族の許可がいる。

それも、グランヴェル子爵にお願いして許可を取れば問題ないだろう。

いくつもの派閥が協力関係にある子爵なら、自領だけでなく王都での売買の許可も取れるはずだ。

(よしよし、店をデカくしてもらって、そのうち魔石の売買も手伝ってもらおうか!)

アレンとしては、ペロムスが困っているなら手伝うことにも少々のお金を出資することにもやぶさかではない。

だが、それ以上にデカくなったペロムスのお店で魔石の買取などもしてもらいたいと思っている。

「あら、何か話がまとまって来たわね。あとはお店の名前ね。アレン、カッコいい名前がいいわよ」

段々方向性が見えてきたセシルも話に乗っかってきた。

「そ、そうだね。アレン、何がいいかな?」

どうやら、ペロムスはお店の命名権をアレンに託したいようだ。

仲間たちもペロムスの店の名前は何にするのかと、アレンを見る。

(ん〜、じゃあ、そうだな。皆がお金を出したいと思うような商品を扱う店にしたいからそうだな)

全てを投げ出してもいいほどの魅力的な商品を出すお店の名前は1つしかないとアレンは思っている。

「そうだな。じゃあ『ペロムス廃課金商会』がいいかな」

「おお！　なんかいいね!!」

ペロムスも気に入ってくれたようだ。

こうして、ペロムスは商業学校の1年生の夏休みに、ペロムス廃課金商会を立ち上げることになるのだった。

あとがき

本書をご購入いただきありがとうございます。

おかげさまで『ヘルモード』3巻を刊行することが出来ました。

これも皆様に応援していただいたおかげです。

重ね重ねになりますが本当にありがとうございます。


2巻でも触れましたが、3巻についても、アース・スターノベル様の限界を問うほどのページ数と厚さに仕上がってしまいました。反省はしております。

これは編集様の御提案で、『ヘルモード』各章分を1冊にまとめることで、読者の皆様に読みやすく、そしてより没入感を持って楽しんでもらいたい、という思いがございます。きっとあります。

4巻を出す際に、4章分が1冊に収まるのか、こうご期待ください。


あとがきということで、今まで作者であるハム男についてあまり触れてこなかったなと思ったので、少しお話ししていこうかと思います。

あまり書きすぎても4巻以降のあとがきネタが尽きるので出し惜しみしつつ。

ハム男の性別は雄で、普段は異世界にいるのですが、この世界では福岡で兼業作家をしております。福岡はいいとこたい（普段、博多弁はほとんど使いません）。

サラリーマンとしての仕事をする傍ら、仕事終わりや休日に作家業を営んでおります。

本が出版されると近くの本屋に売れ行きをチェックしに行くのですが、油断しているところを捕まえたりしないでください。

好きな食べ物はチョコミントで、アイスはチョコミント以外存在しないと思っています。

将来の夢は、ベストセラー作家になって、売れたお金で景観豊かな田舎の宿屋に宿泊しながら執筆業をすることです。数年は籠りたいです。

「ハム男先生。執筆は進みましたか？」と宿の女将に言われて、「うむ。外の景色を見ていると小説の情景が浮かんでくるようだ」と、雪化粧した庭先を見ながら、文豪感を出して答えてみたいです。

夢が広がります。

普段はどこで小説のネタを考えているかというと、お風呂場です。お湯の中で茹で上がりながら『ヘルモード』は生まれているのです。お風呂場が一番小説に向き合うことができます。お湯が冷えるまで、ノートを湿気らせながらも、必死にネタを考えております。

文豪感を出そうと、コーヒーショップにも行ったのですが、周りが結構気になったので最近は挫折中です。

職場もデスクワークで、家でもパソコンをカタカタ言わせて小説を執筆しているハム男は肩やら腰やらがかなり凝ります。

マッサージによく行くのですが、タイ式のマッサージを受けながらも、エビ反りになってネタを考えています。

一度浮かんだショートストーリーの良いネタを忘れないように、強めのマッサージを受けながらも必死に死守したのは一度や二度ではありません。マッサージが気持ち良すぎて、浮かんだネタを手放して熟睡したことも三度や四度ではありません。

こんな苦労も全て読者の皆様のためです。本当に苦労して『ヘルモード』は生まれているのです。

あとがきということで、小説の中で拘っていることを1つ挙げると、国家の在り様です。

2巻ではアレンの生まれたラターシュ王国の国家内部の話があったかと思います。

国家内の領主と王家の使いの関係や、貴族間の派閥の問題でアレンもトラブルに巻き込まれました。

3巻になりますと「5大陸同盟」という言葉をよく目にしたかと思います。

魔王が何十年も君臨している世界ですので、国家間で同盟を組んでいてもおかしくないかなと思って作りました。

3巻の終わりの頃にはエルフのソフィーとドワーフのメルルが仲間になりました。

エルフにドワーフと、他種族が登場したのも今回が初めてですね。

魔王軍と戦う国、戦わない国、種族、価値観、信仰する神、建国や国家間の歴史はそれぞれで、同じ国は1つもありません。

そんな異なる事情が相まって、1つにまとまらないといけない理由がありながらも、うまく歩調が合わせづらいところがあったりします。

世界を滅ぼそうとする魔王が侵攻を始めて50年以上経った世界にアレンは誕生しました。

学園を飛び出し、ローゼンヘイムの魔王軍の侵攻に対して立ち向かうことをアレンが決断するところで本巻は終わりました。

思惑異なる各国がアレンとどう接していくのか、今後も楽しんでいただけたらと思います。


本書のコミカライズが始まっております。皆様はもうコミック アース・スターをブックマークに登録していただけましたでしょうか。

『ヘルモード』のコミカライズ版はコミック アース・スター様で月1話のペースで公開しておりますので、こちらも是非ご覧ください。

1章農奴編については短めの話数になりましたが、2章従僕編については、がっつりやる予定だとコミックの編集様から伺っています。

是非コミカライズ版も楽しんでいただけたらと思います。きっとアレンの悪い顔が見れることでしょう。


それでは次回は4巻でお会いしましょう。

今後とも、引き続きハム男を応援していただけたら幸いです。それでは。

Thank you
so much!!

がココにある。
私の従僕
私、能力は平均値でって言ったよね!
二度転生した少年はSランク冒険者として平穏に過ごす
～前世が賢者で英雄だったボクは来世では地味に生きる～
転生したらドラゴンの卵だった
～最強以外目指さねぇ～
戦国小町苦労譚
領民0人スタートの辺境領主様
毎月15日刊行!!
https://www.es-novel.jp/

あなたの“好き”
反逆のソウルイーター
～弱者は不要といわれて
剣聖（父）に追放
されました～
転生した大聖女は、
聖女であることをひた隠す
冒険者になりたいと
都に出て行った娘が
Sランクになってた
即死チートが
最強すぎて、
異世界のやつらがまるで
相手にならないんですが。
人狼への転生、
魔王の副官
アース・スターノベル
EARTH STAR NOVEL

は、
ひた隠す
サザランドはもはや
お前のものだ
転生した大聖女は、
ひた隠す
A Tale of the Great Saint
コミカライズ2巻
大好評発売中!!!
漫画:青辺マヒト
コミックアース・スターにて
連載中!!
https://www.comic-earthstar.jp/

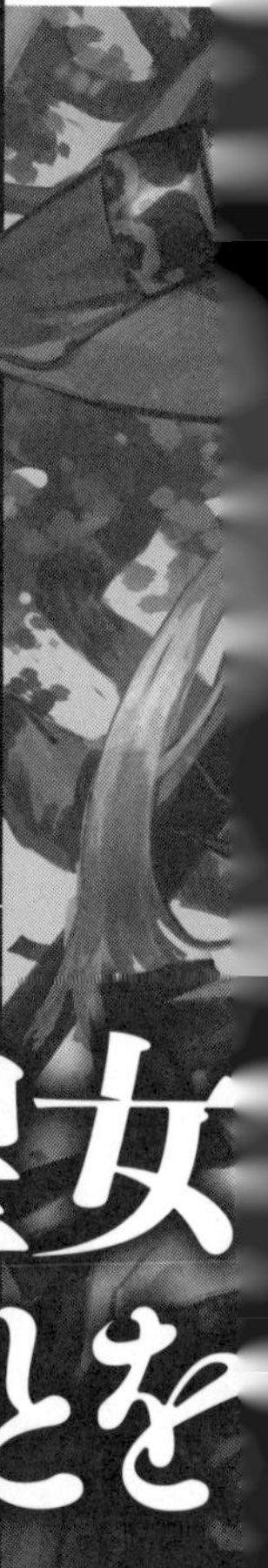

あらすじ

薬の効かない黄紋病が流行り、死を待つだけの住民たち。
憎しみと悲しみに閉ざされ、騎士たちとの溝は深まるばかり。
そんなサザランドに、大聖女と認められたフィーアは、
優しく劇的な変化をもたらす。
「ああ、私たちは何度、大聖女様に救われるのだろう」
300年前から受け継がれる住民たちの想いと、
フィーアの打算のない行動により、
頑なだった住民たちが、フィーアとフィーアに
連なる騎士たちに心を開き始める。
そして、全ての住民がフィーアに最上位の敬意を捧げた瞬間、
王都にいるはずのある騎士が現れて———!?

転生した大聖女
聖女であることを

十夜 Illustration chibi

続々重版中!
4000万PV越えの
超人気作!!!

EARTH STAR NOVEL

ヘルモード
～やり込み好きのゲーマーは廃設定の異世界で無双する～ 3

発行 ―――――― 2021年3月15日　初版第1刷発行

著者 ―――――― ハム男

イラストレーター ―――― 藻

装丁デザイン ―――― 石田 隆（ムシカゴグラフィクス）

発行者 ―――――― 幕内和博

編集 ―――――― 今井辰実、株式会社サイドランチ

発行所 ―――――― 株式会社 アース・スター エンターテイメント
〒141-0021　東京都品川区上大崎 3-1-1
目黒セントラルスクエア　7F
TEL：03-5561-7630
FAX：03-5561-7632
https://www.es-novel.jp/

印刷・製本 ―――――― 中央精版印刷株式会社

ISBN 978-4-8030-1501-0